부족해도 넉넉하다

천년의 지혜와 만나는 안대회의 세상 이야기

부족해도 넉넉하다
천년의 지혜와 만나는 안대회의 세상 이야기

저자_ 안대회

1판 1쇄 인쇄_ 2009. 7. 20.
1판 2쇄 발행_ 2009. 8. 14.

발행처_ 김영사
발행인_ 박은주

등록번호_ 제406-2003-036호
등록일자_ 1979. 5. 17.

경기도 파주시 교하읍 문발리 출판단지 515-1 우편번호 413-756
마케팅부 031)955-3100 편집부 031)955-3250 팩시밀리 031)955-3111

저작권자 ©2009 안대회·권태균
이 책의 저작권은 각 저자에게 있습니다.
서면에 의한 저자와 출판사의 허락없이 내용의 일부를 인용하거나 발췌하는 것을 금합니다.

값은 뒤표지에 있습니다.
ISBN 978-89-349-3497-4 03810

독자의견 전화_ 031)955-3200
홈페이지_ http://www.gimmyoung.com
이메일_ bestbook@gimmyoung.com

좋은 독자가 좋은 책을 만듭니다.
김영사는 독자 여러분의 의견에 항상 귀 기울이고 있습니다.

이 책에 실린 글은 한국고전번역원 홈페이지 www.itkc.or.kr
'고전의 향기'란에 연재되었던 글입니다.

부족해도 넉넉하다

천년의 지혜와 만나는 안대회의 세상 이야기

안대회

김영사

머리말

선인들의 삶에 대한 공감의 여정

나는 늘 고전에서 느끼는 감동이란 그 가치와 교훈보다는 동질감과 공감에 있다고 생각해왔다. 모범이 되는 인생과 배워야 할 행적도 중요하지만, 선인들이 인생을 살면서 겪은, 있는 그대로의 모습을 확인하는 것이야말로 내가 고전을 접하며 얻는 큰 즐거움이기 때문이다.

나는 이 책의 주제를 보통 사람들이 동질감을 느끼고 공감할 수 있는 선인들의 인생 이야기로 잡았다. 그래서 양반 기득권층이나 권력자들을 다룬 글보다는 일반 백성들이나 여항문인, 소외되고 주류에서 밀려난 삶을 살다간 사람들을 다룬 글, 잘 알려진 분의 이름난 글보다는 덜 알려진 분의 궁벽한 글까지 찾아서 읽었다. 기쁨과 슬픔, 분노와 즐거움을 기탄없이 표출하기 시작한 일반 백성들, 과거공부를 접고 생활전선에 뛰어든 선비, 아버지와 다투는 아들의 모습은 모두 인간사회에 있을 법한 일이지만 우리가 정작 주목하지 않았던 모습이다.

그런가하면, 파도치는 진짜 바다와 세상의 가짜 바다〔벼슬의 바다]에 대한 비유, 건망증으로 고민하는 조카를 깨우쳐주는 일화, 스승이 써준 글을 손에서 놓지 않고 평생 간직하며 실천한 제자의 우직함, 자신을 타이르는 상대에게 당신이나 잘 하라고 되받아치는 독선, 병이나 나야 쉴 수 있지 않겠느냐는 자조 섞인 독백의 글은 깊은 감동과 울림으로 우리네 인생에 말을 걸어온다.

또한, 아들을 잃고 낙담해서 일기 쓰기를 그만두는 아버지, 고달픈 서울 생활을 접고 낙향하려는 친구를 위로하는 선비, 객지에서 다른 여자와 자지 않았다고 생색내는 남편에게 그게 자랑할 일이냐고 쏘아붙이는 아내의 모습은 지금 우리 사는 모습과 자연스럽게 겹쳐진다. 시대가 바뀌어도 사람 사는 근본은 바뀌지 않음을 문득 깨닫게 된다.

글을 고르고 우리말로 옮기고 평을 달면서, 천년의 사람과 만나고, 천년의 지혜를 읽었다. 세상에 굴하지 않고 질곡의 삶을 헤쳐온 선인들의 모습은 한 편 한 편이 소중한 인생의 경험이자, 깨우침이다. 더욱이 번화한 도시의 풍정, 시끌벅적한 저잣거리의 일상이 살아 숨쉬고, 시기와 다툼, 욕망이 꿈틀대는 현실 세계에 대한 생생한 묘사는 우리가 옛글에서 쉽게 만나기 어려운 내용이다.

이 책이 이러한 모습으로 나오게 되기까지 한국고전번역원의 조경구 선생과 김영사의 한문희 선생께 크나큰 도움을 받았다. 또 고전산문에 평설을 붙인 전작들을 싫다고 하지 않고 보아주신 많은 독자들도 계시다. 이 자리를 빌려 감사의 말씀을 올린다.

2009년 7월
한티골에서 안대회

차례

세상 사는 맛 1부

우리 집에 손님들이 모여 세상 살아가는 맛을 두고 대화를 나눈 적이 있다. 어떤 분이 그 맛이 쓰다고 말하자 어떤 분은 맵다고 말하고 어떤 분은 덤덤하여 아무런 맛이 없다고 말했다. 그 가운데 맛이 달다고 한 분은 거의 없었다. 세상 사는 맛은 하나이지만 그 맛을 보고서 제각기 자기 입맛대로 품평했을까? 그게 아니라면 사람의 입맛은 하나이지만 세상맛은 다양하여 사람마다 제각기 한 가지 맛만을 느낄까? 어느 것이 옳은지 나는 알 수 없었다. _유희

천하의 한쪽 끝에서

이
색

유사(流沙)[01]란 땅은 〈우공(禹貢)〉[02]에도 실려 있는 오지로, 성인의 교화가 미치는 지역이다. 그렇다고 해도 우리 형이 정자의 이름에 '유사'를 넣은 이유를 나는 아무리 해도 이해하지 못하겠다.

옛날 어른들이 연회를 베풀거나 편안히 쉬는 곳에 편액을 걸 때에는, 이름난 산수를 빌려다 이름을 붙였다. 그렇지 않으면 아주 아름다운 일이나 아주 악독한 일을 올려서 선을 권장하고 악을 징계하는 의중을 밝혔다. 그마저도 아니라면 선대(先代)에 살던 향리를

---

01 유사는 사막으로 중국 서역 변방을 가리킨다.
02 《서경(書經)》의 편명으로 중국 고대 하(夏)나라 우(禹) 임금 때의 지리를 설명한 글이다.

가져다 씀으로써 근본을 잊지 않으려는 뜻을 표시했다.

저 까마득히 먼 지역이나 질이 좋지 않은 나쁜 마을로서 훌륭한 인물이 배출되지도 않고 배와 수레가 통하지도 않는 곳, 예컨대 유사와 같은 곳은 사람들이 입에 올리기를 싫어할 뿐만 아니라 일컫는 것조차도 부끄러워한다. 그러므로 한술 더 떠 대서특필하여 문이나 창 사이에 걸어놓으려는 꿈이나 꾸겠는가! 그러니 우리 노형께서 이것을 정자 이름으로 쓰려는 데에는 반드시 평범한 사람의 의중을 벗어난, 깊은 뜻이 있음을 짐작하겠다.

천하가 아무리 크더라도 성인의 교화는 천하와 함께 무궁하게 전개된다. 그렇지만 이것은 오히려 겉에서 본 모습이다. 인간의 몸이 아무리 작더라도 이 광대한 천하가 그 몸과 함께 하나로 어울린다. 이것은 안으로부터 본 모습이다.

천하를 겉으로 보면, 동쪽 끝으로는 해가 뜨는 부상(扶桑)에 닿고, 서쪽 끝으로는 곤륜산에 닿으며, 북쪽은 초목이 나지 않고, 남쪽은 눈이 내리지 않는다. 이런 지역까지도 성인의 교화가 적시고 뒤덮고 영향을 미친다. 그러나 천하가 하나로 통일된 때는 늘 적었고 분열된 때는 항상 많았다. 이야말로 내가 마음속으로 개탄하지 않을 수 없는 이유이다.

인간을 안으로부터 살펴보면, 힘줄과 뼈로 묶여 있고 성정(性情)이 약하게 작용하는 중에 마음이 그 중앙에 위치하고 있다. 하지만 그 마음은 우주를 감싸 안고 있으며, 현상과 사물을 접하여 대응하고 있다. 위세와 무력으로도 빼앗을 수 없고, 간교한 꾀와 힘으로도 막을 수 없는 존재로서 당당하게 서 있는 것이 바로 나 한 사람이다.

그렇다면 비록 천하의 한쪽 끝 치우친 곳에 처박혀 가만히 엎드려 숨을 죽인 채 숨어 있다고 해도, 그의 흉금과 도량은 성인의 교화가 미치는 천하 사방 아무리 먼 곳이라도 벗어날 수는 없을 것이다. 아무래도 노형의 생각이 이런 것이 아니겠는가?

나는 일찍부터 천하 사방을 두루 노닐려는 뜻을 가졌으나 이제는 지쳐버렸다. 신축년(1361) 겨울 병란을 피해서 동쪽으로 갔을 때 비로소 영해부(寧海府)에 이르렀다. 이곳은 바로 우리 외가로서 우리 형이 살고 있다. 영해는 동쪽으로 큰 바다에 닿아서 일본과 이웃하고 있으므로 참으로 우리나라의 동쪽 끝이라고 할 수 있다. 지금 내가 요행히 천하의 한 귀퉁이에 이르러 천하의 끝에서도 끝에 도달했으므로 다른 귀퉁이도 미루어 생각할 수 있겠다.[03] 더욱이 유사와 마주 보고 있는 동쪽 끝이니 말해 무엇 하랴?

정자 위에서 술잔을 들고 있을 때 기문(記文)을 써주기를 청하므로 기쁜 마음으로 쓴다. 지정(至正) 임인년(1362). 원문 282쪽

---

03 이 대목은 《논어(論語)》〈술이(述而)〉편에 나오는 "한 귀퉁이를 말해주었을 때 다른 세 귀퉁이를 미루어 생각해내지 못하면, 더 이상 일러주지 않는다[擧一隅, 不以三隅反, 則不復也]"고 말한 내용을 활용하여 쓴 글로 보인다. 천하의 가장 동쪽 끝에 이르러 천하의 다른 끝까지 가보려는 원대한 의지를 말하고 있다.

고려 말의 정치가이자 학자인 목은(牧隱) 이색(李穡, 1328~96)이 쓴 글이다. 경상북도 영해부 곧, 현재 울진군 평해읍에 있었던 유사정이란 정자에 붙인 기문이다. 글에서도 밝히고 있는 것처럼 신축년, 곧 공민왕 10년에 홍건적이 대거 고려로 침입해 들어와 개경까지 함락시켰다. 그때 공민왕이 안동 지역으로 피란했는데, 목은은 왕을 모시고 함께 이 지역에 왔다가 외가가 있는 영해를 방문했다. 이 글에 나오는 형은 그의 외가 쪽 친척일 텐데, 그의 청탁으로 이 글을 지었다.

　　목은의 아버지 가정(稼亭) 이곡(李穀)이 영해 사람인 김택(金澤)의 딸에게 장가들었기 때문에 목은은 외가에서 태어났다. 그래서 목은은 〈관어대부(觀魚臺賦)〉와 같은 영해를 묘사한 작품을 지었는데 이 글도 그중의 하나이다. 글은 영해의 관아 동쪽 바닷가에 위치한 유사정이란 정자를 묘사했다. 지금은 사라지고 없는 이 정자는 평해에 있는 월송정, 관어대와 더불어 고려 때부터 이름이 있는 정자였다. 조선 중기까지 잘 보존되고 있었다. 유사정이란 이름이 붙은 것은 아마도 백사장을 내려다보고 있었기 때문이리라. 바닷물에 휩쓸려 다니는 모래사장을 흔히 유사라고 이름하기 때문이다.

　　그러나 목은은 유사를 이러한 의미로 해석하지 않았다. 어떻게 보면 좀 엉뚱하다고 할 수도 있겠지만 목은은 유사를 고유명사로 해석했다. 내 생각에 목은은 정자 이름을 오독했다고 할 수 있다. 하지만 목은이 유사정이라고 명명한 본래의 이유를 몰라서 그랬다고 보기는 어려우므로 의도적으로 오독한 것이다. 어쨌든《서경》의 〈우공〉에서는 중국의 서쪽 끝에 있는 지역의 대표로 유사를 들었는데 목은은 이 지명을 가져다 정자 이름을 삼았다고 해석했다. 유사는 중국 강역의 서쪽 끝으로 사람이 살기 어려운 곳을 상징해왔다. 그런데 왜 하필 이런 지명을, 아름다운 풍경을 바라보며 성정을 도야하거나 여유를 즐길 멋진 정자에 붙였단 말인가? 이것이 목은이 이 글을 이끌어가는 논지의 핵심이다.

천하의 중심으로부터 멀리 떨어진 곳이라도 성인의 교화가 미치지 않을 수 없다. 먼 곳에 사는 사람이 원대한 꿈을 가진다면 유사와 같은 불모의 땅에 사는 사람이라도 세계의 중심과 소통할 수 있다. 그런 의의를 목은은 동해 바닷가 정자에서 꿈꾸었다. 지금 천하의 외진 변방에 살지만 언젠가는 중심에 서보겠다는 무한한 의지를 당당하게 피력한 것이다.

그렇다면 그것이 성사될 가능성이 전혀 없는 무모한 생각일까? 그는 마음이 있는 한 가능하다고 본 듯하다. 마음은 미약하지만 "우주를 감싸 안고 있으며, 현상과 사물을 접하여 대응할 수 있는" 큰 힘을 가지고 있고, 그 마음이 작용할 때 "위세와 무력으로도 빼앗을 수 없고, 간교한 꾀와 힘으로도 막을 수 없는 존재로서 당당하게 서 있는 것이 나 한 사람"이기 때문이다.

목은은 몽골이 세계를 통일한 상태를 무척 의의가 있다고 바라보았다. 그는 세계인으로 살고 싶어 했던 것 같다. 온 세계가 하나로 통일되어 평화를 유지하며 사는 것을 꿈꾸었던 듯하다. 그런 의식을 가졌고 또 국난에 처했기에, 한가롭게 경치를 바라보며 여유를 즐겨야 할 유사정에서 이러한 의지가 넘치는 글을 썼으리라.

구한말에 소려(小黎)는 이 글을 보고서 "흉금과 국량이 천하만큼이나 광대하다〔胸襟宇量, 同其廣大〕"고 평한 적이 있다. 한 인간이 천하를 상대로 당당하게 서서 무엇인가를 해보려는 호방한 의지를 발견하고서 내린 평이라고 나는 생각한다.

홍도정 우물물을 마시며

이
인
로

　백당(栢堂) 동쪽 산기슭에 샘이 하나 있는데 맑고 시원한 물이 솟아난다.[01]

　돌 틈에서 졸졸졸 흘러나오는 물은 흰 구름으로 뒤덮인 호젓한 골짜기를 씻으며 내려온 듯.

　가뭄이 들어도 마르는 법이 없고, 거문고를 퉁기는 듯한 소리를 내고 있다.

　물은 예닐곱 걸음 정도를 감돌며 흐른 뒤 개울로 흘러 들어간다.

---

01 백당은 곧 옥당(玉堂, 한림원)을 가리킨다. 황명(皇命)을 문서로 작성하는 일을 맡은 한림원은 개성 궁궐 안의 건덕전(乾德殿) 서남쪽에 있었다.

이 샘 옆에 옹기종기 모여 사는 사람들은 모두들
손으로 물을 움켜 떠 마시고는 기분이 상쾌해진다.

농서자(隴西子)는 푸성귀를 배가 부르도록 먹고 나서
손으로 뱃가죽을 쓱쓱 쓰다듬으며
너울너울 흔들리는 오사모(烏紗帽)를 비껴 쓴 채
용무늬 대나무 지팡이 또각거리며 문을 나선다.
큰 바위에 걸터앉아 정강이를 걷어붙이고 두 다리를 쭉 뻗는다.
얼음 같고 서리 같은 물을 움켜쥐었다가 내려치기도 하며,
진주 같고 옥 같은 물을 삼켰다가 도로 뱉어내기도 한다.
불 같은 햇볕을 피하는 데만 좋을까?
세상 먼지에 찌든 갓끈도 벌써 깨끗이 빨아놓았다.

휘파람 느긋하게 불며 집으로 돌아오는 길에는
개울 너머로부터 바람이 살랑살랑 불어온다.
여덟 자 넓이의 대자리를 펼쳐놓고서
두세 치 높이의 울퉁불퉁한 나무토막을 베개 삼아 베고 눕는다.
꿈속에 흰 갈매기를 만나 함께 놀다 보니
기장밥이야 익든 말든 나는 몰라라 내버려 둔다.[02]
여덟 마리 용을 타고 가볍게 요지(瑤池)로 날아가
서왕모(西王母)가 부르는 노래 한 곡을 듣고 온 듯[03]
호쾌하게 뗏목을 타고 은하수를 건너갔다 돌아와
촉(蜀)나라 도성에서 점쟁이를 만나 놀란 듯[04]

그렇다면 굳이 비단 휘장을 사십 리에 뻗치도록 치고 [05]
후추 팔백 가마를 쟁여놓고 [06]
황금 연꽃 동이에 물을 채우고서야 [07]
내 발을 씻을 필요가 있으랴? 원문 283쪽

이 글은 《파한집(破閑集)》의 저자로 유명한 이인로(李仁老, 1152~1220)가 지은 부(賦)로서 짧고 서정적인 작품이다. 지은이

02 중국 당나라 현종(玄宗) 때 도사 여옹(呂翁)이 한단(邯鄲)의 주막에서 쉬고 있는데 행색이 초라한 젊은이 노생(盧生)이 신세 한탄을 하다가 졸기 시작했다. 여옹이 보따리 속에서 양쪽에 구멍이 뚫린 도자기 베개를 꺼내 주자 노생은 그것을 베고 잠이 들었다. 노생은 꿈속에서 온갖 부귀영화를 누리다가 깨어 보니 꿈이었다. 옆에는 여전히 여옹이 앉아 있었고 주막집 주인이 짓고 있던 기장밥은 미처 다 익지 않았다. 노생을 바라보고 있던 여옹이 웃으며 "인생이란 다 그런 것이라네"라고 했다. 침중기(枕中記)에 나오는 이야기이다.
03 중국 주(周)나라 목왕(穆王)이 곤륜산에 사냥을 갔을 때 서왕모를 만나 요지(瑤池)에서 함께 놀았다는 전설이 있다.
04 어떤 사람이 황하의 근원을 찾으러 갔을 때 빨래하는 아낙을 만나 물었더니 "이곳이 천하(天河)"라고 대답했다. 그녀가 돌 하나를 주기에 돌아와서 엄군평(嚴君平)에게 묻자 "이 돌은 직녀가 베틀을 받치는 돌"이라고 대답했다. 엄군평은 촉나라의 서울 성도(成都)에서 점쟁이 노릇을 한 도사이다.
05 진(晉)나라의 왕개(王愷)와 석숭(石崇)은 천하의 부호로서 서로 부자임을 경쟁했다. 왕개가 재물을 자랑하려고 자사보장(紫紗步障)을 사십 리에 걸쳐 치자, 석숭은 금보장(錦步障)을 오십 리에 걸쳐 펼쳤다.
06 당나라 원재(元載)는 큰 부자였다. 뒷날 범죄를 저질러 그의 재산을 빼앗았을 때 집에는 후추만 해도 팔백 가마를 보관하고 있었다.
07 당나라의 재상 단문창(段文昌)이 어렸을 때 몹시 가난했다가 부귀하게 된 이후에 황금 연꽃 동이에 물을 담아 발을 씻었다. 서상(徐商)이 편지를 보내 질책하자 그는 "인생을 살면 얼마나 살겠는가? 한평생 없이 산 것을 갚을까 한다"고 말했다.

우물

개경 또는 서울의 어느 우물을 찍은 사진이다. 도회를 가로지르는 내 옆에 위치한 우물의 정경이 이인로가 묘사한 홍도정 우물 풍경과 그리 다르지 않을 것 같다.

는 고려 명종 때의 문인이므로 이 글은 지금으로부터 800년 전의 글인 셈이다. 이 글에 나오는 농서자가 바로 이인로이다. 그는 과거에 장원급제한 재사로서 평생을 한림원에서 군주를 위해 글 짓는 일을 했다.

한림원은 궁궐 안의 건덕전 서남쪽에 있었는데 그가 사는 집도 거기에서 가까웠다. 그가 살았던 마을은 홍도정리(紅桃井里)라는 곳인데《파한집》에서 자신과 함순(咸淳)이란 친구가 함께 홍도정리에 담을 맞대고 같은 골목에서 산다고 밝혀놓았다.

이 글은《동문선》과《신증동국여지승람》에 실려 있는데 이 글 덕분에 개경에 홍도정이란 동네가 있었다는 사실을 수백 년이 지난 후세에도 증명하게 되었다. 그것이 문학의 힘이다.

그가 사는 마을에는 물맛이 좋은 우물이 있었다. 조정의 벼슬아치로서 집에 물러나와 있을 때 그는 아무런 거침이 없이 동네에 있는 우물까지 산책하고 약수를 마시며 여유를 즐겼다. 이 글은 그런 즐거움을 잘 묘사하여 작품화했다. 800년 전 관료의 일상생활이 이렇게 잘 표현된 작품도 그다지 많지 않다.

샘 옆에 옹기종기 모여 사는 사람들을 상쾌하게 만드는 우물을 통해서 그는 도회지 속에서 자연을 즐기며 분수를 지키는 생활을 자랑스럽게 표현했다. 그러나 부귀를 누리는 사람들과 자신이 다르다는 점을 거듭 말하고 있는 대목은 체념과 달관의 표현이면서 동시에 이루지 못한 꿈에 대한 미련을 표현한 것으로 읽을 수 있다.

사진(寫眞)의 의미

남유용

생명이 있는 존재는 반드시 죽음이 있게 마련이고, 죽으면 형체
와 마음도 모두 사라진다. 이것이 유학(儒學)하는 사람들이 해온 말
이자 떳떳한 이치이다. 이와 달리 불교를 믿는 자는 "형체는 사라져
도 마음은 사라지지 않는다"고 말하고, 선도(仙道)를 믿는 자는 "형
체와 마음이 모두 사라지지 않는다"고 말한다. 두 가지 견해는 떳떳
한 이치가 아님에도 불구하고, 괴이한 것을 좋아하는 세상 사람들
은 그 말을 더러 믿기도 한다. 한편, 초상화를 그리는 사람은 "마음
은 사라져도 형체는 사라지지 않는다"고 말하는데, 그들의 말이 더
욱 신기하다.

거기에 대하여 나는 이렇게 생각한다. 초상화를 그리는 화가가

자기가 지닌 기예를 최대한 발휘한다면, 대상 인물의 귀와 눈은 마치 실제로 듣고 보는 것처럼 그리고, 입은 말하는 것처럼 그리며, 머리털과 수염은 움직이는 것처럼 그린다. 그래서 일백 세대가 지난 뒤에라도 그 사람을 직접 본 듯 느끼게 한다. 그들이 추구하는 도(道)가 조물주의 오묘한 솜씨를 빼앗기 때문에 선도나 불교와 더불어 같은 수준이라 할 수 있다.

그러나 마음이 사라졌는데도 형체가 사라지지 않았다면, 그 사람에게는 과연 무슨 이익이 있겠으며, 후세에는 무슨 보탬이 되겠는가? 또 지금 여기에 어떤 사람이 있어 유학을 종주로 삼고서 선도와 불교까지 아우르는 도를 추구한다고 치자. 이렇게 하는 사람을 그래도 도를 추구한다고 말할 수 있을까? 그는 아마도 이렇게 말할 것이다.

"유학을 추구하는 사람은 형체와 마음이 모두 사라진다고 말하는데, 그것은 떳떳한 이치라고 할 수 있다. 그러나 형체와 마음이 사라지고 만다면, 후세 사람들로 하여금 어떻게 요(堯) 임금과 순(舜) 임금은 성인이고 걸(桀) 임금과 도척은 미치광이임을 알도록 만들겠는가? 그렇기 때문에 말을 기록하고 행동한 일을 적어놓는 학문이 생기게 된 것이다. 말과 행동이 전해진다면 그 마음이 전해질 것이며, 형체가 간혹 여기에 붙어서 전해질 것이다. 《서경》에 나오는 이전삼모(二典三謨)[01]처럼 성인을 묘사한 글이 이른바 '형체는 사라져도 마음은 사라지지 않는 경우'가 아니겠으며, 《논어》 가운데 들어 있는 〈향당(鄉黨)〉편[02]이 이른바 '형체와 마음이 모두 사라지지 않는

---

01 《서경》 가운데 요·순 임금과 우 임금 등이 행한 일을 기록한 〈요전(堯典)〉, 〈순전(舜典)〉과 〈대우모(大禹謨)〉, 〈고요모(皐陶謨)〉 등을 함께 가리킨다.

경우'가 아니겠는가? 이런 것이 이른바 '유학을 종주로 삼고서 선도와 불교까지 아우르는 도를 추구한다'고 하는 것이 아니겠는가?"

그렇지만 군자가 소중하게 여기는 것은 마음이지 형체가 아니다. 그 마음이 이미 후세에 전해졌다면, 그 형체가 후세에 전해져도 좋고, 전해지지 않아도 좋다. 그러나 그 마음이 후세에 전해질 만한 가치가 없다면, 그 형체만이 홀로 전해질 리는 전혀 없다. 따라서 초상화를 그리는 자가 가는 길은 오로지 초상화를 그리는 화가만이 독점할 뿐 군자는 그 길을 가지 않는다.

호남 사람 박선행(朴善行)은 초상화를 그리는 화가로 서울에서 이름이 높다. 나를 위해 초상화를 그려주겠다고 하기에 나는 웃으며 사양하고 이렇게 말했다.

"내 형체가 후세에 전해질 만한 가치가 있다면 그대가 아니라도 반드시 내 형체를 묘사할 자가 나타나리라. 내가 그대에게 맡길 필요가 굳이 있겠는가?"

돌아가려고 하는 그에게 이 글을 지어서 선물한다. _{원문 283쪽}

이 글은 정조의 사부이자 당대의 저명한 문인인 남유용(南有容, 1698~1773)이 박선행이란 초상화가에게 써준 글이다. 자신의 초상화를 그려주겠다는 호의를 정중하게 거절하고서 거절한 이

02 〈향당〉편에는 공자의 정신적 측면과 구체적인 일상생활이 기록되어 있기 때문에 공자의 마음을 엿볼 수 있고, 그의 형체를 확인할 수 있다고 보았다.

유를 설명하여 그에게 주었다.

이 글에서 언급한 사진(寫眞)은 옛날의 진영(眞影), 곧 초상화를 가리킨다. 카메라로 인물의 생생한 모습을 기록하는 현대의 사진과 글자가 같다. 지난날의 사진과 현대의 사진은 이름이 같은 만큼 유사한 점이 있다. 자신의 얼굴 모습을 생생하게 재현하여 대상화하려는 의도를 가졌다는 점에서 그렇다.

남유용은 일백 세대 뒤의 사람이라도 그 사람을 직접 본 듯 느끼게 만드는 초상화의 위력과 초상화가의 능력을 먼저 치켜세웠다. 인물의 형상을 후세에 남기는 능력 때문에 불교나 선도와도 견줄 수 있는 도를 지닌 기예라고 평가했다. 초상화의 가치를 이렇게까지 인정한 것은 드물다.

이 글에서 말하고자 한 핵심은 삶과 죽음에 따른 마음과 형체의 변화이다. 살아 있을 때에는 마음과 형체가 모두 존재하지만 죽음과 함께 마음과 형체는 사라진다. 유불선(儒佛仙)의 차이에 따라 죽음 뒤의 인간을 보는 견해가 다르다. 유가는 죽음과 더불어 인간의 마음도 형체도 사라진다고 보았다. 그것이 떳떳한 이치라는 것이다.

초상화를 그리는 사람은 그런 생각을 한편으로 인정하면서도, 인류의 귀감이 되는 훌륭한 사람은 그 마음과 형체를 보존할 필요가 있다고 보았으며, 이에 따라 마음을 보존하는 글과 형체를 보존하는 초상화의 필요성을 제기했다. 후세에 전할 만한 가치가 있는 마음의 소유자는 초상화를 그려 그의 형체를 후세에 남겨두어야 한다는 것이다.

그런 초상화가의 주장에 대해 남유용은 후세에 전할 만한 가치

남유용 초상화

서울에서도 이름 난 한 초상화가로부터 자신의 초상화를 그려주겠노라는 제안을 받고, 초상화에 대한 철학적 질문을 던지는 남유용의 글은 사진이 일반화된 우리 시대에도 여운을 남긴다.

가 있는 마음을 소유한 존재라면 형체는 자연스럽게 전해질 것이므로 본인이 초상화를 그리려 애쓸 필요가 없다고 하면서, 초상화 그리기를 거부했다.

이 글은 초상화를 그리는 문제를 놓고 철학적 차원에서 진지하게 고민했다. 남유용은 유교를 신봉하는 자의 입장에서 바라본 사진론을 제시했다. 그가 이 글을 쓰던 시대는 아무나 초상화를 그릴 수 있는 시대가 아니다. 위대한 성취를 거둔 사람만이 자신의 얼굴 모습을 그림으로 남길 수 있었던 시대였다. 그런 이유로 해서 초상화에 매우 무거운 의미를 부여했다.

초상화는 이 시대에 와서 사진으로 대체되었다. 더구나 과학기술의 발달로 누구나 자유자재로 자신의 인물 사진을 남길 수 있게 되었다. 지금 사람들의 눈에는 남유용의 논리가 어떻게 받아들여질까? 그의 생각이 다소 지나친 것처럼 보일지도 모르겠다. 자신의 용모를 남기고 싶어 하는 인간의 근원적인 욕망에 대해서 한 번쯤 반추하도록 유도하는 글이다.

세상 사는 맛

유
희

　우리 집에 손님들이 모여 세상 살아가는 맛을 두고 대화를 나눈 적이 있다. 어떤 분이 그 맛이 쓰다고 말하자 어떤 분은 맵다고 말하고 어떤 분은 덤덤하여 아무런 맛이 없다고 말했다. 그 가운데 맛이 달다고 한 분은 거의 없었다. 세상 사는 맛은 하나이지만 그 맛을 보고서 제각기 자기 입맛대로 품평했을까? 그게 아니라면 사람의 입맛은 하나이지만 세상맛은 다양하여 사람마다 제각기 한 가지 맛만을 느낄까? 어느 것이 옳은지 나는 알 수 없었다.

　오이는 지극히 작은 채소이다. 하지만 그 꼭지를 씹어 먹은 사람은 입맛이 쓰고, 그 배꼽 부분을 먹은 사람은 맛이 달다. 게다가 인간 세상은 크고 넓으니 어떤 맛인들 갖추지 않았겠는가? 다만 이 가 없은 백성들의 삶은 한 가지 일 안에서 다람쥐 쳇바퀴 돌리듯 사느라 늙어 죽을 때까지 그 입을 다른 데로 옮기지 못한다. 그러므로 우리나라 소고기의 맛이 서쪽 나라의 약보다 달게 느끼는 것은 당연하다.

노자는 "다섯 가지 맛[五味]은 사람의 입맛을 상하게 만든다"고 말했다. 인간 세상은 크고 넓어 갖추어지지 않은 맛이 없다고 할진대, 세상맛을 본 사람 가운데 입맛이 상한 자가 많으리라. 따라서 인간 만사를 아무리 두루 맛보도록 한다 해도 진정한 맛을 알 수는 없다. 마치 열병을 앓는 사람에게는 미음이 맛이 쓰고 똥물은 맛이 단 것과 같아서 합당한 이유가 없지 않다.

세상맛이 쓴 것은 제 입맛이 쓴 것이요, 세상맛이 단 것은 제 입맛이 단 것이라고 말하는 사람도 있다. 풀뿌리를 씹어 먹을 처지만 된다면야 고기 맛을 달갑게 잊을 수도 있다. 하는 일마다 마음에 들어야 세상 사는 맛이 달다고 할 수 있겠지만 그렇게 말할 수 있는 자가 이 세상에 몇이나 있을까?

그러나 꼭 그렇지도 않아서 씀바귀가 쓰지만 오히려 냉이처럼 편안히 즐기는 자도 있다. 그러나 황벽나무 껍질의 경우에는 아무리 참을성이 있는 자라도 끝내 맛이 달다고 말하지 못한다.[01] 성인의 큰 도량으로도 "환난(患難)이 닥친 상황이라면 환난 속에서 행해야 할 도리를 행한다"고 말했을 뿐이다.[02] 질병을 즐기고 평안함을 싫어하

---

01 황벽나무 껍질은 아주 쓴 약재이다. 이덕무는 《서해여언(西海旅言)》에서 "황벽나무 열매는 둥글고 검어서 산포도 같다. 맛이 몹시 쓰기 때문에 꿀을 발라 삼키면 담과 천식이 사라진다. 옥수수로 엿을 만들어 천초(川椒) 가루 한 숟가락을 타 날마다 몇 차례씩 먹어도 담과 천식이 낫는다"고 했다.

여 일반 사람의 호오(好惡)와는 반대로 산다는 말은 들어보지 못했다.

아무리 그렇다고 해도 쓴맛 매운맛을 꼭 없앨 것은 아니고, 단맛만을 꼭 얻을 것은 아니다. 쓴맛 매운맛, 그리고 단맛은 제각각 적절한 쓰임이 있기 때문이다. 독한 약은 입에는 쓰지만 병에는 이롭고, 칼날에 바른 꿀은 반드시 내 혀를 상하게 하는 법이다. 따라서 단단하다고 뱉고 부드럽다고 삼키는 짓이 자잘한 사람의 행동인 것처럼, 쓰다고 먹고 달다고 사양하는 짓 역시 중도(中道)를 걷는 군자(君子)의 행동은 아니다.

하늘이 만물을 만들 때 사물마다 적절하게 사용할 도구를 주었다. 발굽을 가진 동물은 풀을 뜯어 먹게 했고, 어금니가 튼튼한 동물은 날것을 씹어 먹게 했다. 말똥구리는 똥을 삼키고, 날다람쥐는 불을 먹는다. 야갈(野葛)03은 독성이 몹시 심해 사람의 입에 들어가면 반드시 넘어뜨려 죽이지만, 범이 먹으면 백 일 동안 허기를 느끼지 않게 한다. 솔개는 썩은 쥐가 꿩보다 낫다고 생각하지 않으면서도 매와 더불어 사냥 솜씨를 겨루지 못한다.

무릇 사물이 얻는 모든 것은 운명이므로 거부할 수가 없다. 내가 맛이 단 것을 반드시 취하고자 할 때 맛이 쓰고 매운 것은 그 누구에게 버리겠는가? 단 것은 내 복이요, 쓰고 매운 것은 나의 분수이다. 분수를 넘어서고 운명을 어긴다면 큰 손해를 불러들이지 않을 자가 거의 없다. 오로지 군자라야 조화롭게 살 수 있다. 그러므로

02 《중용(中庸)》14장에 나오는 말로서 현재 처한 환경에 따라 그에 적합한 처신을 한다는 내용이다.
03 구문(鉤吻) 또는 단장초(斷腸草)라고 한다. 《본초강목(本草綱目)》에서 이 풀이 사람과 가축의 배 속에 들어가면 창자에 붙어 반나절이면 검은 빛으로 썩게 한다고 했다.

"음식을 먹지 않는 사람은 없지마는 그 맛을 잘 아는 자는 드물다"고 공자께서는 말씀하셨다.[04] 원문 284쪽

　유희(柳僖, 1777~1837)가 쓴 글이다. 18~19세기에 걸쳐 활동한 유희는 《언문지(諺文誌)》를 편찬하는 등, 실학적 사유를 담은 책을 저술한 학자로 명성이 높다. 글의 원제목은 입맛을 해명한다고 했지만, 그가 말하는 입맛은 음식의 맛이라기보다는 세상 살아가는 맛, 나아가 인생의 맛을 뜻한다.

　자신의 집에 친구들이 모여 대화를 나누다가 우연히 세상 사는 맛을 놓고 이런저런 이야기를 나눴다. 지금도 사람들은 흔히들 세상 살기가 쓰니 다니 말한다. 우연한 대화를 바탕으로 그는 인생의 맛에 관해 진지하게 사유를 펼쳤다. 누구라도 한 번쯤 느꼈거나, 화제로 올렸을 법한 주제이다.

　유희는 세상의 맛을 인식하기도 쉽지 않고, 또 진정으로 세상 맛을 알기도 어렵다고 했다. 그러면서도 작자는 인간이 살아가는 세상은 너무도 커서 그 안에는 온갖 맛이 다 갖추어져 있다고 했다. 그 안에서 부대끼며 살아가는 사람들에게 세상은 자기가 체험하는 삶의 내용에 따라 쓰기도 맵기도 하고, 달기도 하다고 했다. 그의 말처럼 체험하는 것에 따라 세상 사는 맛은 천차만별이다.

04 《중용》에 나오는 말이다.

〈평생도〉 중 치사(致仕)

벼슬길에서 은퇴하여 소일하던 어느 날, 자신의 집 후원에 친구들을 불러모아 한담을 나누는 장면
이다. 이들도 한 번쯤 세상 사는 맛을 화제로 대화를 나누지 않았을까.(담와 홍계희 〈평생도〉 중에서)

누구나 세상맛이 달기를 바라지만 대체로 세상맛은 쓰거나 맵다. 쓰고 맵다고 해서 그 맛을 맛보지 않을 수 없고, 단맛만을 취할 수도 없는 일이다. 유희는 "단 것은 내 복이요, 쓰고 매운 것은 나의 분수이다"라고 하여 분수를 지키고 운명을 받아들이는 태도를 올바르다고 했다. 그의 말은 체념이기보다는 달관이다.

세상맛이란 사람에 따라 나라에 따라 경험에 따라 다르겠지만, 똑같은 사람이라도 나이에 따라 시간의 흐름에 따라 다른 것이 아니겠는가? 이 글에서 말하는 맛은 한 사람의 전 인생에서 바라본 세상 사는 맛이다. 세계관과 인생관이 이 맛에 표현된다. 그렇듯이 각자가 내 인생의 맛은 무어라고 평할 것인가? 그런 점에서 유희의 이 글은 흥미롭다.

병이 나야 쉰다

박
장
원

나는 전에 당나라 사람의 시를 보다가 "몸에 병이 들자 그제야 한가롭다"[01]는 말을 본 적이 있다. 이 세상을 살아가면서 고달프게 일하느라 잠깐의 휴식도 얻지 못하는 사람이, 한가로운 시간을 차지할 수 있는 경우란, 단지 몸에 병이 생기는 그때뿐임을 이 구절은 말하고 있다. 이 구절을 늘 읊조리면서 나 자신을 가엾게 여기는 데 머물지 않고, 온 세상의 이와 같은 처지에 놓인 사람을 가엾게 여겼다.

나는 올해 춘천부사(春川府使)로 있다가 부름을 받고 황급하게 승

---

01 원문은 '신병시한시(身病是閑時)'로 장문창(張文昌)의 〈한서자에게 답한다[酬韓庶子]〉라는 시의 한 구절이다.

정원으로 들어왔다. 날이면 날마다 새벽에 대궐로 들어갔다가 밤이 되어 나왔다. 봄에서 여름으로, 여름에서 가을로, 그리고 다시 가을에서 겨울로 세월은 흘렀다. 그 겨울마저 반이나 지났다. 그동안 잠깐 업무에서 체직된 적이 있지마는 그것도 종기를 앓은 덕분이었다. 그러나 바로 또 분에 넘치는 일을 맡게 되었다.

최근 들어 감기가 들었다. 그동안 몸이 상한 것이 누적되었기에 생긴 병이어서 내 스스로도 견디기가 어려울 듯했다. 두 번이나 글을 올려 면직을 애걸하여 허락을 받았다. 오늘부터 비로소 한가한 생활로 들어가게 되었다.

주자(朱子)는 "하루 동안 안정을 취하면 하루의 복이 된다"고 하셨다. 이 말씀을 따르자면 병이 든 것도 복이라고 말해도 괜찮지 않을까? 이에 대해서는 따로 따질 분이 있으리라.

구옹(久翁)이 쓰다. 임진년 동짓달 상순. 원문 285쪽

구당(久堂) 박장원(朴長遠, 1612~71)의 글이다. 1652년 그의 나이 41세 때 썼다. 그는 어사로 유명한 박문수(朴文秀)의 증조부이며 문장을 잘 짓는 것으로 이름이 높다. 1649년에 효종이 등극한 뒤로 조정의 분당(分黨)을 보고 외직을 구해 춘천부사가 되었다. 3년 뒤 효종은 그를 승지로 소환하여 이후 승정원에서 근무했다. 이후 오랫동안 승지로 있으면서 중간에 호조와 공조의 참의를 지내기도 했다.

이 글은 늘 왕을 지척에서 모시면서 바쁘게 지내던 시기에 쓴 글이다. 잠시도 여유를 차릴 수 없을 만큼 바쁘게 살고, 더욱이 맡은 일이 중요하여 핑계나 게으름을 피울 수도 없이 일하는 사람의 휴식과 여유를 갈망하는 심경이 잘 드러난다. 글쓴이는 몸에 병이나 나야 겨우 휴식을 얻을 수 있는 자신에 대해 연민의 정을 느끼고, 그렇게 살아가야 하는 온 세상 사람들에게도 동정을 표한다. "병이 든 것도 복이라"고 말하고 싶다는 역설이 일에 내몰린 사람의 심경을 돋보이게 나타낸다.

지금과는 비교할 수 없을 만큼 느리고 여유 있는 사회라고 생각되는 그 옛날에도 이렇게 바쁜 생활을 힘겨워하고 한가로움을 선망했다는 사실이 잘 믿어지지가 않는다.

돗자리를 짜다

김
낙
행

시골 사람들의 농담에 이런 것이 있다.

"시골 선비가 젊어서 과거 문장을 익히다가 과거에 합격하지 못하면 풍월(風月)이나 짓고, 그러다 기운이 빠지면 자리 짜는 일을 하다가 마침내 늙어 죽는다."

이 농담은 그런 처지의 선비를 천시하고 업신여겨 하는 말일 것이다. 선비다운 풍모에서 멀리 벗어나고, 풍류와 아치를 손상시키기로는 자리를 짜는 일이 가장 심하다. 그래서 자리 짜는 일을 특히 천하게 여겨서, 빈궁하고 늙은 사람이 마지막에 하는 일로 생각한다. 사람으로서 이렇게 하다가 인생을 마친다면 참으로 불쌍히 여길 일이다. 그렇다고는 하나 주어진 분수에 따라 살아가는 사람을 느닷없이 비난하고 비웃을 일만은 아니다.

　이제 나는 과거 문장도 풍월도 일삼지 않는다. 산속에 몸을 붙여 살아가므로 궁색하기가 한결 심하다. 따라서 농사짓고 나무하는 일이 내 분수에 맞는다. 더욱이 자리를 짜는 일이야 그다지 근력이 들어가는 일도 아니잖은가?

　집사람이 그저 밥이나 축내고 신경 쓸 일이 없는 나를 못마땅하게 여겨, 그 형제의 집에서 자리 짜는 재료를 얻어다가 내게 자리라도 짜라고 억지로 시켰다. 그러고는 이웃 사는 노인을 불러서 자리 짜는 방법을 가르치게 했다. 나는 속을 죽이고 그 일을 하는 수밖에 어쩔 도리가 없었다.

　처음에는 손은 서툴고 일에 마음이 집중되지 않아서 몹시 어렵고 더뎠다. 종일토록 해봐야 몇 치 길이밖에 짜지 못했다. 그러나 날이 지나고 일이 조금씩 익숙해지자 손을 놀리는 것도 저절로 편해지고 빨라졌다. 짜는 기술이 머릿속에 완전히 익자 자리를 짜면서 곁에 있는 사람을 보고 말을 나누더라도 씨줄과 날줄이 번갈아가며 엇갈리는 것이 모두 순조로워서 조금의 오차도 생기지 않았다.

　그렇게 되자 이제는 괴로움은 다 잊어버리고 즐겨 자리를 짜게 되었다. 식사를 하고 소변을 보러 가거나 귀한 손님이 올 때가 아니면 쉬지를 않았다. 따져보니 아침부터 저녁까지 한 자 길이를 짰는데 솜씨가 좋은 사람의 입장에서는 여전히 서툴다고 하겠지만 내 입장에서는 크게 나아졌다.

　천하에 나만큼 재주가 없고 꾀가 부족한 자가 없다. 열흘 한 달 배워서 이런 정도까지 이른 것을 보니 이 기술이란 것이 천하의 보잘것없는 기술임을 얼추 알 만하다. 내가 이 일을 하는 것이 참으로 적합하다. 비록 이 일을 하다 내 인생을 마친다고 해도 사양하지 않겠다. 왜냐하면 내 분수에 알맞기 때문이다.

이 일을 하여 내게 보탬이 되는 것은 다섯 가지다. 일하지 않고 밥만 축내지 않는 것이 첫 번째이다. 일없이 괜한 출입을 삼가는 것이 두 번째이다. 한여름에도 찌는 듯한 더위와 땀이 나는 것을 잊고, 대낮에도 곤한 낮잠을 자지 않는 것이 세 번째이다. 시름과 걱정에 마음을 쏟지 않고, 긴요하지 않은 잡담을 나눌 겨를이 없는 것이 네 번째이다. 자리를 만들어 품질이 좋은 것으로는 늙으신 어머니를 편안하게 모실 수 있고, 거친 것으로는 내 몸과 처자식이 깔 수 있다. 또 어린 계집종들도 맨바닥에서 자는 것을 면할 수 있다. 그리고 그 나머지로는 나처럼 빈궁한 사람에게 나누어주는 것이 다섯 번째이다. 정축년 여름 오월 아무 날에 쓴다. 원문 286쪽

김낙행(金樂行, 1708~66)은 의성김씨로, 경상도 안동에서 태어나 안동과 봉화 등지에서 살았다. 부친은 과거에 급제하여 홍문관 교리를 지낸 김성탁(金聖鐸)이다. 그 자신은 글에서 밝힌 대로 과거에 급제하지 못하고 벼슬에 나아가지 못한 채 향촌에서 선비로 한평생을 보냈다. 그러나 그는 영남의 큰 선비인 이재(李栽)에게 배웠고, 당시의 저명한 선비인 강좌(江左) 권만(權萬), 대산(大山) 이상정(李象靖) 등과 교유했다. 많은 선비들과 교유하고 글을 쓰며, 학문을 연마한 모범적인 선비이다.

돗자리 짜기

벌이는 못 하고 밥이나 축내는 지아비를 보다 못해 돗자리 짜기를 시키는 여인네의 심사야 어떠했을까만, 그 일에도 재미를 붙이고 소일하는 선비의 변화된 의식이 흥미롭다.(김홍도의 〈풍속화첩〉 중에서)

하지만 선비 김낙행도 생활 전선에서는 무능한 남자에 불과했다. 그저 밥이나 축내는 사람에 불과했고, 집안 살림에는 신경을 전혀 쓰지 않는 선비였다. 그런 그를 못마땅하게 여긴 집사람이 자리라도 짜라고 억지로 등을 떠다밀었다. 그렇게 해서 자리를 짜고, 또 자리 짜는 일에 재미를 붙이게 된 사연이 이러한 글로 나왔다.

귀한 선비 신분에 가장 천한 일을 하는 자괴감이 글의 바탕에 깔리기는 했지만, 하는 일 없이 밥이나 축내는 사람도 일을 할 수 있다는 자족감이 드러나 있다. 생산적인 일을 하지 않는 선비가 노동의 소중함을 깨달아가는 과정이 거칠게나마 담겨 있다. 자리를 짜는 일이 자기에게 다섯 가지 이익을 가져다준다고 한 것을 보면, 그가 이 일을 등 떠다밀려 억지로 하는 단계를 벗어나 재미도 붙이고, 의의도 인정했음을 보여준다.

조선 시대 선비는 생산적인 일에 종사하지 않았다. 이 글은 그런 선비의 완고한 의식에서 일어난 작은 변화를 보여준다.

사기 술잔

김
득
신

아홉 해 전에 한 친구가 사기로 만든 작은 술잔 하나를 선물했다. 나는 그 술잔을 사랑하고 아껴서 늘 책상 위에 놓아두고 술을 따라 마셨다. 서울로 거처를 옮길 때 그 술잔을 가져가지 않고 고향 집에 남겨두면서 깨뜨리지 말라고 맏아들에게 신신당부했다. 그 뒤 맏아들이 찾아왔을 때 혹시라도 술잔을 깨뜨렸는지 물었더니 "벌써 깨졌는걸요" 하고 말하는 것이었다. 조심스럽게 다루지 않아 깨뜨린 것이 틀림없다.

언젠가 관동(館洞) 사는 친구 집에서 술을 마셨는데 반짝이고 깨끗한 사기 술잔이 눈에 띄었다. 술에 취한 틈을 엿보다가 빼앗아 가지고 소매에 넣어 왔다. 집안사람에게 부탁하여 술을 마실 때는 언제나 그 술잔에 따라 마시도록 준비하라고 일렀다. 그런데 계집종이 조심하지 않아서 또 깨뜨리고 말았다. 아무리 탄식한들 소용이 없는 일이라 또 그런 술잔을 장만할 생각이었다.

이해 봄 다시 서울에 갔을 때 다른 계집종이 사기 술잔을 바쳤다. 예전에 깨진 술잔에 견주어 보니 몸집이 조금 컸다. 나는 몹시 애지중지하면서 또 깨질까 염려하여 계집종의 손에 닿지 않도록 했다. 술을 따라 마실 때에는 내가 직접 따라 마셨고, 술을 마신 뒤에는 바로 책상머리에 놓아두었다. 지금껏 깨지지 않았으니 퍽이나 다행스럽다.

사기 술잔은 광주(廣州)에서 만든 것을 제일로 친다. 이 술잔도 광주에서 나온 것으로 그 생김새는 똑바르고 그 빛깔은 정결하여 정말이지 술을 마시는 사람에게 딱 어울린다. 허나 사기 술잔은 깨지기 쉬운 물건이라 오래도록 온전하게 지니기가 어렵다. 오늘은 비록 온전하다고 해도 내일 깨지지 않을지는 알 수 없다. 이번 달에는 비록 온전하다고 해도 다음 달에 깨지지 않을지는 역시나 알 수 없다.

유기(鍮器) 술잔은 깨지지 않는다는 것을 모르는 바는 아니다. 하지만 유기 술잔은 술맛이 변하지만 사기 술잔은 술맛이 변하지 않는다. 내가 사기 술잔을 꼭 가지려 하는 동기가 참으로 여기에 있다.

어제는 내 생일이었다. 친구들을 내 집에 불러모아 이 술잔으로 함께 술을 마셨다. 술맛이 기가 막힌 것은 이 술잔이 있어서다. 감히 아끼지 않을 도리가 있을까? 원문 287쪽

김득신(金得臣, 1604~84)은 17세기의 대표적인 시인이자 문장가이다. 관찰사를 지낸 김치(金緻)의 아들로서 천재형 문인이기보다는 노력형 문인을 대표하는 인물이다. 그런 점을 보여주듯이 나이 59세에 문과(文科)에 급제했고, 급제한 이후에도 큰 벼슬을 하지 않은 채 주로 창작에 몰두하며 삶을 영위했다. 서울과 충청도 괴산에 집이 있어 두 곳을 오가며 생활했다.

선비의 일화를 묘사한 저작물들에서는 그를 세상 물정에 어두운 사람으로 많이 묘사했다. 그런 묘사가 그릇된 것은 아니나, 그의 인생을 잘 들여다보면 아주 소탈하고도 인정이 넘치는 모습을 발견할 수 있다. 진흙으로 구워 만든 사기 술잔을 소재로 쓴 이 글에서도 그런 모습이 드러난다.

우연히 사기 술잔을 얻은 뒤로 그는 늘 이 잔에만 술을 따라 마신다. 그런데 이 술잔은 깨지기 쉬운 약점이 있다. 자신은 몹시도 조심하고 아끼건마는 집의 자식들이나 종들은 그의 기호나 조심성을 따르지 않는다. 그래서 여러 차례 깨지고 다시 장만하는 과정과 그에 관한 소감을 밝힌 것이 글의 내용이다.

이 글의 특징은 자신의 일상에서 일어난 작은 에피소드를 기록한 데 있다. 그렇게까지 귀하다고 할 수 없는 소박한 물건을 사랑하는 개인의 독특하면서도 인간적인 취향이 생생하게 묘사된다. 특히나 사기 술잔을 좋아한 나머지 남의 집에서 취중을 틈타 친구로부터 사기 술잔을 빼앗아 오는 모습에서는 인간적 체취를 엿볼 수 있다. 사기 술잔의 미덕을 예찬한 대목이나 생일날 벗들을 모아 그 술잔으로 술을 마시는 유쾌함을 묘사한 대목은 아주 인

상적이다. 개성과 삶을 정제하여 표현한 짧은 이 글은 아름다운
한 편의 수필이다.

통영을 찾아가다

이
인
상

고성현 남쪽부터는 산세가 내달려서 바다로 들어간다. 오 리를 가서 서편을 바라보았다. 올망졸망 솟은 산이 나타나 백여 리에 푸른빛을 풀어놓고 바다를 가로로 끊어놓았다. 바로 사량도(蛇梁島)였다. 산길을 가노라니 사람들이 제일 높은 봉우리를 손가락으로 가리키며 옥녀봉(玉女峰)이라고 불렀다.

여기부터 삼십 리나 뻗은 길 양편은 모두 키 큰 소나무로 덮여 있다. 가지는 꿈틀대는 이무기처럼 가로눕고 하늘을 덮어서 구름과 해를 가렸다. 그 사이로 바다가 조각조각 어리비쳤다. 이따금 바라볼 때마다 점점이 떠 있는 섬들은 마치 배가 가는 듯했다.

또 몇 리를 가다 보니 산에 기댄 채 바다를 바라보고 세운 작은

성이 나타났다. 성 위에는 층루(層樓)를 세웠는데 통제사(統制使) 원문(轅門)이라고 불렀다.

또 오 리를 가자 산세가 갑자기 꺾여 서편으로 내달리다가 좌우로 불쑥 솟아올랐다. 특히 북쪽 산이 높게 솟았다. 산의 배와 등은 바닷물을 받아들이는데 멧부리를 잘라서 빙 둘러 성을 쌓았다. 세병관(洗兵館)은 성의 중앙에 자리 잡았다. 남쪽으로 뭉게구름이 이어진 듯 수많은 산봉우리는 파도를 토했다가 다시 받아들이고, 물이 모여 넓은 호수를 이룬 바다를 세병관은 내려다보았다. 동편과 서편의 초루(譙樓)는 햇볕 속에 안파루(晏波樓)와 청남루(淸南樓) 두 누각과 더불어 아스라이 솟아 있었다. 앞에는 전함 여덟 척의 돛과 돛대가 빽빽하게 벌여 있었다.

거센 파도와 큰 산, 화려한 들보와 아로새긴 돛대들이 모두 다 세병관의 주렴 사이로 들어왔다. 이 세병관은 그 크기가 상대할 짝이 없다. 기둥 수십 개가 이어 섰고 화려한 다락이 옆을 채워 깊숙하고 장엄하며 드높고 둔중했다. 그 내부는 사람 천 명이 들어갈 만했다. 바다를 수비할 재력을 여기에 다 쏟아부었는데 누구의 손에 창건되었는지를 알 수 없다.

북쪽 초루에 올라가 멀리 한산도를 바라보았다. 서쪽 성으로 나가 이충무공 전공비(戰功碑)를 읽은 다음 안파루 아래에 이르러 여덟 척의 전함을 구경했다. 전함은 모두 산처럼 크고 장대했다. 한 척은 여러 층의 다락과 겹겹의 난간을 만들어 그 크기가 거의 세병관에 맞먹을 만했다. 배가 바다로 들어가면 물 위에 뜬 나무 인형 같으니 바람과 물의 힘이란 참으로 위대하다.

그러나 배를 운행하고 부리는 것은 사람의 힘에 달렸고, 그 배를 이용하여 적을 제압하고 승부를 결판내는 것은 또 지략과 힘에 달렸다. 장수가 된 책임은 그보다 훨씬 위대하다고 하겠다.

수백 년 이래로 나라는 태평스럽고 변방에는 일이 없다. 그래서 드높은 세병관과 큰 전함을 곧잘 유람하는 자가 머물러 노니는 장소로 삼아서 청아한 음악에 긴 소매로 날마다 즐긴다. 수군 병사들은 한 해 내내 편안하게 쉬면서 대나무를 엮고 어망을 만드는 부업을 제 직업처럼 여긴다. 아무리 훌륭한 장수가 나타난다고 해도 지략과 용맹함을 발휘할 방법이 없을 것이다.

배의 키에 있는 난간에 앉아서 뜸을 걷어올리고 사방을 둘러보았다. 가을 햇볕은 맑게 빛나고 바다의 파도는 잔잔하며 굽이굽이 이어진 섬의 산이 시름을 자아낸다. 그때 문득 공손대랑(公孫大娘)이 검무(劍舞)를 추고,[01] 백아(伯牙)가 수선조(水仙操)를 연주하는 것[02]을 보고 싶어져 초연(悄然)히 돌아가야 한다는 생각조차도 잊어버렸다.

원문 287쪽

---

01 공손대랑은 중국 당(唐)나라 개원(開元) 연간에 유명한 춤꾼으로 특히 검무를 잘 추었다.
02 백아는 춘추 시대의 금(琴)의 명인으로 이름난 음악가이다. 금곡(琴曲) 수선조(水仙操)와 고산유수(高山流水)를 작곡했다고 전해진다.

이인상(李麟祥, 1710~60)은 18세기의 대표적인 화가이자 서예가, 그리고 시인이다. 일반 그림이나 서예와는 확연히 구별되는 독특한 풍치의 예술을 보여주었다. 다른 예술만큼이나 그의 산문도 독특한 풍치를 지녔다.

이 글은 그가 삼도수군통제사가 관할하는 경상도 통영(統營)을 여행하고 쓴 유기(游記)이다. 통영은 군사 요충지인데다 서울로부터 멀다. 게다가 조선 후기 들어 상공업이 발달한 신흥도시의 분위기를 띠기에 유람의 적격지라고 하기에는 힘들고, 더욱이 유기를 남길 만한 운치를 지닌 명승지라고 하기는 어렵다. 하지만 이인상은 이곳을 방문하고 유기까지 남겼다. 수백 년 전 통영의 멋을 그답게 고담한 필치로 묘사했다.

글은 통제사영(統制使營)의 중심부인 세병관을 찾아가는 고성부터 시작했다. 거기서 통영으로 들어가는 숲과 바닷길의 묘사가 아주 정취가 있다. 그가 세병관을 만나고, 거기서 건물과 풍경과 배를 묘사하는 대목이 이 글의 중심이다. 너무 메마르다고 할 정도로 간결하고 건조하게 썼다. 그러나 지금도 가서 확인할 수 있는 국보 305호인 세병관의 웅장한 건축의 아름다움과 풍경을 오히려 잘 살려냈다. 그러면서도 풍경의 묘사 안에 국가의 안위를 걱정하는 식자의 우환 의식을 언뜻 비쳤다. 평화 시대이기에 조선 수군의 심장부에서 긴장감을 찾기보다는 고즈넉한 아름다움과 웅위한 자연미를 찾은 막연한 불안감을 표현했다.

가을날 햇볕 아래 빛나는 통영 앞바다를 내려다보며 초연히 시름에 젖는다는 끝 대목은 여운을 길게 남긴다. 절제된 글의 아름다움은 이런 것이 아닐까?

새들의 목소리 경연

꾀꼬리와 비둘기 그리고 무수리는 서로들 제 목소리가 좋다고 승부를 다퉜다. 승부
가 나지 않자 상의한 끝에 어른을 찾아가 심사를 받기로 합의했다. 모두들 "황새라
면 괜찮다!"고 말했다.
무수리는 제가 생각해도 저들보다 목소리가 좋지 않았다. 그래서 뱀 한 마리를 부
리에 물고서 다른 새들 몰래 먼저 황새를 찾아갔다. 뱀을 먹으라고 건네면서 개인
사정을 말하고 청탁을 넣었다. 마침 배가 고팠던 터라 황새는 한입에 뱀을 꿀걱 삼
키고서 기분이 좋아져 말했다. "그저 그것들과 함께 오기나 해!"_성대중

여자의 그림자

황
윤
석

부여 백마강 가에 선비 한 사람이 살고 있었다. 바둑 두기를 즐긴 그 선비에게 늘 노인 한 사람이 나타나 바둑을 함께 두었다. 그런데 그가 어디서 와서 어디로 가는지는 전혀 알 수 없었다. 오랜 시일이 흐른 어느 날 노인은 갑자기 이렇게 말하는 것이었다.

"나는 사람이 아니라 강물에 사는 용이오. 기한을 채우고 나면 창공으로 솟구쳐 올라가게 되어 있지만 여의주 한 알이 미처 완성되지 않았기 때문에 그리하지 못하고 있소. 여기 거울 하나를 그대에게 주겠소. 그대가 나를 위해 팔도를 두루 돌아다니며 부녀자를 비춰주시오. 그 그림자 곁에 오로지 한 남자만이 나타나는 여자는 남편 하나만을 마음에 두고 있는 아낙이오. 그 여자의 털을 얻어다 내게 주시오. 그리하면 그대에게 복을 주겠소만 그리하지 못하겠다면 재앙이 있을 것이오."

다른 도리가 없어 선비는 허락하고 말았다. 거울을 가지고 먼저 온 집안사람을 비춰보았다. 자신의 아내와 딸, 고모와 자매, 형수와 며느리에 이르기까지 그림자 곁에 두세 남자가 나타나지 않는 여자가 없었고, 심지어는 네댓 명이 넘는 여자도 있었다. 선비는 몹시 놀랐으나 그 사실을 마음에 숨긴 채 돌아다니며 묵묵히 여자를 찾아다녔다.

관북 땅에 이르러 밭 사이를 지나다가 한 남자가 밭을 갈고 있고 한 아낙이 점심참을 내오는 장면을 보게 되었다. 거울을 가지고 비춰보았더니 그 아낙의 그림자 곁에는 단지 남자 하나만이 나타났다.

선비는 우두커니 서서 반나절을 자리를 뜨지 못했다. 밭을 갈던 농부가 이상하게 여겨 사연을 물었다. 그제서야 선비가 이유를 말해주었고, 농부는 그 아낙에게 말해 털을 뽑아 선비에게 주었다.

선비가 집으로 돌아오자 노인은 벌써 와서 기다리고 있었다. 노인은 크게 기뻐하며 이렇게 말했다.

"관북[01] 땅에 이런 여자가 있다는 이야기를 나도 들은 적이 있소. 이제 이 물건을 얻었으니 다른 것을 찾을 필요가 있겠소? 열흘이 지나기 전에 내가 변신할 테니 그대는 삼가 피하기 바라오!"

그날이 되자 강에서 파도가 용솟음치고 우레와 바람이 몰아치더니 비가 쏟아졌다. 용이 나타나 구름을 타고 하늘로 솟구쳤다. 그 일대 육지는 모두가 깊은 연못으로 바뀌었다. 선비가 높은 언덕에

---

01 원문은 '관동(關東)'으로 되어 있으나 문맥상 '관북'으로 수정했다.

올라가 제 집을 바라보았더니 제 집 역시 연못이 되어 있었는데 그 깊이가 얼마인지 알 수 없었다.

한편, 용이 승천하기 전에 선비는 노인에게 거울로 비춰봤을 때 짐작과 다르게 나타난 이유가 무엇인지를 캐물었다. 노인은 웃으며 이렇게 대답했다.

"여자들이 꼭 음란한 행위를 실제로 범해서 그런 것은 아니라오. 남녀 사이에는 감정의 교감이 자연스럽게 발생하기에, 미모의 상대를 보게 되면 아름답게 여기고, 또한 감정을 느끼게 되어 그 마음이 이 거울에 비춰지게 되지요. 내가 이 거울을 그대에게 준 이유는 처음부터 감정의 교감이 없는 사람을 찾아서 내가 필요한 곳에 쓰고자 한 것일 뿐이오. 세상 사람들의 육안으로야 어떻게 이러한 사람을 분간할 수 있겠소?"

크게 깨달은 선비는 그 뒤 과거에 좋은 성적으로 합격하고 높은 벼슬을 했다고 한다. 이 이야기는 비록 소설이긴 하지만 남녀 사이에 삼가 구별하는 예절을 지키는 데 일조할 수 있을 것이다. 원문 289쪽

조선 영조 때의 학자 황윤석(黃胤錫, 1729~91)의 《이재난고(頤齋亂藁)》에 실린 삽화다. 열녀로 칭송 받던 여자가 은밀하게 남자를 만나다 발각된 사연과 높은 벼슬아치의 안방을 수시로 드나들던 장님이 눈이 멀쩡한 남자임이 들통 난 사연들을 장황하게 말하다가 꺼낸 이야기다.

겉으로는 순결해 보이는 여자가 실제로는 음란한 행위를 할 수

있다는 것인데, 당시에 떠돌아다니는 이야기를 채록했을 것이다.

작자는 여자의 속내는 알 수 없다는 사실을 말하고 싶었거나, 또는 하늘 아래 한 남자만을 순수하게 사랑하는 여자는 있을 수 없다는 사실을 말하고 싶었던 것 같다. 사정이 그러하므로 불륜을 저지르는 일을 미연에 방지하기 위해서는 남녀 간에 엄격한 구별이 더 필요하다고 주장하고 싶었을 것이다. 이는 한 남자에게 끝까지 정절을 지킬 것을 여성에게 요구한 사회적 관습에 뿌리를 둔 남성의 지나친 순결주의가 반영된 결과이리라.

이 이야기에는 거울로 비춰보면 아내에게 외간 남자가 있는지를 밝힐 수 있는 요술 거울이 있기를 간절히 바란 남성들의 심리가 반영되었다. 하지만 그런 욕망이 황윤석을 비롯한 당시 남성들에게만 국한되지는 않으리라.

현대사회에는 이러한 요술 거울을 얻고 싶어 하는 사람들이 남녀를 불문하고 더 많이 있을 것이다. 그러고 보면 이 이야기는 과거의 이야기이면서도 현대인의 욕구와 심리를 더 잘 보여준다고 할 수 있겠다.

새들의 목소리 경연

성
대
중

꾀꼬리와 비둘기 그리고 무수리는 서로들 제 목소리가 좋다고 승
부를 다퉜다. 승부가 나지 않자 상의한 끝에 어른을 찾아가 심사를
받기로 합의했다. 모두들 "황새라면 괜찮다!"고 말했다.

꾀꼬리는 제 목소리가 신비하다는 사실을 믿어 의심치 않는 터라
그늘 짙은 곳에서 쉬면서 웃기나 했고, 비둘기도 승부에 크게 괘념
치 않고서 느릿느릿 걸으면서 흥얼흥얼 노래나 불렀다.

반면에 무수리는 제가 생각해도 저들보다 목소리가 좋지 않았다.
그래서 뱀 한 마리를 부리에 물고서 다른 새들 몰래 먼저 황새를 찾
아갔다. 뱀을 먹으라고 건네면서 개인 사정을 말하고 청탁을 넣었
다. 마침 배가 고팠던 터라 황새는 한입에 뱀을 꿀꺽 삼키고서 기분

이 좋아져 말했다.

"그저 그것들과 함께 오기나 해!"

셋이 함께 황새한테 갔다. 먼저 꾀꼬리가 목소리를 굴려 꾀꼴꾀꼴 노래를 불렀다. 황새가 주둥아리를 목으로 집어넣으면서 살짝 음미해보더니 말했다.

"맑기는 맑은데 소리가 구슬픈 데 가깝다!"

그 뒤를 이어서 비둘기가 구구구 소리를 냈다. 황새가 모가지를 땅바닥으로 내리면서 슬며시 웃고 말했다.

"그윽하기는 그윽한데 소리가 음탕함에 가깝다!"

맨 마지막으로 무수리가 모가지를 쭉 빼고서 꽉 소리를 질렀다. 황새가 꽁무니를 쳐들고 빠르게 외쳤다.

"탁하기는 탁하지만 소리가 웅장함에 가깝다!"

고과(考課)하는 법에는 뒷부분의 평가가 우수한 사람이 이긴다. 그리하여 무수리는 제가 이겼다고 생각하고 높은 데로 올라가 사방을 휘둘러보면서 부리를 떨며 쉼 없이 소리를 질렀다. 황새도 뒤꿈치를 높이 쳐들고 먼 곳을 바라보며 우쭐댔다. 꾀꼬리와 비둘기는 부끄럽기도 하고 기가 꺾이기도 하여 꽁무니를 빼고 말았다. 원문 290쪽

조선 후기의 명사이자 학자인 성대중(成大中, 1732~1809)이 편찬한 《청성잡기(靑城雜記)》〈성언(醒言)〉에 실려 있는 우언(寓言)이다. 꾀꼬리와 비둘기 그리고 무수리, 이렇게 세 종류의 새가 목소리를 경쟁하여 무수리가 이겼다는 소재의 이야기이다.

이 이야기가 흥미를 끄는 것은 무엇보다 불 보듯 뻔한 경쟁이 뇌물에 따라 전혀 엉뚱하게 전개된다는 데 있다. 이들 목소리의 우열은 굳이 따질 것이 못 된다. 너무도 현격한 차이를 보이도록 꾀꼬리가 월등하게 낫고, 다음에는 비둘기며, 무수리는 비교의 대상에도 끼이지 못할 정도로 나쁘다. 인간의 귀에는 그렇게 들린다.

그런데 뇌물의 힘은 그러한 상식적 평가조차 무너뜨린다. 배고픈 황새에게 뱀을 물어다 준 결과 꾀꼬리의 구슬이 구르는 듯한 높고 고운 목소리는 구슬픈 소리로 전락하고, 비둘기의 낮은 소리는 음탕한 소리로 전락하는 반면, 무수리의 탁한 외마디 소리는 웅장한 소리로 탈바꿈한다.

새들에게 일어난 이 우언은, 누구나 짐작하듯이 바로 인간 사회의 문제로 읽게 된다. 인간사 곳곳에 이런 평가 행위는 언제나 일어난다. 모든 시험제도가 공정한 평가를 표방하고는 있지만 실상은 그렇게 공정하지 못하다.

18세기의 문란했던 과거제도와 관리의 고과 제도가 이러한 우언을 창작하게 된 뒷배경이 되었으리라. 이 기사에는 "인물을 판단하는 감식안이 없는 시험관이 이 글을 읽었다면 얼굴이 벌겋게 달아오르지 않을 수 있으랴?"라는 미평(眉評)이 달려 있다. 이 평을 한 사람은 동시대의 문제를 잘 풍자한 우언으로 읽은 셈이다.

이 우언은 문학적으로도 아주 빼어나다. 각각의 새의 행동과 성격이 아주 잘 묘사되었다. 새의 특징뿐만 아니라 그것이 보여 주는 인간 사회의 세부적 행동 특징까지도 잘 드러나 있다. 음미할 만한 좋은 작품이다.

구경하려는 욕망

윤
기

    하늘은 인간을 만들 때 욕망을 부여했다. 그러기에 예법으로 마음을 제어하지 못하거나 의로움으로 행동을 제어하지 못할 때에는 어지러운 지경에 이르지 않는 자가 드물다. 이것이 바로 먼 옛날 성현들께서 반드시 인간의 욕망을 막고 하늘이 부여한 이치를 발휘하여 사람들이 짐승에 가까워지지 않도록 가르치신 까닭이다.

    이른바 욕망이란 것에는 종류가 많다. 그 가운데 음식과 남녀 관계는 인간의 크나큰 욕망이 표출되는 대상으로서 식욕과 정욕이 생긴다. 자신의 몸을 살찌우고 그 마음을 만족시키기 위해서는 반드시 재물이 필요하고, 그렇기 때문에 재물욕이 생긴다. 가난하고 천한 신세가 부유하고 귀한 존재로 탈바꿈하고자 할진댄 반드시 과거

시험을 거쳐 벼슬아치가 되어야 한다. 따라서 과거에 급제하고자 하는 욕망과 벼슬하고자 하는 욕망이 생긴다. 이것은 모두 다 인간의 욕망으로서 없을 수 없는 것들이다.

그러나 간혹 소탈한 것을 좋아하고 담박한 생활을 즐기는 사람도 있기 때문에 사람마다 모두 그 욕망을 심하게 추구한다고 할 수 없다. 그렇지만 이른바 재미난 구경거리를 즐기려는 욕망은 다른 온갖 욕망의 우두머리이다. 구경거리라 함은 좋은 물건, 좋은 풍경 따위로, 모든 일상적인 것과 다르므로 구경할 만하고 즐길 만한 모든 것이 여기에 해당한다.

어린아이조차도 어른이 손가락으로 물건을 가리키며, "저 물건이 좋아!"라고 말하면 울다가도 울음을 그치고 화를 내다가도 화를 푼다. 그 아이가 어른이 되어 멋진 풍경을 만나면 그 풍경을 즐기느라 집에 갈 것도 잊고, 특이한 볼거리가 있다는 소문을 들으면 아무리 멀더라도 가기를 꺼리지 않는다. 나이 들어 점잖아져도 달라지지 않는다.

이런 까닭에 어른과 아이, 남자와 여자를 가릴 것 없이 봄철이 되어 꽃이 피고 버들가지가 늘어지면 놀러 나가려 하고, 가을철이 되어 단풍 들고 국화꽃 피면 구경하러 나선다. 대보름달 뜨는 풍경, 사월 초파일의 연등 행렬, 큰물이 져서 강물이 불어난 장면, 여름철의 짙은 숲 그늘 등 이런저런 풍경마다 곳곳에 미친 듯 구경꾼이 몰려든다. 물고기 잡고 사냥하는 장면을 보면 좋아하고, 기예를 자랑하는 장면을 목격하면 미소를 띤다. 길거리에서 다투거나 희롱하는 장면을 보면 아무리 급한 일이 있어도 걸음을 멈춰야 하고, 수레와 하인들을 거창하게 몰고 가는 대갓집 행차를 보면 아무리 큰일이 있어도 반드시 눈길을 주어야 한다. 특이한 물건이 있다고 하면 아무리 작은 것이라도 반드시 쫓아가 보아야 하고, 기이한 사건이 발생하면 아무리 외진 곳이라도 반드시 뒤따라가 구경해야 한다. 눈이 달려 있는 사람치고 구경할 만한 것이 있다면 머리를 수그린 채 그냥 지나가는 법이 없다.

이렇듯 많은 볼거리에 대한 욕망 중에서도 가장 심한 것은 임금님이 거둥할 때이다. 이때는 서울이며 지방의 양반과 서민들이 남에게 뒤질세라 다투어 모여들어 산과 들판을 뒤덮는다. 길옆에 있는 집은 모두 사대부 집안 부녀자들이 차지한다. 이런 때는 먼저 들어가는 자가 임자이고 뒤에 오는 자는 밀려나기 때문에 백성들 행렬을 뚫고서 가마가 달려가고, 소란스럽고 먼지 자욱한 거리를 계집종이 달려간다. 창문으로 내려다보고 창호지 구멍으로 훔쳐본다. 그러다 보니 밖으로 드러난 얼굴을 길가의 사람들이 곁눈질로 쳐다봐도 상관치 않고, 품위를 잃었다고 노비들이 손가락질해도 아랑곳하지 않는다. 염치와 위신이 걸려 있음에도 불구하고 모두 내팽개친다. 심지어는 길에서 해산하는 사람도 생기고, 다락에서 헛디뎌 떨어지는 사람까지 생기는 등 부끄럽고 우스꽝스러운 사건이 한두 가지가 아니다. 그러나 그렇게 법석을 떨고도 구경하는 것이라곤 펄럭이는 깃발과 무리 지어 달리는 군사와 말을 보는 것에 지나지 않는다.

여염집 여자들은 악소배(惡少輩)들과 뒤섞이는 바람에 해괴한 사건들이 많이 발생함에도 불구하고 부끄러운 줄을 모르고 태연자약하다. 마음을 쏟고 의지를 불태워 오로지 구경하는 데 목표를 두기에 그 나머지 수만 가지 일은 일체 나 몰라라 한다. 그래서 농사를

임금님 거둥 구경

임금님의 행차이므로 당시 구경거리로는 최고였다. 연도에는 구경 나온 남녀노소가 빼곡하다.(정조의 〈화성능행도병〉 중에서)

팽개치고 하던 일을 던져둔 채 도시락을 싸고 감발을 한 다음 남편은 마누라를 데리고, 시어머니는 며느리를 이끌며, 어머니는 딸을 거느리고 길을 나선다. 그러다가 사람을 잃어버리고 돌아오는 일까지 생긴다. 이런 사건을 보고서 경계를 삼아야 하건만 양반과 서민을 가릴 것 없이 종신토록 바쁘게 구경하러 다니느라 편안히 앉아 있지를 못한다. 비록 그 때문에 곤액을 당하는 일이 있더라도 결코 잘못을 뉘우칠 줄 모른다.

이런 현상을 놓고 볼 때, 천하의 욕망 가운데 이보다 더 심한 것이 어디 있겠는가? 골짜기를 메우듯이 욕망을 절제해야 하건만 이 골짜기는 채울 기약이 없고, 제방을 쌓듯이 욕망을 거부해야 하건만 이 제방은 쌓을 시간이 없다. 그 실상을 살펴보면 해로움만 있을 뿐 무슨 이로움이 있겠는가!

그러나 예로부터 서시(西施)를 구경하느라 약야계(若耶溪)의 물길이 막혔다는 이야기도 있고,[01] 구경꾼들이 위개(衛玠)를 죽였다는 이야기도 있다.[02] 눈으로 구경하기를 좋아하는 욕망은 약속하지 않더라도 똑같은 모양이다. 《주역》에서 성인은 산택(山澤)의 괘 형상을 가지고 그런 사람들을 경계했거니와,[03] 어진 사람들은 그 교훈을

01 이백(李白)의 〈자야오가(子夜吳歌)〉에 "5월이라 서시가 연밥을 따노라니, 구경꾼들이 약야계를 메우는구나[五月西施採, 人看隘若耶]"라는 시구가 있다. 천하절색인 서시가 약야계에서 연밥 따는 것을 구경하느라 사람들이 몰려들어 흘러가는 시냇물이 막힐 정도였다는 내용이다.
02 진(晉)나라 위개는 젊은 시절에 풍채가 좋고 용모가 뛰어나서 머리를 묶고 수레를 타고 시내로 들어가면 그를 구경하러 온 도시 사람들이 몰려들었다. 그 때문에 위개가 피로와 질병이 심하게 나서 나이 스물일곱에 죽었다. 당시 사람들은 구경꾼들이 위개를 죽였다고 말했다. 《진서(晉書)》〈위개전(衛玠傳)〉에 나온다.

마음에 새기는 반면 모자란 사람들은 팽개친다. 원문 291쪽

　이 글은 윤기(尹愭, 1741~1826)가 쓴 글이다. 윤기는 성호(星湖) 이익(李瀷)의 제자로서 남인계 학자이다. 53세에 문과에 급제하고 이후 사헌부 장령과 지평 따위의 내직과 지방의 현감직을 역임했다.

　그의 문집에는 시와 산문이 적지 않게 실려 있다. 문집에는 당시 사회와 풍속의 동향을 민감하게 포착하여 보수적 입장에서 비판한 내용이 많아서 자료적 가치가 매우 높다. 이 글 또한 당시의 풍속을 고발한 글로서 세태를 비판한 의식의 한 면을 잘 보여준다.

　윤기는 이 글에서 임금의 거둥 행차를 구경하려고 경향 각지에서 남녀노소, 양반 천민 가릴 것 없이 몰려드는 현상을 비판했다. 거둥에 이토록 사람이 몰려드는 이유가, 새롭고 흥미를 끄는 것을 구경하고 싶어 하는 인간의 본질적 욕망에 있다고 분석했다. 그는 구경하는 욕망이 인간의 다양한 욕망 가운데 가장 큰 욕망이라고까지 했다. 윤기가 이렇게까지 본 이유는 그만큼 당시 사회에서 다양한 구경거리가 제공되었고, 사람들이 거기에 이끌리고 즐겼다는 사실을 말해준다. 윤기는 이러한 구경의 욕망이 일

---

03 《주역》〈상하전(象下傳)〉에서 손괘(損卦)를 해석하여 "산 아래에 연못이 있으니 손해다. 군자는 그 형상을 취해 분함을 징계하고 욕망을 제어한다[山下有澤, 損, 君子以懲忿窒欲]"고 했다.

으키는 사회문제에 초점을 맞추었고, 그런 점에서 보수적 관점을 보인다.

그러나 이러한 새롭고 화려한 구경거리에 사람들이 몰려드는 현상을 나쁜 관점에서 볼 수만은 없다. 18세기 조선의 서울은 신기하고 거창한 구경거리가 제공되었고, 사람들은 여가를 활용하여 그러한 구경거리에 탐닉했다. 계절에 따라 교외에서 야유회를 갖고, 전국의 명승지를 찾아다니며, 공연이나 큰 행사를 찾아 구경하는 것은 당시 도시민들에게 인생을 즐기는 방편의 하나였다. 사회적 문제가 있다 하여 비난할 대상은 아니었다.

그러한 구경거리 가운데 대표적인 것이 임금의 거둥이었다. 정조가 수원 행차할 때 백성들이 몰려들어 구경하는 모습을 그린 그림을 보면, 윤기가 비판한 내용의 실상을 보여준다. 윤기가 쓴 글에서 우리는 역으로 도시와 도시민의 역동적인 모습을 엿볼 수 있다.

아버지와 아들

심
노
숭

아버지와 아들이 대를 이어 집요한 성격을 공유하여 그들 사이에
도 서로 양보하지 않을 때가 있다. 어쩌면 그리 심할까? 서계(西溪)
박세당(朴世堂)과 그 아들 정재(定齋) 박태보(朴泰輔)는 사사건건 의견
이 갈려서 서로가 제 의견을 내세우느라 서로 지려고 한 적이 없다.

소사(素沙)에 있는 빗돌[01]이 길의 동쪽에 있는지 서쪽에 있는지를
가리려고 사람을 제각기 따로 보내 알아보게 한 일도 있다.

---

01 소사에 있는 빗돌은 성환읍 대홍리에 서 있는 국보 7호 봉선홍경사(奉先弘慶寺) 사
적비를 말한다. 고려 현종이 1021년 280칸의 사찰을 짓고 한림학사 최충에게 비문을
짓게 했다. 거대한 사찰은 불타 없어지고 빗돌만 남았다.

이웃 사람이 죽어 상제(祥祭)날이 가까워오자 제수로 쓸 초를 주기로 약속했다. 그때 서계는 아무 날이라고 주장하고 정재는 다른 날이라고 주장하여 의견의 일치를 보지 못했다. 망자의 아들을 불러 물었더니 대답이 정재의 주장과 맞아떨어졌다. 그러자 서계가 "무릇 사람이 불초한 자식을 두면 죽은 날 제삿밥 얻어먹기도 힘들다!"고 말했다.

정재가 아이였을 때 서계가 외출했다가 돌아와 보니 방 안에 깔아놓은 장판이 송곳 자국으로 뒤덮였다. 사연을 캐묻자 정재는 "송곳으로 벼룩을 찔러 잡으려고 그런 건데 결국 잡았습니다"라고 대답했다.

부자가 모두 암산을 할 줄 알았다. 정재가 마당에 있는 살구나무에 달린 살구를 손가락으로 가리키며 "몇 개가 달렸다"고 말하자 서계는 "아니다! 몇 개가 달렸다"고 말하여 정재가 말한 수보다 수를 줄여 말했다. 살구를 모두 따서 계산을 해보자 서계가 말한 수가 맞았다. 서계가 화를 내며, 억지로 아는 체하며 이기려고만 드는 정재의 태도를 꾸짖었다. 정재가 바로 나무를 타고 올라가 가지 끝에서 잎사귀 밑에 숨어 있는 병든 살구를 따가지고 내려오자 정재가 말한 개수와 딱 맞아떨어졌다.

정재가 파주목사가 되었다. 전답을 다투는 송사를 판결하여 갑이 이기고 을이 졌다. 판결하고 난 다음에, "송사의 이치로는 을이 마땅히 이겨야 하나 을의 문서에 장단의 관인이 찍혀 있으므로 분명히 간특한 짓을 한 것으로 보인다. 그래서 갑이 이긴 것이다"고 말했다. 을이 몹시 억울해하며 서계에게 가서 하소연했다. 서계는 이렇게 말했다.

"사용된 인장이 장단의 것인 줄은 파악하면서 당시에 파주에서 인장을 잃어버려 임시방편으로 장단의 인장을 사용한 것을 모르다니! 이렇게 멍청해서야 어떻게 관리 노릇을 한단 말이냐!"

조사해보니 과연 그 말과 같았다. 그 말에 정재는 더 이상 따지지 못했다. 원문 292쪽

심노숭(沈魯崇, 1762~1837)이 선인들의 일화를 기록한 책에 나오는 이야기이다. 집요한 성격을 가져 서로 지지 않으려고 경쟁하는 사연이다. 지기를 싫어하는 성격이라 해도 아버지와 아들 사이에서 이런 정도까지일 줄은 예상하기 어렵다. 그 점이 이 사연을 흥미로운 이야기로 만든다.

이런 이야기가 전하는 것은 박세당(1629~1703)과 박태보(1654~89) 두 사람이 강직하고도 고집 세기로 선비들 사이에 유명했기 때문이다. 부자는 모두 문과에 장원급제했다. 박세당은 고집스럽게 자기 길을 걸어간 학자로서, 뜻이 맞지 않자 과감하게 조정을 등지고 다시는 조정에 들어가지 않았다. 노론과 정치적으로 대결하여 후에는 사문난적(斯文亂賊)으로 몰리기도 했다.

박태보도 고집 세기로는 그 아버지에게 뒤지지 않았다. 소론이면서도 당론을 편들지 않고 소신에 따라 움직였다. 1689년 기사환국 때 인현왕후의 폐위(廢位)를 강하게 반대하여 모진 고문을

당한 뒤 노량진에서 죽은 사연은 너무도 유명하다. 비리를 보면 참지 못하고 의리를 목숨보다 소중히 여긴 사람으로 그를 존경하는 선비들이 매우 많았다. 이런 강직하고 고집 센 인물들이기에 그들이 일상생활에서 보인 집요하고 고집스런 행적이 화제에 올랐으리라.

이덕무도《서해여언》에서 이렇게 기록했다.

"박태보가 파주를 다스릴 때 밭을 다투는 자들이 있었다. 인화(印畵)를 보니 상주(尙州)의 인장이어서 위조했으리라 판단하여 물리쳐버렸다. 박세당이 그 말을 듣고 한탄하며 '너는 어찌 그다지도 무식하냐? 주현(州縣)의 인장이 달아 못 쓰게 되면 예조(禮曹)에 반납하고 새 인장을 다시 주조한다. 아무 해에 파주에서 화재로 인장을 분실했을 때 예조에서 미처 새 인장을 주조하지 못해 그리 낡지 않은 상주 인장을 임시로 빌려 쓰게 했다'고 말했다."

이런 사연이 퍼진 것을 보면, 그 둘의 사연은 아주 유명했던 듯하다.

한편, 박세당 부자가 서로 지지 않으려 한 태도에는 아버지라고 해서 편들려고 하지 않는 심리가 깔려 있기도 하다. 심노숭은 다른 글에서 이런 이야기를 전한다.

박세당이 아들에게 윤선거(尹宣擧)와 남구만(南九萬)에 견주어 자신을 평가해보라고 했다. 예상과 달리 박태보는, "윤선거는 도(道)를 실은 문장이고, 남구만은 나라를 다스리는 사업까지 담긴 문장이므로 유구하게 전해질 것이기에 아버지의 문장이 그들에게는 미치지 못한다"고 답했다. 그러자 박세당은, "너는 나를 너무 가볍게 보는구나!"라고 대답했다. 객관적인 평가라면, 윤선거와 남구만의 문장도 높은 수준이기는 하지만 아무래도 박세당이 더 높은 수준의 문장이 아닐까 생각한다. 박태보가 그 사실을 모르지는 않았을 것이다.

소금 장수의 백상루 구경

권
득
기

안주(安州) 백상루(百祥樓)는 빼어난 풍경을 지닌 관서 지방의 누
각이다. 중국 사신이 오거나 우리나라 사람이 공무로 지나가게 되
면, 누구든지 이 누각에 올라 풍경을 감상하지 않는 경우가 없다.
덕수(德水) 이자민(李子敏, 이안눌)이 "수많은 산들이 바다에 이르러
대지의 형세는 끝이 나고, 꽃다운 풀밭이 하늘까지 이어져 봄기운
은 떠오른다"라고 시를 읊은 곳도 바로 이곳이다.

어떤 상인이 소금을 싣고 가다가 이 누각을 지나게 되었다. 때는
겨울철로 아침 해가 아직 떠오르기 전이었다. 상인은 누각 아래 말
을 세워놓고 백상루에 올라서 사방을 둘러보았으나 그저 보이는 것
이라곤 긴 강에 깔린 얼음장과 넓은 들을 뒤덮은 눈뿐이었다. 구슬

픈 바람은 휙휙 몰아오고, 찬 기운은 뼈를 에일 듯 오싹해서 잠시도 머물 수 없었다. 그러자 상인은 "도대체 백상루가 아름답다고 한 게 누구야?"라고 화를 내고 서둘러 짐을 꾸려서 자리를 떴다.

저 백상루는 참으로 아름다운 누각이다. 하지만 이 상인은 알맞은 철에 놀러 오지 않았으므로 그 아름다움을 확인할 수 없었다. 그렇듯이 모든 사물에는 제각기 알맞은 때가 있다. 만약에 알맞은 때를 만나지 않는다면, 저 백상루의 경우와 다름이 없다.

여우 겨드랑이 털로 만든 가죽옷은 천하의 귀한 물건이지만 무더운 5월에 펼쳐 입는다면 가난한 자의 행색이 되며, 팔진미(八珍味)가 제아무리 맛이 좋은 음식일지라도 한여름에 더위 먹은 사람을 구하지는 못한다. 황금과 구슬, 진주와 비취는 세상 사람들이 보석이라고 일컫는 물건이지만, 돌보지 않아 다 쓰러져가는 초가집 방 안에서 그런 황금과 옥으로 치장을 하고 앉아 있다면 어울리지 않을 것이다. 마찬가지로 농사짓는 집의 여인이 짧은 적삼에 베치마를 입고서 그 위에 구슬과 비취로 만든 머리 장식을 하고 있다면 비웃지 않는 사람이 없을 것이다.

이뿐만이 아니다. 아름다운 명성과 좋은 관직은 세상 사람들이 누리고 싶어 하는 것이다. 그러나 얻을 만한 때 얻는다면 좋은 것이겠지만 얻을 만한 때가 아닌 때에 정당한 방법으로 얻은 것이 아니라면, 좋은 것이라고 할 수 없다.

전한(前漢)의 세상에서는 유협(遊俠)을 숭상했고, 전국시대의 경춘(景春)은 장의(張儀)와 공손연(公孫衍)을 대장부로 간주했다.[01] 그들이 누린 명성도 명성임에는 틀림없지만 그때는 다름 아닌 한나라

가 쇠퇴한 때요 전국(戰國)시대였다. 송(宋)나라 소흥(紹興) 시절에
는 금(金)나라와 강화를 맺자는 주장에 찬동하는 자들이 높은 벼슬
자리에 올랐고, 경원(慶元) 연간에는 주자(朱子)를 그릇된 학문이라
고 공격하는 자들이 요직에 두루 포진해 있었다. 그런 자리가 좋은
자리이기는 하지만 그때는 바로 진회(秦檜)와 한탁주(韓侂胄)가 행세
하던 시기였다.02 저들은 자신들이 훌륭하다고 생각했겠지만, 군자
들의 입장에서 바라보면, 썩은 쥐보다도 못하여 병든 솔개가 한 번
놀랄 거리도 되지 못한다.03

  무릇 이러한 것들이 다 겨울에 백상루를 구경한 소금 장수와 다
르지 않다. 원문 293쪽

---

01 장의와 공손연은 모두 전국시대의 종횡가(縱橫家)이다. 《맹자》〈등문공하〉에서 경
춘이 그들에 대해 말하기를, "공손연과 장의가 어찌 진정한 대장부가 아니겠습니까?
그들이 한 번 화를 내자 제후들이 두려움에 떨었고, 편안하게 지내자 천하가 전쟁을
멈추었습니다" 했다.
02 진회는 금나라와의 화친을 주장했고, 한탁주는 주희(朱熹)를 내쫓고 성리학을 위
학(僞學)으로 몰아 경원당화(慶元黨禍)를 일으켰다. 이 두 사람은 송나라의 대표적 간
신으로 평가받는다.
03 《장자》〈추수(秋水)〉에 나오는 이야기이다. 혜자(惠子)가 양(梁)나라의 재상으로 있
을 때, 어떤 사람이 혜자에게, "장자(莊子)가 와서 당신을 대신하여 재상이 되려고 한
다"고 말했다. 혜자가 몹시 두려워하여 전국에 수배하여 사흘 밤낮을 장자를 찾았다.
장자가 스스로 혜자를 찾아가서 이렇게 말했다. "남방에 원추란 새가 있는데 자네는
아는가? 원추는 남쪽 바다를 출발하여 북쪽 바다로 날아갈 때 오동나무가 아니면 쉬
지 않고, 대나무 열매가 아니면 먹지 않으며, 단물이 나는 샘이 아니면 마시지 않았
네. 그런데 솔개가 썩은 쥐를 얻고서 원추를 쳐다보면서 쥐를 뺏길까 봐 '꽥' 하고 을
러댔다네. 그처럼 자네도 양나라 재상 자리 때문에 나를 을러대는 것이 아닌가?"

권득기(權得己, 1570~1622)의 작품이다. 그는 선조·광해군 연간의 선비이다. 과거에 장원급제한 수재로서 40대에 광해군의 정치에 불만을 품고 정계를 떠나 아예 야인으로 살다 53세에 죽었다. 세상에는 그 자신보다 아들인 탄옹(炭翁) 권시(權諰)가 널리 알려졌다.

포저(浦渚) 조익(趙翼, 1579~1655)이 쓴 그의 묘지명에서, 몸을 깨끗이 지키려는 의지를 갖고 벼슬에 급급해하지 않는 광해군 시대의 사대부로는 권득기와 임숙영(任叔英)이 제일이라고 했다. 포저는 권득기가 광해군의 실정에 실망하여 향촌에 물러가 살았고, 인목대비를 폐위시킨 이후에는 집안의 혼사에도 잘 참여하지 않았으며, 급한 일이 아니면 서울에도 출입하지 않을 만큼 결벽의 자세를 유지한 지사라고 평가했다. 이 글을 보면, 그러한 저자의 인생관이 투영되어 있다.

안주의 백상루는 전국의 이름난 누정 가운데서도 풍경이 아름답기로 유명하다. 그러나 아무리 아름다운 명승지라도 혹한이 찾아온 겨울철, 아무도 없는 새벽에 올라가 보면, 아름답기는커녕 그 매서운 추위에 서둘러 자리를 뜨고 싶어진다. 알맞은 때가 아니면 제아무리 좋은 풍경이라도 아름답지 않은 것이다. 마찬가지로 최고의 옷과 음식도 제때가 아니면 좋다고 할 수 없고, 아무리 고귀한 보석도 제자리가 아니면 귀하지 않다.

그렇다면 누구나 갖고 싶어 하는 명예나 권력은 어떠한가? 글쓴이는 명예나 권력은 누구나 얻고 싶어 하지만 그것조차도 얻어

안주 백상루
조선 시대 관서 팔경의 하나로, 청천강이 한눈에 내려다보이는 위치에 있던 누각이다.
백상루라는 이름은 백 가지 절경을 볼 수 있는 누각이라는 뜻이다.

야 할 때가 있고 올바른 방법이 있다고 말한다. 마치 저 소금 장
수가 백상루에 올라가 아름다움을 발견하지 못한 것처럼 해서는
안 된다. 명예와 권력을 얻은 때가 횡포와 독재가 횡행하는 추악
한 시기이거나 얻은 방법이 올바르지 않을 때 그 명예와 권력은
아름다운 것이 아니라 추한 것이다.

　예로부터 선비에게는 출처(出處)가 중요한 인생의 문제였다.
이 글은 그러한 출처와 인생의 진로 문제를 다뤘다. 이 문제는 시
대가 바뀌었다고 해서 달라질 성질의 것은 아니다.

부족해도 넉넉하다

김
정
국

　서울에서 자네가 쉬지 않고 집을 짓는다는 소문을 들었다네. 남들이 전하는 말이 정녕 사실이라면 그런 짓을 그만두고 조용히 살면서 하늘의 뜻에 따르는 것이 좋지 않겠는가? 사람이 세상에 태어나 70세를 산다면 정말 장수했다고 한다네. 나와 자네가 그렇게 장수하는 복을 누린다고 해도 남아 있는 세월이라야 겨우 10여 년에 지나지 않네. 무엇 때문에 노심초사하며 말 많은 자들의 구설수에 오를 짓을 사서 한단 말인가?

　내 이야기를 함세. 나는 20년을 가난하게 살면서 집 몇 칸 장만하고 논밭 몇 이랑 경작하고, 겨울에는 솜옷, 여름에는 베옷 몇 벌을 갖고 있네. 잠자리에 누우면 남은 공간이 있고, 옷을 입고도 남은 옷이 있으며, 주발 바닥에는 먹다 남은 밥이 있다네. 이 여러 가지 남은 것을 자산으로 삼아 한세상을 으스대며 거리낌 없이 지낸다네.

　천 칸 되는 고대광실 집에다 십만 섬의 이밥을 먹고, 비단옷 백 벌을 갖고 있다 해도 그따위 물건은 내게는 썩은 쥐나 다를 바 없네. 호쾌하게 이 한 몸뚱어리를 땅에 붙이고 사는 데 넉넉하기만 하네.

　듣자니 자네는 옷과 음식과 집이 나보다 백배나 호사스럽다고 하던데 어째서 조금도 그칠 줄 모르고 쓸데없는 물건을 모으는가?

　없어서는 안 될 것이 있기는 하네. 책 한 시렁, 거문고 한 벌, 벗한 사람, 신 한 켤레, 잠을 청할 베개 하나, 바람 통하는 창 하나, 햇볕 쪼일 툇마루 하나, 차 달일 화로 한 개, 늙은 몸 부축할 지팡이한 개, 봄 경치 즐길 나귀 한 마리가 그것이네. 이 열 가지 물건이 많기는 하지만 하나라도 없어서는 안 되네. 늙은 날을 보내는 데 이밖에 구할 게 뭐가 있겠나.

　세상사 분주하고 고단하게 꾸려가는 중에 저 산수 간에서 열 가지 물건과 보낼 재미를 생각하기만 하면 어느새 돌아가고픈 기분에 몸이 훨훨 날 듯하네. 그러나 몸을 빼내어 돌아갈 방법이 없으니 어쩌면 좋겠나. 벗이여! 이 점을 잘 헤아리게나. 원문 293쪽

　사재(思齋) 김정국(金正國, 1485~1541)이 친구인 황 아무개에

게 보낸 편지이다. 그의 문집에는 실려 있지 않고 이기(李墍)가 쓴 《송와잡설(松窩雜說)》이란 야사에 실려 있다. 내용의 일부가 권별(權鼈)의 《해동잡록(海東雜錄)》에도 실려 있다. 황 아무개가 늙어서도 계속 집을 짓는 등 호사스럽고 욕심 사납게 산다는 소문이 사재의 귀에까지 들려왔다. 사재는 친구에게 충고의 편지를 보냈다.

아무리 좋은 집이라도 이제 얼마 누리지 못할 것을 굳이 지을 필요가 없다고 충고하고 자기를 보라고 했다. 자신은 부자는 아니지만 의식주에 부족함이 없으므로 한세상을 으스대며 잘 살고 있다고 했다. 그 정도면 충분하다고 여겨 불만이 없다. 그런데 자신보다도 모든 것에서 백배나 잘사는 사람이 그것도 부족하여 더 재물을 모으려 한다면 그것은 노탐(老貪)이다.

탐욕이란 말이 나왔으니 말이지 자기도 탐욕이 없지 않다. 무려 열 가지나 되는 많은 물건을 그는 탐낸다. 책, 거문고, 친구, 신발, 베개, 창문, 툇마루, 화로, 지팡이, 나귀가 각각 한 가지씩이다. 그는 이 물건이 아무리 많다고 해도 없어서는 안 된다고 했다. 그가 말한 탐욕은 반어(反語)로 들린다. 진정 여유롭고 자유로운 인생을 살기 위해 꼭 필요한 것은 화려한 저택 따위의 값비싼 물건은 아니라는 사실을 사재는 친구에게 보내는 편지에서 말하고 있다.

사재는 이 글의 "잠자리에 누우면 남은 공간이 있고, 옷을 입고도 남은 옷이 있으며, 주발 바닥에는 먹다 남은 밥이 있다네〔臥外有餘地, 身邊有餘衣, 鉢底有餘食〕"란 대목에서 '세 가지 남은 것〔三

餘]'이란 말을 따다 삼여거사(三餘居士)란 호를 지어 부족해도 넉넉하게 여기는 호기와 여유를 부렸다. 넉넉해도 부족한 사람과 부족해도 넉넉한 사람의 선명한 대비를 통해 어떻게 사는 것이 진정한 행복인지를 보여주려고 했다.

동해의 풍파 속에서

임
숙
영

　언젠가 동해 바다를 여행했을 때의 일이다. 높은 언덕에 올라 해
가 떠오르는 쪽을 바라보았다. 그날 마침 거센 바람이 바다를 뒤흔
들어 멍석을 말듯이 수천 리를 말아 올렸다. 바람이 바닷물을 쳐서
하늘에 닿을 듯 솟구치는 파도는 마주 서기조차 두려웠다. 나는 입
을 떡 벌리고 놀라 이렇게 말했다.

　"풍파가 이렇게까지 거셀 줄은 몰랐다. 바닷가를 내려다보니 온
갖 것들이 벌벌 떨고 있다. 정박해 있는 배들은 왜 아니 부서지겠는
가? 서 있는 나무들은 왜 아니 꺾이겠는가? 서 있는 바위들은 왜 아
니 거꾸러지겠는가? 물속에 오르내리는 물고기들은 왜 아니 휩쓸려
가겠는가? 깊은 물속에 잠겨 있는 이무기와 용, 물고기와 거북이는

왜 아니 물을 벗어나 육지로 떨어지겠는가?"

이윽고 바람과 파도는 점차 잠잠해지고 물은 점차 고요해졌다. 그제야 천천히 살펴보았다. 정박해 있는 배들은 부서진 것이 없고, 서 있는 나무들은 꺾인 것이 없고, 서 있는 바위들은 거꾸러진 것이 없고, 물속에 오르내리는 물고기들은 휩쓸려간 것이 없고, 깊은 물속에 잠겨 있는 이무기와 용, 물고기와 거북이는 물을 벗어나 육지로 떨어진 것이 없었다. 사물 하나하나가 아무 사고도 없이 편안하여 풍파의 액운이 없었던 것처럼 보였다.

나는 흔연히 기뻐 말했다.

"이상하구나! 풍파가 저처럼 거셌는데도 온갖 사물이 이처럼 잃은 것이 없다니! 정말 위대하지 않은가? 그래서 나는 저번에는 입을 떡 벌리고 놀랐다가 지금은 흔연히 기뻐한다. 기쁨과 놀람은 서로 같은 감정이 아니다. 그렇건만 하루 사이에 번갈아 나타났다. 외부에서 생긴 현상이 내 마음을 여닫는 것을 보면, 나란 사람의 그릇은 작기도 하구나! 마음을 제 스스로 잘 지키지 못하고 사물에 따라 변하는 나와는 달리 대인은 분명히 그렇지 않으리라.

아아! 풍파가 거세게 몰아쳤음에도 불구하고 온갖 사물이 이처럼 잃은 것이 없다니 세상 풍파와는 정말 다르구나! 세상 풍파는 환해(宦海, 벼슬의 바다)에서 일어난다. 저 환해는 실제 바다는 아니므로 풍파도 진짜가 아니다. 풍파가 일지 않기 망정이지 일어난다면 곳곳의 벼슬자리는 난리 나고 요동친다. 그럴 때 부서지고 꺾이고 거꾸러지고 휩쓸리고 물에서 벗어나 육지로 떨어지는 자가 얼마나 되는지 알 수 없다. 너무도 심하지 않은가? 이런 요동은 실제 풍파는 일으키지 못하는 반면, 가짜 풍파는 잘 일으킨다. 대체 어떻게 가짜가 진짜보다 더하단 말인가?"

그러자 누군가 이렇게 말했다.

"아! 진짜가 가짜보다 못한 것이 정말 세상만사에 공통된 걱정거리입니다. 유독 이 풍파만 그럴까요? 당신은 인간세계에서 목도한 적이 없나요? 아무개는 어진 분이다. 아무개는 지혜로운 분이다. 아무개는 재주가 있는 분이다. 아무개는 능력이 많은 분이다. 아무개는 수행을 잘한 분이다. 그렇게들 말하지요. 그런데 이렇게 현명하다고 소문난 분이 정말 진짜로 현명한 분일까요? 지혜롭다고 소문난 분이 진짜로 지혜로운 분일까요? 재주가 있다고 소문난 분이 진짜로 재주가 있는 분일까요? 능력이 많다고 소문난 분이 진짜로 능력이 많을까요? 수행을 잘했다고 소문난 분이 진짜로 수행을 잘했나요? 현명하고 지혜롭고 재주 있고 능력 많고 수행 잘하는 것은 가짜로 하기가 불가능합니다. 그렇지만 가짜가 거의 열에 여덟아홉인 반면 진짜는 열에 두셋도 되지 않고, 가짜는 번쩍번쩍 빛나는 경우가 많은 반면 진짜는 비실비실 숨어드는 경우가 많습니다. 아아! 입을 다물어야지요. 가짜가 진짜가 아니란 것을 누가 알까요?"

그 말에 나는 이렇게 답했다.

"그렇지 않아요. 가짜가 진짜가 되지 못하는 것은 음이 양이 되지 못하고 검은 것이 흰 것이 되지 못하는 것과 같지요. 하지만 무슨 도움이 될까요? 보통 사람은 속일지언정 군자는 속이지 못하지요. 그러나 가짜가 세상에 자신을 잘 드러내는 점만은 진짜가 그보다 못합니다. 사람만 그럴까요? 아닙니다. 온갖 사물이 그렇지 않은 경우가 없답니다.

따라서 음란한 음악은 연주해도 고상한 음악은 물리치고, 노둔한 말은 타도 천리마는 양보하며, 닭과 돼지는 키워도 기린과 봉황은 숨기고, 제비와 참새는 가까이해도 기러기와 고니는 멀리 보냅니다. 쑥은 드러나도 지초와 난초는 숨고, 도리(桃李)꽃은 일찍 펴도 연꽃은 늦게 피며, 물고기 눈깔은 빛나도 야광주는 흐릿하며, 돌은 팔려도 화씨(和氏)의 구슬은 숨으며, 가라지는 쑥쑥 자라도 좋은 곡식은 줄어들며, 납으로 만든 칼은 물건을 베어도 막야(莫邪) 명검은 칼집에 들어 있습니다. 이런 모든 것들이 진짜와 가짜를 분간해야 하는 것들이니, 이런 것을 이루 다 말할 수 있을까요?"

나는 사물을 통해서 사람을 알았고, 또 사람을 통해서 사물을 알았다. 근본을 가지고 추리를 해서 말단의 일을 생각해보고 그 사연을 글로 쓴다. 원문 294쪽

임숙영(任叔英, 1576~1623)이 쓴 글이다. 그는 광해군 시절의 저명한 시인으로 호는 소암(疎菴) 또는 동해산인(東海散人)이다. 동해 바다에 일어나는 풍파를 보고 사유를 전개한 글이다.

바람이 거세게 불어 높은 파도가 치는 동해 바다의 웅장한 자연현상을 보고 그는 자신의 마음에서 일어나는 감정의 변화를 짚어낸다. 모든 것을 부수고 없앨 것 같은 풍파의 위세에 먼저 놀란다. 그러나 그런 거센 풍파도 바닷가의 배와 나무, 바위와 물고기, 온갖 바다 생물을 해치지 못한다. 두려움에 떨던 그는 마음이 놓여 기뻐한다. 자연 세계에서는 풍파에도 온갖 사물이 제자리를

심사정 〈선유도(船遊圖)〉

풍파가 이는 자연의 진짜 바다를 보며, 문득 인간 세상의 가짜 바다 환해야말로 사람들에게
더 심각한 타격을 주지는 않는지 그림 속 풍파만큼이나 사유의 출렁임도 크다.

잃지 않는다는 안도감과 그로 연유한 기쁨이다.

그러나 자신이 머물다 온 인간 세상의 관직 사회인 환해는 딴판이다. 환해는 동해(東海)와 바다라는 이름을 공유하지만, 풍파가 치면 난리가 나고 요동쳐서 온갖 인간들이 심각한 타격을 입는다. 자연 세계의 풍파와 인간세계의 풍파는 이름은 같지만 다르다. 그런데 실상을 보면, 환해는 가짜 바다다. 자연 세계의 진짜 바다는 풍파가 쳐도 모든 존재를 살려두지만, 인간세계의 가짜 바다는 풍파가 치면 모든 것을 뒤흔든다.

여기에 이르러 사유는 이제 진짜와 가짜라는 것으로 발전한다. 즉, 객(客)의 입을 통해 풍파만이 가짜가 진짜보다 위세가 센 것이 아니라 인간 세상 모든 것이 가짜가 진짜보다 힘을 발휘한다고 주장한다. 글쓴이는 그의 주장이 틀리다고 거부한다. 일반인은 속지만 군자는 속지 않는다는 이유에서다. 그러나 완전히 거부하는 것은 아니다. 세상에 자신을 잘 드러내는 능력에서 가짜가 진짜보다 뛰어나다는 점 때문이다. 세상에 진짜가 없지 않지만 자신을 포장하여 드러내는 능력의 부족 때문에 가짜에게 밀린다.

그렇게 보면, 이 글은 자신의 능력을 잘 포장하는 사람들이 횡행하는 세상에서 상처받은 사람이 동해 바다에 와서 거센 파도를 보고 마음을 달랜 위안의 작품이 아닐까?

베개야 미안하다 3부

"베개가 나무가 아니고 황금이나 주옥으로서 유리와 마노의 재질을 갖고 화려한 자수로 갑을 하고 비취새의 깃털로 꾸민다고 치더라도, 머리를 고이고 누워서 드르렁 드르렁 코를 골며 편안한 잠을 자게 만든다는 점에서는 다 똑같다. 가져다 쓰는 데에는 귀하고 천한 차이가 없지마는 예우할 때에는 후하고 박한 차별이 있었다. 베개가 무슨 잘못이 있으랴! 내가 잘못했다. 내가 잘못했다!" _이광덕

고질병

홍
현
주

벽(癖) 곧 고질병은 병이다. 특정한 어떤 물건을 좋아하는 사람이 있어서 좋아하는 정도가 심하면 즐긴다고 말할 수 있다. 특정한 어떤 물건을 즐기는 사람이 있어서 즐기는 정도가 심하면 고질병이라고 말할 수 있다.

동중서(董仲舒)와 두예(杜預)는 학문에 고질병이 있는 사람이고, 왕발(王勃)과 이하(李賀)는 시에 고질병이 있는 사람이다. 사령운(謝靈運)은 산수 유람에 고질병이 있는 사람이고, 미불(米芾)은 돌에 고질병이 있는 사람이며, 왕휘지(王徽之)는 대나무에 고질병이 있는 사람이다.

이러한 사람 외에도 갖가지 기능과 기예에 고질병이 생긴 사람이 있고, 집과 진귀한 보물, 각종 물건에 고질병이 생긴 사람이 있다. 심지어는 부스럼 딱지를 즐겨 먹고, 냄새나는 음식을 좋아하는 인간도 있는데 이런 사람은 고질병이 괴기한 지경으로 빠진 사람이다.

나는 본래 다른 기호는 없고 오로지 그림만을 몹시 즐긴다. 마음에 드는 옛 그림을 보면, 찢어진 화폭이거나 파손된 두루마리라도 반드시 높은 값을 쳐주어 사고, 내 목숨과도 같이 아낀다. 어느 곳에 좋은 작품이 있다는 소문을 들으면 바로 정성을 쏟고 힘을 바쳐서 반드시 손에 넣어야 직성이 풀린다. 눈으로 감상하여 정신에 파고들면, 아침 내내 싫증이 나는 줄도 모르고 밤새도록 피곤한 줄을 모르며 먹는 것을 잊고서도 배고픈 줄을 모른다. 심하다! 나의 고질병이여. 앞에서 말한 부스럼 딱지를 즐겨 먹고 냄새나는 음식을 좋아하는 인간에 아주 가깝다고 할 수 있구나!

그런데 그림 가운데 오래된 옛것은 부식되고 망가진 것이 많아서 손을 대기만 하면 찢어지는 것들이 왕왕 생긴다. 나는 그런 것들을 볼 때마다, 조금만 더 시간이 지나면 아주 없어질까봐 늘 안타깝게 여겼다.

방유능(方幼能)이란 사람이 있는데 본래 예술에 대한 감식안을 갖추고 있었다. 게다가 고질병의 측면에서 본다면 그는 또 남보다 특별했다. 종이가 훼손되거나 비단이 바스라진 옛 그림을 만나면 그는 반드시 손수 풀을 발라 다시 장황(裝潢, 표구)했으며, 늙어서까지도 부지런히 일하여 그만두지 않았다. 그가 눈대중으로 치수를 재어 손을 놀리는 것을 보면 잣대가 저절로 움직이는 듯 한 자 한 치도 어긋나지 않았다. 그는 움직이고 쉬며, 일어나고 잠자는 일거수일투족이 풀 그릇 밖을 벗어나지 않았다. 그럴 때에는 아무리 많은 녹봉으로 대우하겠다고 유혹을 해도 일을 하는 즐거움과 바꾸려 하지 않았다. 그리고 신비한 기술로 만든 솜씨는 거의 포정[01]이 소를 잡고, 윤편[02]이 수레바퀴를 깎는 수준과 같아 서로 막상막하라고 할 정도였다.

그리하여 내가 소장하고 있는 옛 그림 가운데 부식되고 상한 것이 모두 그의 도움으로 낡은 것이 새것이 되어 그 수명을 연장하게 되었다. 심하다. 방유능의 고질병이여! 내가 견주자고 덤빌 수준이 아니로구나.

그림을 향한 내 고질병이 장황을 향한 방유능의 고질병의 도움을 받아서, 부서진 옛 그림이 모두 온전하게 살아났다. 한가한 날이면 그와 더불어 서탁을 맞대고 앉아 함께 그림을 감상하면서 흠뻑 심취하여, 하늘이 세상을 덮고 대지가 만물을 싣고 운행하는 사실조차도 느끼지 못한다. 그림에 세월을 몽땅 보내면서도 아무런 싫증을 내지 않으니 심하다! 나와 그대의 고질병이여! 그래서 고질병을 묘사한 글을 지어 그대에게 준다. 원문 296쪽

---

01 포정(庖丁): '포'는 부엌을 뜻하는 글자. 포정은 《장자》 〈양생주(養生主)〉에 나오는, 소를 잡는 장인. 포정이 문혜군(文惠君)을 위해 소를 잡을 때 신기에 가까운 솜씨로 소를 잡은 데서 나온 말로, 사물의 성질을 철저하게 관찰하고 기술을 완벽하게 습득하여 자유자재로 솜씨를 발휘한 장인을 가리킨다.

02 윤편(輪扁): 《장자》 〈천도(天道)〉에 나오는, 춘추시대 제나라의 저명한 수레 만드는 장인.

홍현주(洪顯周, 1793~1865)가 1817년에 쓴 글이다. 제목은 고질병을 밝힌다는 뜻의 〈벽설(癖說)〉로서, 자신과 방유능 두 사람의 서화에 빠진 벽을 자조하기도 하고 자부하기도 한다. 저자는 정조의 부마인 해거도위(海居都尉)로서 시문을 잘했고, 서화의 수장가로서 감식안도 뛰어났던 인물이다. 19세기 문화계에서 아주 비중이 높은 인물이다.

그런 홍현주가 이 글을 써서 준 사람은 방효량(方孝良, ?~1823)으로서 유능(幼能) 또는 유능(孺能)은 그의 자(字)이다. 장황, 곧 서책과 그림의 장정에 특별한 재능과 전문성을 지닌 장인으로 당시에 매우 유명했던 인물이다. 홍현주를 비롯하여 신위(申緯) 등의 서화를 표구하는 일을 전담했다. 정조가 특별히 그에게 벼루를 만들어 올리라는 명을 내린 일이 있을 만큼 다양한 분야에도 재능을 지니고 있었다.

홍현주 자신도 서화벽이 있는데, 서화를 잘 보수하는 방효량과 같은 장인이 있어서 서화를 소장하고 감상하는 즐거움을 배가시킨다고 했다. 같은 분야에 벽을 가진 사람과 어울리는 즐거움이 잘 드러나고 있다.

이 글의 주제는 벽이다. 어떤 물건이나 일을 좋아하여 푹 빠져 있는 상태를 가리킨다. 18세기 이래 이런 고질병을 인간의 한 덕목으로까지 내세우는 분위기가 일부 형성되어 있었다. 특히, 서화에 대한 벽은 다른 것에 견주어 고상한 것으로서 문인 예술가들은 자신의 벽을 과장되게 자부하기도 했다. 그런 모습을 보여주는 글로서, 이 글이 쓰인 시기와 비슷한 시기에 쓰인, 《나석관고(蘀石館稿)》의 〈서화서(書畵序)〉가 있다. 그 글에서는 다른 벽이 탐욕에 기운 병이거나 음란함에 빠진 병이거나 사치에 빠진 병이지만, 서화에 빠진 벽은 성격이 다르다고 했다. 서화는 우아한 일, 곧 아사(雅事)이므로 서화벽(書畵癖)이 있다 해도 우아한 일이기 때문에 일반적인 병과는 다르다고 구별해서 보았다.

무언가에 흠뻑 빠져서 몰두하는 즐거움을 누릴 수만 있다면 그처럼 행복한 일은 없을 것이다. 홍현주와 비슷한 사람들처럼, 서화에 빠지는 벽을 다른 벽보다 우위에 둘 필요는 없어 보인다. 지나치게 괴벽한 것이 아니라면 삶을 윤택하게 할 수 있는 자기만의 벽 하나쯤은 지니는 것이 어떨까?

집으로 돌아오라

조
술
도

지난해 보던 매화의 남쪽 가지 끝에는 벌써 봄소식이 올라와 있
건만, 우리 벗님은 올해 어느 곳에서 맴돌고 있는지 모르겠구려. 추
운 날 꽃가지 곁에 서서 마음속으로 꽃술을 헤아릴 때마다 '이 꽃은
소식이 분명하건만 벗의 소식만은 그렇지 못하구나!' 라고 생각했더
랍니다.

노형의 발걸음이 근자에는 어디에 머물고 계신지 모르겠군요. 마
릉(馬陵)의 농가에 계신가요? 아니면 금석(金石)의 옛집에 계신가
요? 이번 행로는 몇 곳으로 잡았으며, 몇 곳의 산수를 다 보셨는지
요? 큰 가뭄이며 홍수는 어느 곳에서 만났고, 어느 곳에서 비바람을
만났는지요? 혹시 서쪽 길을 잡아서 서울을 거쳐 개성의 천마산과

박연폭포를 들르고, 멀고 먼 대동강에 이르러 동명성왕(東明聖王)의 사당을 알현하고 정전(井田)의 유적지를 구경한 다음, 연광정을 올랐다가 곧바로 의주의 통군정(統軍亭)까지 도착했는지요? 그게 아니라면 동쪽 길을 택해 원주와 춘천을 거쳐 강릉과 양양을 들르고, 굽이굽이 돌아서 낙산사와 총석정을 향하다가 시원스럽게 비로봉 꼭대기까지 올랐는지요?

하늘과 땅을 집으로 삼고, 강과 산을 식구로 여기며, 안개와 노을, 구름과 달을 양식으로 삼아 한평생 남으로 갔다 북으로 가고, 동으로 갔다 서로 가기를 조금도 어렵게 생각지 않는군요. 그러나 쓸쓸한 규방의 부인은 노형을 눈이 빠지게 기다리며 가슴을 치면서 장탄식하고, 외로운 청상과부 며느리는 적막 속에서 벽에 등을 기대고 숨을 죽인 채 한숨을 쉬고 있다오. 노형이 아무리 대장부의 마음을 가지고 있다고 해도 그런 정경에 마음이 흔들리지 않는단 말이오? 노형은 백륜(伯倫)처럼 광달하고,[01] 보병(步兵)처럼 미친 노릇하며,[02] 만경(曼卿)처럼 기발하고,[03] 동보(同甫)처럼 호탕하다오.[04]

01 백륜은 유령(劉伶)의 자이다. 동진(東晉) 때 죽림칠현(竹林七賢)의 한 사람으로 술을 아주 좋아하여 늘 술병을 휴대하고 다녔으며, 사람을 시켜 삽을 메고 따라다니게 하면서 "내가 죽으면 묻어 달라"고 했다. 《진서(晉書)》〈유령전(劉伶傳)〉.

02 보병은 보병교위(步兵校尉)를 지낸 진(晉)나라 완적(阮籍)을 가리킨다. 그는 천성이 방달불기(放達不羈)하여 마음 내키는 대로 수레를 타고 아무 곳으로 가다가 길이 막히면 통곡하고 돌아왔다.

03 만경은 송(宋)나라 석연년(石延年)이다. 그는 술을 몹시 좋아하고 주량이 몹시 컸다. 적은 녹봉이라 술을 실컷 마시지 못함을 늘 한탄했다.

04 동보는 송나라의 진량(陳亮)이다. 웅장한 포부를 지닌 학자로서 세상에 받아들여지지 않아 몇 번이나 하옥되었다가 풀려났다. 주희(朱熹)와의 사공(事功) 논쟁으로 유명하다.

그렇지만 그것이 병인지 병이 아닌지, 중도를 넘었는지 중도에 미치지 못했는지를, 한평생 옛사람의 책을 읽은 노형이 왜 모르겠소?

요즈음 노형의 근체시 한 수를 읽어보았더니 그 가운데 "수풀 아래 한가로이 누워서, 영원히 중용 속 사람이 되는 것이 낫겠네!"라는 구절이 있더군요. 노형은 남에게 중용 속 사람이 되라고 권유하고 정작 자신은 중용 밖 사람에 머물고 있소. 하기 쉬운 것이 말이라고는 하나 실천하기 어렵기가 정말 이런 정도일까요?

우리들의 기질에서 오는 병통이 누군들 없겠소? 이 조술도는 뻣뻣하고 앞뒤 꽉 막혔으며, 어둡고 물정 모르는 꽁생원이니 참으로 우리 노형이 말하는 천유(賤儒)에 속하오. 그러나 뻣뻣하고 앞뒤 꽉 막혔으며, 어둡고 물정 모르는 꽁생원일지라도 그래도 옹졸하게 살아가다 보니 대단한 문제를 일으키는 지경에는 이르지 않소. 앞서 말씀 드린 광달하고 기발하고 강개하며 격렬한 삶은, 명목은 모두 아름답지마는 곧잘 뜻이 기운에 빼앗기고 기운이 몸에 이용당한다오. 그 폐단은 자기만을 귀하게 여기고 남은 무시하며 방자하게 눈을 부릅뜨는 인간이 되기 쉽소.

바라건대, 백 번 생각하고 천 번 고민하여 지금까지의 길을 바꾸기를 바라겠소. 그래서 부질없는 세상 사람이 되어 후세 사람들이 다시 그대를 비웃도록 하지 마시오.

이 조술도는 노형과는 정이 깊기에 걱정도 깊고, 걱정이 깊기에 말을 숨기지 않고 꺼냈소. 노형이 정말 내 말을 옳다고 생각한다면, 좋은 길로 가도록 간절하게 권하는 뜻을 너그러이 받아들이시고, 내 말이 그르다고 생각한다면, 이 조술도는 숨김없이 말한 벌을 달게 받겠소. 용서하기 바라오. 원문 297쪽

김홍도 〈단원도〉

신축년(1781년) 청화절(4월 1일)에 단원의 집에 세 사람이 모였다. 바로 이 글의 주인공인 창해 옹 정란(앞쪽 오른쪽 인물)과 담졸 강희언(중간에 부채를 든 인물), 그리고 이 집의 주인인 김홍도 (거문고를 타는 인물)이다. 이 그림은 김홍도가 갑진년(1784년) 12월 입춘 2일 후에, 이날의 모임 을 회상하여 그린 그림이다. 세 사람 중 강희언은 이미 고인이 된 뒤였다.

이 글은 조술도(趙述道, 1729~1803)라는 경상도 문인이 창해일사(滄海逸士) 정란(鄭瀾, 1725~91)에게 부친 편지이다. 정란은 여행이 좋아서 조선 천지를 발로 누빈 전문적 여행가였다. 종(縱)으로는 백두산에서 한라산까지, 횡(橫)으로는 대동강에서 금강산까지, 산천에 자신의 발자국을 남기려고 애써서 당시에 유명한 사람이었다. 자신의 여행 체험을 후세에 전하고 싶어 하여 산수 여행의 체험을 담은 시문을 썼고, 많은 화가와 문장가들로부터 자신의 산행을 묘사한 그림과 글을 받았다. 그 그림과 글을 모아 '썩어 없어지지 않는다'는 뜻의 〈불후첩(不朽帖)〉을 만들었고, 그 첩이 현존한다. 그의 특이한 행적은 필자가 《조선의 프로페셔널》에 상세하게 정리를 해놓았다.

조술도는 정란의 고향 친구이자 사돈 간으로, 정란의 외아들 정기동이 조술도의 조카딸에게 장가들었다. 정란이 산수에 미쳐 조선 땅을 떠도는 사이 집을 지키던 아들이 죽었다. 조술도는 그런 조카사위를 애도하는 애사를 지어서 장래성 있는 젊은이를 애도하는 한편, 홀로 된 조카딸의 처지를 불쌍히 여기는 마음을 담았다.

이 편지는 그런 일이 벌어진 다음에 쓴 것이다. 편지에서 "쓸쓸한 규방의 부인은 노형을 눈이 빠지게 기다리며 가슴을 치면서 장탄식하고, 외로운 청상과부 며느리는 적막 속에서 벽에 등을 기대고 숨을 죽인 채 한숨을 쉬고 있다오"라고 한 대목이 그것을 알려주며, 여행을 떠난 가장이 가정을 돌보지 않는 사이 집을 지키고 있는 부인과 청상과부가 된 며느리의 딱한 처지를 묘사했다.

조술도의 경우도 처음부터 그의 여행 자체를 반대한 것은 아니었다. 정란과 함께 지리산을 등반한 일도 있다. 그러나 정란처럼 모든 것을 저버리고 여행에만 몰두하는 것은 내버려 둘 수 없는 문제였다. 가정과 생활을 포기하면서까지 자신이 하고 싶은 일을 하는 것은 조술도의 말대로 '명목은 아름다운 것'이었다. 그러나 거기에는 가족의 희생이 따르므로 이른바 '중용 속 사람'으로 돌아오기를 권유했다.

조술도가 쓴 이 편지의 수신자는 정란이지만, 당시 정란은 종적이 불분명하여 어디에 있는지 알 수 없었다. 이 편지를 전달한 경위가 분명하지는 않지만, 심부름꾼을 보내 종적을 수소문하여 전달했을 가능성이 높다. 편지를 받은 정란은 이에 답장을 보냈고, 그 답장을 받고서 조술도가 또다시 돌아오기를 권유한 편지가 남아 있다.

이제 일기를 그만 쓴다

유
만
주

오호라! 사람이 마음을 먹고 무언가를 하려고 할 때 계획대로 이뤄가는 것이 가능한 것일까? 내가 날마다 일기를 쓰기 시작한 처음에는 넓게 펼치려고만 애썼지 좁히려고 애쓰지 않았고, 크게 벌리려고만 했지 작게 하려고 하지 않았다. 일기는 본래 60부(部)로 구성하고, 일천 권으로 계획했다. 그리하여 내 마음이 여기에 담기고, 내 행동이 여기에 담기고, 내 말이 여기에 담기고, 내 작품이 여기에 담겨 있는 모습을 확인하려 했다. 그렇게만 한다면, 작품의 좋고 나쁨과 말의 순수하고 그릇됨과 행동의 잘잘못과 마음의 바르고 그름을 여기에서 찾아볼 수 있을 것이다. 나아가 공적이고 사적인 소문과 조정과 재야의 견문, 그리고 고금의 사건과 주변 국가의 문화가 골고루 실리지 못할 것이 없을 것이다. 그렇게만 된다면 이것은 아마도 내 한평생이 담긴 대문헌이 될 것이다.

나는 원시(元視)라는 아들을 두었다. 원시는 태어나면서부터 순수하고도 맑았다. 뜻이 있는 데다 실천에 옮겼으며, 바탕이 뛰어난 데다 노력까지 하여 나는 몹시 기대를 걸었다. 되돌아보면 나는 스승이 될 만한 특별한 행동을 한 것이 없고, 가르침이 될 만한 멋진 말을 한 것이 없으며, 남겨줄 만한 뛰어난 작품이 없었다. 그저 이 일기나 남겨주어 널리 듣고 많이 아는 데 도움을 주려고 했다. 내가 남겨주려고 하는 것은, 비록 옛사람이 경서(經書) 한 가지를 자식에게 남겨준 일에는 부끄럽지만, 그래도 노비를 떼어주고 전답을 나눠주며 은과 진주, 그릇과 완구를 물려주는 것보다는 나은 일이었다. 그래서 나는 일기를 쓰는 일만은 감히 게으름을 피우지 않았다. 내가 좋아하는 일을 하는 것 이상의 의미가 있기 때문이었다.

아뿔싸! 나는 어질지 못하고 지혜롭지 못하며, 행동은 천지신명의 기대를 저버려, 그 재앙이 내 뒤를 이을 아들을 덮쳤다. 이해 여름 원시가 병에 걸려 요절했다. 울부짖으며 허둥대기만 할 뿐 따져물을 곳도, 하소연할 데도 없었다. 곡을 마치고 나자 이런 생각이 들었다.

"아들이 죽었으니 책을 전해줄 대상이 사라졌다. 책을 읽고 평하며, 덜고 보태서 정리해줄 사람이 없어졌다. 책은 이제 그만두어야겠다. 그만두지 않는다면 나는 참으로 어질지 못하다. 나는 참으로 지혜롭지 못하다."

그래서 글을 지어 아들의 영구 앞에서 다짐을 했다.

오호라! 일기를 60부로 계획했으나 13부로 마쳤고, 일천 권으로 만들고자 했으나 이백 권으로 멈췄다. 게다가 책을 정리하고픈 마음조차 사라지고 꺼내어 남에게 보일 생각도 없어졌다. 사람이 마음을 먹고 무언가를 하려고 할 때 계획대로 이뤄가는 것이 정말 가능한 것일까? 오호라! 애통하구나! 오호라! 애석하구나!

여름철이 시작된 지 마흔두 번째 날이 아들이 죽은 날이다. 일기의 정미(丁未) 부가 끝을 맺었다. 이윽고 또 장사를 치르고 애도하는 과정에서 쓴 기록들을 모으되 내가 상복을 벗는 초하루 아침까지 쓴 기록을 싣고서 이름을 정미지부(丁未支部)라고 붙였다. 여기서 지부(支部)라고 한 것은 나머지라는 뜻이다. 차마 잊지 못한다는 뜻을 담았다. 후세 사람들이 내 정미년 지부(支部)의 일기를 보게 된다면 일기를 통해서 확인하고 찾아보려 한 나의 생각이 이해에 중단되었음을 알아차리리라. 오호라! 슬프구나! 원문 298쪽

유만주(兪晩柱, 1755~88)의 자(字)는 백취(伯翠), 호는 통원(通園)이고, 본관은 기계(杞溪)이다. 벼슬하지 않은 채 독서인으로 한평생을 보내며, 1775년 1월 1일부터 시작하여 1787년 12월 14일까지 13년 동안 하루도 빠짐없이 일기를 썼다. 그 일기가 바로 《흠영(欽英)》으로 현재 13부 24책 161권이 남아 있다. 이 일기에는 그가 살아가며 겪은 삶과 독서, 작품을 비롯하여 그 자신의 일상과 견문한 세상의 모든 것을 꼼꼼하게 기록했다. "일기는 이 한 몸의 역사"라고 하며 매 해의 일기를 한 부로 정리하고 서문을 써서 일기를 쓰는 이유를 밝혔다. 그 가운데 마지막 해의 일기에 쓴

글이 바로 이것이다.

아들 유구환(兪九煥, 1773~87)이 열다섯 살의 나이로 5월 12일에 죽자 유만주는 살아갈 의욕을 잃어 하루도 거르지 않고 써오던 일기를 중단하기로 했다. 글에 등장하는 원시가 바로 구환의 자(字)로서 '길게 살아 오래 세상을 보라〔長生久視〕'는 의미로 지어준 것이었으나 기대와는 달리 요절했다. 아들이 죽자 살아갈 의욕을 잃은 저자는 평생 해오던 일기 쓰기를 중단하며 그 이유를 이렇게 글을 지어 밝혔다.

글의 첫 대목과 마지막 대목에서 그는 "사람이 마음을 먹고 무언가를 하려고 할 때 계획대로 이뤄가는 것이 가능한 것일까?"라고 의문을 던졌다. 아무리 강한 의지를 가지고 주도면밀하게 계획하여 일을 추진해도 인생은 뜻대로 되지 않는 법, 그로 인한 절망을 물음으로 대신했다. 그것은 이 글의 주제이기도 하다.

《흠영》이란 일기는 그만큼 원대한 꿈을 담은 일대 문헌이었다. 이 문헌의 탄생이 아들의 존재와 깊이 연관되어 있듯이, 사랑하는 아들의 죽음은 이 문헌의 존재 의의를 잃게 만드는 것이었다. 일기를 전해줄 대상이 사라지고, 일기를 소중하게 다룰 존재가 없어졌으므로 더 이상 일기를 써야 할 이유가 없었다. 그러므로 이제는 일기 쓰기를 그만두겠다고 선언했다.

그러나 일기의 중단은 곧 그의 삶의 중단을 의미했다. 아들이 죽은 뒤 9개월 만에 그도 생을 놓고 말았다. 그의 이러한 선택이나 뒤이은 죽음이 너무 지나친 것이고 급작스러운 것이라고 말할 수 있다. 그러나 그의 절망과 죽음에 섣부르게 말하기 어려울 만큼 그는 진중하게 삶을 살았다.

궁리하지 말고 측량하라

홍
대
용

하늘은 만물의 할아버지이고, 태양은 만물의 아버지이며, 대지는 만물의 어머니이고, 별과 달은 만물의 삼촌이다. 음양의 기운이 뭉쳐 만물을 낳아주므로 그 은혜보다 큰 것이 없고, 숨결을 불어넣고 물로 적셔 만물을 길러주므로 그 덕택보다 후한 것은 없다.

그렇건만 인간은 생명을 마칠 때까지 하늘을 머리에 이고 대지를 밟고 살면서도 하늘과 대지가 어떤 형상인지를 알지 못한다. 이것은 마치 생명을 마칠 때까지 아버지를 의지하고 어머니의 보살핌을 받으며 살면서도 아버지와 어머니의 나이와 모습을 알지 못하는 것과 다름이 없다. 어떻게 그것을 옳다고 할 수 있겠는가?

만약 하늘에 대해서는 높고 멀다는 것을 안다고 말하고, 대지에 대해서는 두텁고 넓다는 것을 안다고 말한다면, 이것은 마치 아버지에 대해서는 남자라는 것을 안다고 말하고, 어머니에 대해서는 여자라는 것을 안다고 말하는 것과 무엇이 다르겠는가?

그러므로 하늘과 대지가 어떤 형상인지를 알고자 한다면, 마음으로 탐구해서도 안 되고, 이치로 탐색해서도 안 된다. 오로지 기기를 만들어서 측정하고, 수학으로 계산하여 추론해야 한다. 측정하는 기기가 다양하지만 네모난 방형과 둥근 원형의 범주를 벗어나지 않고, 추론하는 수학의 방법이 다양하지만 구고(句股)[01]보다 중요한 것은 없다.

하늘과 대지의 형상을 측정하고 추론하는 차례는 반드시 먼저 방위를 분간하고, 다음에는 척도를 정해야 한다. 방위를 분간함으로써 남극과 북극을 측량하고, 척도를 정함으로써 대지를 측정한다. 먼저 지구를 측량하고 다음에는 모든 천체로 확대해야 한다. 이렇게 한다면, 하늘과 대지가 어떤 형상인지 그 대강의 상황을 터득할 수 있을 것이다. 원문 299쪽

홍대용(洪大容, 1731~83)이 지은 글이다. 조선 후기를 대표하는 천문학자로서 과학과 수학, 기술에 전문적인 지식을 소유한 학자의 주장답다. 우리가 이 시대 학자들에게서 예상하는 것과는 딴판의 견해를 볼 수 있다. 인간이 생명을 영위하는 공간인 하늘과 대

01 구고는 직각삼각형으로 측량의 방법을 말한다.

홍대용이 만든 혼천의(渾天儀)
천체의 운행과 위치를 관측하는 천체 관측 기구. 홍대용이 만든 혼천의는 기계 시계
를 톱니바퀴로 연결해 움직이게 한 것이 특징이다.(숭실대 박물관 소장)

지의 진정한 형상을 몰라서는 안 되고, 알기 위해서는 기기를 만
들어 측정하고 수학적 계산을 통해 추론해야 한다는 주장이 핵심
이다.

그는 먼저 이 세계를 존재하게 하는 하늘과 대지의 중요성을
누구나 알고 있으나 제대로 알려고 하지 않는다고 했다. 그가 하
늘과 대지에 대해 알아야 한다는 것은 상식적 수준의 지식을 말
하는 것이 아니다. 아버지가 남자요 어머니가 여자라는 것을 아
는 것은 아는 것이 아니라고 했다. 그러고 보면, 그가 지식이라고
한 것은 현재의 의미로 말하자면 자연과학적 지식에 속하는 것으
로 보인다.

그는 올바른 지식을 얻기 위해서는 인간의 감각이나 이성에 의
지해서는 안 되고, 과학적인 측정을 가능케 하는 기기를 이용하
고 수학을 동원해야 한다고 말했다. 그의 주장은 오늘날의 입장

에서 보기에는 상식이나 당시로서는 상식이라고 할 수 없다.

이 글은 짧지만 명료한 생각을 드러내고 있다. 지식은 무엇인지, 지식을 획득하는 방식은 어떠해야 하는지, 사고의 변화를 촉구한 진보적 과학자의 단순하면서도 강한 주장이 통쾌하게 전개되고 있다. 옛글에서 인문적이고 추상적인 글은 많이 만날 수 있지만, 이렇게 엄밀한 과학과 지식의 문제를 명료하게 설파한 글은 쉽게 찾기 어렵다. 그래서 이 글과 생각이 소중한 의미를 갖고 다가온다.

베개야 미안하다

이
광
덕

나무를 깎아 베개를 만들었다. 길이는 한 자 다섯 치, 폭은 다섯 치, 두께는 세 치였다. 그 베개에 머리를 고이고 누워서 드르렁드르렁 코를 골며 아주 편하게 잠을 잤다. 그렇지만 낮에는 베개를 밀쳐놓거나 던져버렸고, 어떤 때는 궁둥이를 받치고 걸터앉기도 했다. 그날 밤에 베개가 노기 띤 얼굴로 꿈에 나타나서는 이렇게 말했다.

"그대가 코를 골며 자는 소리가 어둠 속에서 기둥을 뒤흔들어도 나는 괴로워하지 않았고, 그대의 쇳덩어리 같은 두개골과 두꺼운 이마가 산악처럼 무겁게 나를 짓눌러도 나는 힘들어하지 않았으며, 그대가 침을 흘리고 땀을 쏟으며, 때와 기름기로 갈수록 나를 더럽혀도 나는 조금도 더러워하지 않았다. 이렇게 크나큰 수고를 베푸는 내게 그대는 되레 욕을 보이다니! 아! 이렇게도 모질게 굴다니!"

그 말을 듣고 나는 이렇게 꾸짖었다.

"너는 물러나라! 너는 나무에 불과하다. 산마루 앞뒤에는 기(杞)나무와 노나무, 소나무와 녹나무가 숲을 이뤄 위로는 하늘로 솟구쳐 구름과 해를 찌를 기세요, 아래로는 소와 말을 뒤덮을 기세다. 톱을 잡아 잘라내고 도끼를 휘둘러 찍어내면, 너 같은 물건은 하루아침에 만 개를 얻을 수 있다. 게다가 또 구불구불하고 울퉁불퉁한 특이한 재질의 목재나 상서로운 빛깔과 찬란한 광채가 나는 무늬목도 바람에 휩쓸리고 폭우에 넘어져서 꺾어지면 썩은 흙이 되나니, 그런 나무도 이루 다 헤아리지 못할 지경이다. 그런데 너만은 요행히도 사람 손에 걸렸고, 더군다나 마루 위에 올라와 머리를 떠받치는 물건으로 쓰였으니 너의 영광은 극에 달했다고 할 수 있는데, 한때 욕을 보았다고 해서 어째 그리 투정을 부리느냐? 관부(灌夫)[01]도 형틀에 묶였고, 강후(絳侯)[02]는 문서 뒷장에다 위기를 모면하는 방법을 물었으며, 이광(李廣)[03]은 술에 취한 하급 관리에게 모욕을 당했다. 화복(禍福)과 영욕(榮辱)이 번갈아 드나드는 것은 군자조차도

---

01 관부는 한(漢)의 인물로 오초(吳楚)의 반란 때 용맹을 떨쳤다. 자신의 위험을 생각지 않고 의협심을 발휘한 행동으로 유명하다. 그는 거실에서 모욕을 당한 일이 있으나 형틀에 묶이는 모욕을 당한 사람은 관부가 아니라 위기후(魏其侯)이다.

02 강후는 한(漢)나라 개국공신 주발(周勃)이다. 여씨(呂氏)의 난을 평정하는 등 막강한 권력을 행사했다. 문제 때 역적으로 조사를 받으며 옥리에게 뇌물을 주어 도움을 요청했을 때 옥리가 문서의 뒷장에 방법을 써주어 위기를 모면했다.

03 이광은 한 무제 때의 명장이다. 그 역시 술에 취한 하급 관리에게 모욕을 당한 일이 있다. 이상 세 경우는 모두 사마천의 《보임안서(報任安書)》에 나오는 내용으로 뛰어난 인물도 곤경에 처한 때가 있음을 말한다.

모면하기 어렵다. 어찌 네 자신을 돌아보지 않고 화를 내느냐?"

말을 마치고 잠을 자다가 불현듯 자신의 허물이 떠올랐다.

"내가 베개를 꾸짖은 것이 옳기는 옳다. 그러나 내 나이 서른에 아직도 포의(布衣) 신세니, 남들이 나를 천하게 여기고 짓밟는 것이 마땅하다. 옛사람의 글을 읽은 것이 적지 않고, 천하의 이치를 탐색한 것이 얕지 않으며, 화복과 영욕의 사연을 잘 설명하여 갖추지 못한 것이 없다. 하지만 세상을 살아가며 남들이 던지는, 귀에 거슬리는 한마디 말을 들으면 금세 발끈하여 화가 나고 붉으락푸르락 낯빛이 바뀌는 일이 한두 번이 아니다. 이렇듯이 제 자신을 다그치는 일에는 너무도 관대하면서 남을 책망할 때는 너무 가혹하게 해서야 되겠는가? 나는 선비가 돼가지고 선비로서 할 만한 직책을 얻지 못했지만, 나무는 베개가 되어 베개로서 용도를 충실하게 수행하고 있다. 내가 거슬리는 말을 듣고 속이 뒤집히는 것은 참으로 망령된 짓이지만, 베개가 천대를 받고서 노기를 띠는 것은 아무리 봐도 패악한 짓이 아니다."

그렇게 생각하고서 베개를 들어 사람처럼 세워놓고 그에게 위로의 말을 건네며 이렇게 말했다.

"네가 나무가 아니고 황금이나 주옥으로서 유리와 마노의 재질을 갖고 화려한 자수로 갑을 하고 비취새의 깃털로 꾸민다고 치더라도, 머리를 고이고 누워서 드르렁드르렁 코를 골며 편안한 잠을 자게 만든다는 점에서는 다 똑같다. 가져다 쓰는 데에는 귀하고 천한 차이가 없지마는 예우할 때에는 후하고 박한 차별이 있었다. 베개가 무슨 잘못이 있으랴! 내가 잘못했다. 내가 잘못했다!" 원문 300쪽 이광덕(李匡德, 1690~1748)이 30세에 쓴 글이다. 이광덕은 영조 시대의 사대부로 전라감사와 대사헌, 대제학을 지낸 분이다. 이진망(李眞望)의 아들로 당대의 소론 명문가 출신이다. 글에서도 밝히고 있듯이 벼슬하기 이전 젊은 때에 쓴 글이다. 자신이 베는 목침과 대화를 나눈 사연을 썼으므로 우언(寓言)이다.

날마다 접하는 일용품인 베개를 매개로 하여 세상에서 제 역할을 할 수 있는 존재가 되고 못 되는 문제와 그런 상황을 어떻게 받아들여야 할지를 고민한 글이다. 30년 세월 동안 갖은 노력으로 공부도 했고, 남 못지않은 능력도 갖추어 이제는 세상에서 내게 어울리는 위치를 차지할 만도 하다. 내 자신을 돌아보면, 그런 자부심을 갖지 못하란 법이 없다. 그러나 그런 자리가 오기는커녕 귀에 거슬리는 말만 들으니 "발끈하여 화가 나고 붉으락푸르락 낯빛이 바뀌지" 않을 수 없다. 이것이 세상에서 제자리를 찾지 못한 젊은 이광덕의 솔직한 심정이다.

그런 그도 밤마다 자신의 쇳덩어리 같은 두개골과 커다란 이마를 받치는 베개에게는 폭군처럼 군다. 자리를 주지도 않고 거슬리는 말을 한다고 세상에 화를 내는 자신과 같은 성품을 가졌다면 베개는 화를 낼 이유가 충분히 있다. 베개의 입장이라면 내게 화를 낼 법도 하다. 그로서는 사과하지 않을 수 없다. 베개의 눈으로 자신을 보니, 세상의 눈으로 자신을 보는 것과 크게 다르지 않다.

두 배로 사는 법

이
광

　태호(太湖) 이원진(李元鎭) 어른은 하루에 먹는 곡식이 몇 홉에 지나지 않았고, 밤에 자는 잠이 두 시간을 넘지 않았다. 누군가 지나치게 괴롭고 싱거운 생활이라고 꼬집자 태호 어른이 이렇게 말했다.

　"적게 먹는 사람 가운데 맑고 밝은 자가 많고, 많이 먹는 사람 가운데 탁하고 둔한 자가 많다. 따라서 도가(道家)에서는 벽곡(辟穀)을 행하는데 그것은 몸속의 찌꺼기와 더러운 것을 줄이기 때문이다. 먹는 것은 굶주리지 않고 기운을 손상시키지 않을 수만 있다면 충분하다. 사람들은 꼭 배불리 먹어야 좋아하지만 그것은 배 속에 똥을 많이 채우는 짓이다. 똥이란 것은 더럽기에 멀리하지 않는 사람이 없다. 그럼에도 불구하고 꼭 배 속에 똥을 많이 채워두고자 하는 까닭이 대체 무어냐?

인생이란 흰 망아지가 쏜살같이 지나가는 것을 구멍 틈으로 보는 것과 같다. 잠자는 것은 죽은 것과 한가지이므로 잠을 자지 않으면 살아 있는 것이다. 살아 있어야 할 때에 죽어 지내는 사람은 어째서 죽기를 즐기는지 모르겠다.

동파(東坡)의 시에 이런 구절이 있다.

아무 일 없어 이렇게 조용히 앉아 있으니
하루가 곧 이틀인 셈일세.
만약 칠십 년을 산다면
백사십 세를 산 셈이라.

옛사람은 두 배로 살고자 했건마는 지금 사람은 두 배로 죽고자 한다. 이상한 일이 아니냐?"

내가 그 어른의 말씀을 듣고 좋은 말씀이라 생각했다. 이제 그 어른의 말씀을 기록해두어 내 자신을 깨우치고자 한다. 원문 301쪽

18세기 후반에 충청남도 부여군 임천면에 살았던 이광(李礦)의 글이다. 이광은 지봉(芝峯) 이수광(李睟光, 1563~1628)의 6대손이다. 그의 형인 이강(李矼)과 함께 엮은 문집인《가림이고(嘉林二稿)》에 실려 있다. 선배가 한 말을 인용하여 액자 형식으로 쓴 글

이다. 선배는 남인 학자로 저명한 이원진(1594~1665)이다.

내용은 간단하다. 날마다 소식(小食)하고 잠을 적게 자는 생활을 실천하는 것이 올바른 생활이라 주장한다. 음식을 많이 먹는 것은 배 속에 더러운 것을 채워 넣는 짓이고, 잠을 많이 자는 것은 짧은 인생을 죽음으로 채우는 짓이다. 적게 먹고 잠을 줄이는 것이 평범한 사람의 식욕과 수욕에 반하는 것일지 모르지만, 인생을 맑고 밝게 열심히 사는 길이다.

옛사람은 시간을 쓰는 데 여유롭고, 음식이 넉넉지 않아 먹는 데 자유로웠을 것만 같다. 그러나 그 시대 사람들도 먹는 것과 자는 것을 자신의 인생을 위해 조절하고 경영(經營)하려는 시도를 했음을 이 글은 잘 보여준다.

집을 꼭 지어야 하나　4부

서울에서 수십 리 이내의 가까운 지역에는 사람들이 조성한 별서(別墅)와 농장이 많다. 어떤 것은 강가를 따라 있고, 어떤 것은 시내를 내려다보고 있으며, 어떤 것은 산을 등지고 계곡에 걸쳐 있기도 하다. 제각기 멋진 풍경 하나쯤은 갖추고 있다. 그러나 산수(山水)를 평가하고 논하는 사람들이 걸핏하면 저쪽 경치를 들어다 이쪽 경치를 비교하면서 앞다퉈 제가 본 풍경을 자랑하는 것을 많이 보았다. 정말 콧방귀를 뀔 일이다. _박규수

나무하는 노인

박
세
당

나무하는 노인의 성은 박(朴)씨요 세당(世堂)은 그의 이름이다. 그의 할아버지와 아버지는 정헌공(貞憲公)과 충숙공(忠肅公)으로 인조 임금 시절 다 같이 높은 벼슬을 하셨다.

노인이 태어나 네 살 때 아버지 충숙공께서 세상을 버리셨고, 여덟 살 때 병자호란을 만났다. 고아가 되고 가난하여 배울 기회를 놓쳤다. 열 살 무렵에야 비로소 둘째 형님으로부터 학업을 배웠으나 그마저도 열심히 하지 못했다. 나이 서른둘 나던 현종 임금 첫해에 과거시험을 통해 벼슬살이를 시작했다. 임금님을 모시는 시종(侍從)의 반열에 끼어 팔구 년을 보냈다.

그 무렵 자신을 되돌아보니, 재주는 짧고 힘은 부쳐서 세상에서 무슨 큰일을 할 능력도 없었고, 세상은 또 날이 갈수록 기강이 무너져 어떻게 바로잡을 방도가 없었다. 그래서 관직을 벗어던지고 조정을 떠나 동대문 밖으로 물러났다.

한양 성곽으로부터 삼십 리 떨어진 수락산 서쪽 골짜기에 터를 잡아 살면서 골짜기 이름을 석천동(石泉洞)이라 했다. 그곳에 머물면서 자신의 호를 서쪽 개울에서 나무하는 늙은이라는 뜻으로 서계초수(西溪樵叟)라 지었다.

계곡물에 바짝 붙여 집을 짓고 울타리는 따로 만들지 않았다. 복숭아와 살구, 배와 밤을 심어서 집을 에워쌌다. 오이를 심고 벼를 수확하는 논을 만들었으며, 나무를 해 팔아서 생계를 꾸려갔다. 농사짓는 철이 닥치면 논밭 사이에서 몸을 놀리지 않은 때가 없어 호미 쥐고 쟁기 멘 농부들과 함께 어깨를 나란히 했다.

처음에는 가끔씩 조정에서 내려오는 명을 받들기도 했다. 하지만 뒤에는 몇 번을 불러도 가지를 않았다. 삼십여 년을 그렇게 지내다 인생을 마쳤다. 나이는 칠십 세를 넘겼다. 그가 살던 집 뒤편 백 수십여 걸음 떨어진 곳에 장사를 지냈다.

그는 일찍이 《통설(通說)》을 지어 《시경》과 《서경》 그리고 사서(四書)의 뜻을 밝혔다. 또 《노자》와 《장자》 두 종의 책에 주석을 달아 그의 뜻이 어디에 있는지를 드러냈다. 특히, 맹자 말씀을 몹시 좋아했다.

차라리 외롭고 쓸쓸하게 남들과 어울리지 못한 채 살아갈지언정, 이런 세상에 태어났으니 이런 세상을 위해 일하고 좋게 좋게 지내면 되지 않느냐는 것들에게는 머리를 수그린 채 뒤따르는 짓거리는 결단코 하지 않겠다고 했다. 그의 의지가 그랬다. 원문 302쪽

17세기의 선비 박세당(朴世堂, 1629~1703)이 자신의 삶을 간명하게 정리한 글이다. 서쪽 개울에서 나무하는 늙은이라는 뜻의 서계초수(西溪樵叟)는 박세당의 호이고, 묘표(墓表)는 무덤 앞에 세우는 푯돌에 쓴 글이다.

묘표는 보통 사후에 타인이 써주는 글인데 박세당은 죽은 뒤에 세울 묘표에 자신이 미리 글을 써놓았다. 자신의 나이가 벌써 칠십 세를 넘겼다고 밝혔으므로 죽기 한두 해 전에 썼을 것이다. 자찬묘지명(自撰墓誌銘) 계열의 글로서 넓게 보아 자서전의 일종이다. 실제로 그의 무덤에는 이 글을 새긴 빗돌이 서 있다.

박세당은 사상사와 정치사에서 큰 반향을 일으킨《사변록(思辨錄)》을 지은 유학자이다. 남의 의견에 섣불리 찬동하지 않고, 고집스럽게 자기 길을 걸어간 고집스런 학자로 널리 알려졌다. 노론과 정치적으로 대결하여 후에는 사문난적으로 몰리기도 했다.

이 글에도 나오는 조부 정헌공 박동선(朴東善)과 아버지 충숙공 박정(朴炡)은 모두 강직하면서도 높은 벼슬을 했던 분이다. 특히 박정은 인조반정에 참여하고 공신이 되었다.

그런 명문가 자제로서 박세당은 문과에 급제하여 젊은 시절 장래가 촉망되는 관료였음에도 불구하고 뜻이 맞지 않자 과감하게 조정을 등지고 다시는 조정에 들어가지 않았다. 그러고는 수락산 계곡에 집을 짓고 야인으로 살면서 농부들과 어울리며 학문을 연마하다 일생을 마쳤다. 지금도 수락산 자락에는 곳곳에 그의 자취가 남아 있다.

이 글은 그런 자신의 삶과 의중을 간결하면서도 힘차게 묘사했다. 뻣뻣한 사대부의 마음과 행동의 자취가 행간에 넘친다. 맹자가 말한 내용을 추려서 자신의 심사를 드러낸 마지막 대목은 서슬이 퍼렇다. 지나치리만큼 확고한 신념과 의지에 옷깃을 여미게 된다.

자고 깨는 것에도 도가 있다

권
상
신

나는 잠자는 사람이다. 왜 잠을 자는가? 잠자지 않으면 깨지 않기 때문이다. 잠에서 깨는 사람 역시 나다. 깼다가 잠이 들고 잠이 들었다가 깨어 밤낮이 서로 시작하고 끝이 되며 순환한다.

내가 태어난 지 스물여섯 해다. 그사이 몇 밤을 잠잤고, 몇 날을 깨어 있었던가? 세 살 이전은 멍하게 지각이 없으므로 깨어 있어도 실은 잠을 잔 것이다. 세 살 이후에는 조금씩 일곱 가지 감정이 생겨 잠자고 깨어 있는 것이 비로소 나뉘었다. 장성한 뒤로는 병이 많아 외지고 조용한 곳에 머물러 지냈는데 피곤이 몰려들면 잠을 잤다. 날마다 걸핏하면 낮에도 몇 시간씩 잤다. 게다가 술을 잘 하지도 못하면서 좋아하여 술 한잔 마시고는 피곤에 지쳐 잠들어버린 일도 종종 있었다. 지난 일을 되짚어 헤아려보니 밤낮으로 잠을 잔 시간이 깨어 있는 시간보다 많았다.

아! 깨어 있는 시간은 살아 있는 것이요, 잠자는 시간은 죽은 것이다. 살아 있는 것을 좋아하고 죽어 있는 것을 싫어하는 것이 사람의 마음이다. 그렇건만 나는 탐욕스럽게 오로지 잠을 즐겨 싫증을 내지 않는다. 대체 무슨 이유일까? 사실은 자고 깨는 것에도 도가 있다.

마음이 환경과 어울리고, 몸이 일 때문에 바쁘지 않은 사람이 있다. 소나무 울타리와 국화꽃 핀 화단 사이를 바장이면서 느긋하게 흥얼거리노라면, 더불어 화답할 사람이 없어도 기분이 좋아져 빙그레 웃으며 쓰러져 잠이 든다. 만약 자는 중에 먼 옛날의 고매한 선비나 숨어 사는 은사를 만나서 대화라도 주고받는다면 잠을 자는 중이지만 깨어 있는 셈이다.

새벽에 나가 밤에 들어오며 작은 이익을 추구하느라 오로지 남의 것을 덜어 제 것을 보태는 일에만 골몰하는 사람이 있다. 그러다 보니 독서하는 책상과 거문고 놓인 탁자를 무슨 죄지은 놈처럼 치워놓고 대신에 쌀부대와 돈 궤짝을 친자식보다 사랑한다. 그것 외에는 어떤 즐거움이 있는지 모르고 우쭐대며 한세상을 마친다. 그런 자는 깨어 있는 중이지만 실제로는 잠자는 것이다.

제게 주어진 몸뚱어리를 하찮게 여기고, 맑고 깨끗함만 숭상하면서 우리 성인의 도를 추구하지 않는 사람도 있다. 그런 자는 잠자는 것과 깨어 있는 것 중간에 있다.

나는 수교(水橋)에 산다. 그 수교를 소리가 같은 글자인 수교(睡覺)란 이름으로 바꿔 붙이고서 그 이름에 내가 지향하는 의미를 부여했다. 그렇다면 내가 지향하는 것은 무엇인가?

나는 도시에 살기 때문에 고결한 군자들과 어울려서 인생을 꾸려가지 못한다. 그래서 천박하고 인색한 생각이 눈길 던지는 곳마다 일어난다. 더욱이 슬프고 화가 나는 일이 번갈아 마음을 공격해 댄다. 그런 것을 잊을 수 있는 방법을 고민해보았다. 잠을 빼놓고는 달리 아무런 방법이 없었다. 맛있게 잠을 자고 있을 때는 내가 잠 속에 있는 줄을 몰랐다가 잠에서 깬 뒤에는 비로소 내가 있게 되었다.

아! 백 년밖에 살지 못하는 인생인데 종일토록 번잡하고 바쁘게 지내느라 마음을 즐겁게 만드는 일을 볼 수 없다. 그럴진대 잠자는 시간은 많고 깨어 있는 시간은 적을까봐 걱정이다.

한밤중이 되어 온갖 소리가 모두 잦아드는 시간에 병풍 너머에서 남들은 한창 코를 골며 잠에 빠져 있다. 그때 나 홀로 정신을 퍼뜩 차리고 앉아서 책을 읽는다. 허공을 쳐다보다 책을 보는 그 즐거움은 헤아리기 어렵다. 그렇다면 나는 깨어 있는 시간을 밤에 두고 잠자는 시간을 낮에 두어야 할까보다. 자고 깨는 시간을 거꾸로 하면서도 자고 깨는 맛을 아는 자는 나밖에 없다고 해야 할지도 모를 일이다.

원문 303쪽

서어(西漁) 권상신(權常愼, 1759~1825)의 글이다. 1783년에 썼으므로 저자의 나이 25~6세의 사연이다. 원문의 제목에서 알 수 있듯이, 그가 살고 있는 수교(水橋)라는 지명 - 아마도 청계천에 놓인 수표교(水標橋)를 가리킬 것이다 - 은 우연히 그에게 동음(同音)의 어휘인 수교(睡覺) - 각(覺)이 잠에서 깬다는 의미로 쓰일 때에는 '교'로 발음된다 - 를 떠올리게 만들었다. 수교라는 다리 이름이 마을 이름으로 바뀐 셈이다. 잠자고 깨는 것은 그에게 현재의 생활을 되짚어보게 만드는 중요한 키워드였다.

이 글은 변화와 곡절이 많아서 주제를 쉽게 보여주지 않는다. 처음에는 잠이 많은 자신을 탓하고 반성하는 내용으로 시작한다. 그러나 이 글은 이러한 상식적 주제에 머물지 않고 마지막 부분에 이르러 말하고자 하는 주제를 선명하게 드러낸다.

그가 사는 수교는 복잡한 도회지라서 낮에 깨어서 밖에 나가보았자 고결한 군자를 만나기는커녕 천박함과 욕망이 마음을 뒤흔들 뿐이다. 그러므로 차라리 낮에는 자고 밤에 일어나 맑은 정신으로 독서하는 생활이 더 나을 수도 있다. 남들과는 달리 밤에는 깨어 있고 낮에는 잠을 자는 올빼미 생활이 세상의 혼란함과 타락으로부터 자신을 지키고 우아하게 사는 하나의 방법이 될 수도 있겠다고 생각한 것이다.

그는 "자고 깨는 것에도 도가 있다"고 말했다. 저자는 우연한 기회에 수면의 리듬을 점검하고 그것이 자신의 인생과 생활의 패턴과 깊이 관련되어 있음을 자각했다. 자기가 꿈꾸는 인생의 설계에서 잠자고 깨는 수교(睡覺)의 전환은 큰 변화의 출발점이 될 수 있다고 판단했다. 저자는 젊은 시절 잠자는 시간과 깨어 있는 시간을 한번 바꿔보려는 시도를 감행하고 이 글을 지었음이 분명하다.

누구에게나 인생에서 잠은 중요하다. 결과가 어떻게 되었든 그의 시도는 신선하게 다가온다. 그리고 그는 이러한 시도를 한 지 몇 년 뒤에 진사시와 문과 시험에 모두 장원급제했다.

조선에는 선비가 없다

서
형
수

유림전(儒林傳)에 넣을 서문을 써달라는 부탁을 받았으나 저는 적임자가 아닙니다. 그러나 책 사이에 이름을 끼워 넣는 것만으로도 영광스러운 일이니 감히 힘을 기울이지 않을 수 있겠습니까? 다만 물정에 어둡고 앞뒤 꽉 막힌 제 소견으로도 바로잡지 않을 수 없는 것이 있습니다.

저는 일찍부터 이렇게 생각해왔습니다. 우리나라가 400년 동안 문화를 통해 나라를 융성하게 다스리고 인재를 왕성하게 배출했으므로 찬란하게 기록할 거리가 없지 않습니다마는, 유독 선비만은 한 사람도 없습니다. 무엇 때문에 그렇게 말씀 드리는 것일까요?

자기 세계를 튼튼하게 구축한 사람을 선비라 하고, 문화적 역량이 큰 사람을 선비라 하고, 도(道)로써 민심을 얻은 자를 선비라 하고, 고금을 잘 구별하는 사람을 선비라 하고, 천지인(天地人) 삼재(三才)에 두루 통달한 사람을 선비라 합니다. 이런 사람이 바로 주죽타(朱竹垞)[01] 선생이 말한 선비입니다. 이 다섯 가지를 기준으로 우리나라 사람을 두루 헤아려볼 때, 성취한 수준이 만에 하나라도 저 기준의 근사치에 접근한 선비가 있을까요?

저는 우리나라 사람들이 선비라고 부르는 존재를 얼추 알만 합니다. 완고할 정도로 말에는 신의가 있고 행동을 꼭 실천하는 사람[02]과 부지런히 책 구절을 파고드는 데 열중하는 사람이지요. 그들이 따지고 다투는 것은 주자(朱子)가 초년과 만년에 주장한 것이 다르니 같니 하는 것이고, 그들이 저술한 서책은 잡복(雜服)과 절하는 예법에서 어느 것이 앞서고 뒤서느냐 하는 것을 넘어서지 않습니다.

게다가 먼저 배운 것을 주장으로 삼아 다른 많은 사람을 궁벽한 시골뜨기라고 배척해버립니다. 분분한 학설이 너무 많다 보니 달리 주장하는 자를 개인적 원수로 여기고, 남의 결점을 지나치게 모질게 비판하며 너무 심하게 속박합니다. 선비들 개개인이 이런 데서 벗어나기 어려울 뿐만 아니라, 풍기도 그들이 감히 벗어나게 허용하지 않습니다.

---

01 주죽타는 청나라 학자 주이존(朱彝尊, 1629~1709)이다. 이 내용은 《폭서정집(曝書亭集)》 32권, 〈사관에서 총재에게 보내는 서한 5[史館上總裁第五書]〉에 나온다.
02 이 구절은 《논어》 〈자로(子路)〉 편에 나온다.

선비들은 스스로 터득한 말을 소중히 여기고, 기록하고 물어 배우는 것을 천하게 여깁니다. 천인(天人)과 성명(性命)의 이치가 시골 서당방 훈장의 서탁을 뒤덮고 있지마는, 시서(詩書)와 춘추(春秋)의 학설을 노성한 학자와 명망 있는 학자들조차 유난히도 도외시합니다. 족하께서는 그 연유를 궁리해본 적이 있으신가요?

주자가 정리하고 분석하며 교정하고 증명한 저작 가운데 사서(四書)만큼 철저하게 자세한 것은 없습니다. 그러나 이 책에는 선배들을 본떴다고 할 것이 없습니다. 본뜬 사람을 선비라고 말한다면 어느 사람인들 선비라고 부르지 못할 것이며, 그렇다면 유림전에 이름을 올릴 자를 이루 다 헤아릴 수 있겠습니까?

저는 아직도 아이들에게 《대학》의 주(註)를 가르칠 때의 옛일을 기억합니다. "지극히 선한 지경에 그쳐서는 옮기지 않는다〔止於至善之地而不遷〕"는 대목에 이르러서 저는 학도들에게 "이 글의 '그칠 지(止)'는 마땅히 '이를 지(至)'로 써야 한다. 만약 '그칠 지' 자였다면 옮기지 않는다는 '불천(不遷)'은 연문(衍文)이다"라고 가르쳤지요. 그때 곁에 있던 손님이 눈을 휘둥그레 뜨고서는 손을 내저으며 "망령된 말을 해서는 안 되지요! 주자께서 어찌 한 글자라도 틀린 주를 용납하겠소이까?" 했습니다.

저는 웃으며 "주자야 설령 오류가 없다손 치더라도 전해 베껴 쓴 자나 판각(板刻)한 자까지 모두 오류가 없을까요?" 하고 대꾸했습니다. 허나 그 손님은 믿지를 않더군요. 저는 하는 수 없이 《의례경전통해(儀禮經傳通解)》에 실린 《대학》의 주를 가져다가 입증을 시켜주었더니 그제야 비로소 의심을 풀더군요.

이런 사람은 정말 심한 경우에 속하기는 하지만, 대다수가 식견이 이렇습니다. 저는 그렇기 때문에 "우리나라의 역사에는 도학전(道學傳), 문원전(文苑傳), 순리전(循吏傳), 충의전(忠義傳), 효열전(孝烈傳), 방기전(方技傳)과 같은 많은 항목에는 전기를 써줄 만한 사람이 없지 않으나 오로지 유림(儒林)만은 전기를 써서 전할 사람이 없다. 만약에 유림전에 굳이 전기를 써야겠다면, 다소 지나치기는 할지라도 조성경(趙成卿)03 같은 사람들이 거기에 들어가야 하지 않을까"라고 말하는 것입니다. 아! 선비의 수가 너무도 적막합니다.

원문 304쪽

　　이덕무가 서형수(徐瀅修, 1749~1824)에게 〈유림전〉의 서문을 써 달라고 부탁하자, 서형수는 부탁을 수락하면서 조선의 유림에 대한 자신의 견해를 밝혔는데, 예상과는 달리 혹독하리만큼 조선 선비의 행태와 수준을 비판했다. 그의 비판이 지나치게 가혹한 측면이 있긴 하지만, 타당한 측면도 없지 않다.

　　조선왕조는 모든 권리와 혜택을 양반에 집중했는데, 그 양반의 대부분은 곧 선비였다. 나라에서 400년 동안 선비를 양성하고 대우했건마는, 서형수는 그 안에 선비〔儒〕로서 써줄 만한 존재가 하나도 없다고 했다.

---

03 조성기(趙聖期, 1638~89). 성경(成卿)은 그의 자이다. 조선 후기의 저명한 학자로 본관은 임천(林川), 호는 졸수재(拙修齋)이다.

〈사인시음도(士人詩吟圖)〉
강희언의 《사인삼경도첩(士人三景圖帖)》 중 한 장면이다. 선비들이 골몰하며 시를 짓는
모습을 실감 있게 묘사했다.

그가 비판하는 선비는 완고한 언행을 벗어나지 못하고 경전의
구절에만 매몰되어 있으며, 따지는 거라곤 주자의 이견에 불과하
고, 저술은 자잘한 예법을 따지는 것에 지나지 않는다. 그리고 제
주견만 옳게 여겨 서로들 치고받고 싸우는 짓거리나 벌인다. 게
다가 이런 선비의 풍기에서 누구도 빠져나가기가 어렵다.

서형수가 자기 사회의 선비를 가혹하게 비판하고 나선 데는 지
식인의 역할에 대한 반성을 염두에 둔 것이 아닐까? 그의 혹독한
지적은 지금에도 적용할 만한 요소가 있는 것은 아닌지 다시 읽
어볼 필요가 있다.

외삼촌이 써 주신 효경

이
형
부

　어렸을 적에 나는 어머니를 따라 외할머니를 찾아뵈었다. 그때 외숙(外叔) 죽하공(竹下公)께서는 글씨에 힘을 기울이면서 덕을 닦고 계셨는데 특히 부모님께 효도를 다하셨다. 산자락을 사이에 두고 분가(分家)하여 살면서 아침저녁으로 외할머니를 살피러 오셨다. 얼굴에는 기쁜 빛을 띠고 상냥한 말씨를 써서 외할머니가 웃고 즐기시기에 보탬이 될 만한 기이하고 재미있는 바깥세상 일을 얻어와서 하나하나 말씀을 해 올렸다. 외숙의 말씀을 듣고서는 온 집안이 일제히 왁자하게 웃음보가 터지는 일도 종종 있었다.

　그 시절 나는 어리석고 바보스럽기 짝이 없던 때라, 외숙이 오는 것을 보기만 하면 그 곁에 바짝 붙어 앉아 떨어지지 않았다. 그러면 외숙은 내 팔을 끌어다가 글자를 가르쳐주고 읽어보라 하고, 제법 읽을 때에는 "기이한 재주다"라고 칭찬하셨다. 또 종이와 붓을 주면서 글자를 쓰게 하고, 제법 잘 쓸 때에는 "이 글씨는 우리 집안 글씨체다. 옛날 돌아가신 아버지께서 '내 외손자 가운데 분명히 글씨를 잘 쓰는 아이가 있을 게다'라고 말씀하신 적이 있는데 아무래도 너인가 보구나!"라고 기뻐하셨다.

그 뒤 언젠가 외숙께서는 앞으로 오라고 나를 불러서 무릎을 꿇어앉으라고 하셨다. 그러고는 종잇조각을 꺼내어 줄 듯하다가 다시 넣으시면서 "이것은 글을 짓는 도구이니, 이걸 얻으려면 절을 해야 하지 않겠느냐!"라고 하셨다. 내가 일어나서 절을 하자 그제야 웃으시면서 주셨는데 그것은 다름 아닌 서산(書算)이었다. 종이에 구멍을 뚫어 혀를 만들고 그 혀를 열고 닫아서 책을 읽은 수효를 기록하는 물건이다. 이 서산은 외숙께서 직접 뚫어 만드신 것이었다. 나는 정말 기뻐서 그날은 책을 아주 많이 읽었다.

다음 날 아침 외숙께서 내게 오셔서 "네가 몇 번이나 읽었는지 서산으로 세어봤느냐?"고 물으셨다. 나는 사실대로 대답했다. 그랬더니 외숙은 웃으시면서 "거짓으로 셈했구나!"라고 하셨다. 부끄럽기도 하고 야속하기도 하여 나는 곧 울음보가 터져 나올 것 같았다. 그러자 외숙께서는 나를 달래서 마음을 풀어주셨다.

모두가 어린 나의 손을 잡아 이끌어 공부에 나아가도록 하려는 의도였지 장난하고 놀리려는 뜻은 아니었다. 나는 그런 일로 해서 외가에 한 해를 머물면서 문예를 조금 익혔고, 어른들께서는 어린 나이에 많이 성장했다고 칭찬해주셨다.

내가 친가로 돌아올 때 외숙께서는 《효경(孝經)》 한 부(部)를 직접 쓰셔서 내게 주셨다. 외할아버지의 글씨체를 본받아서 글씨를 썼기에 글자가 제법 커서 분간하여 익히기가 수월했다. 나는 책을 받아서 보물인 양 간직하고 때때로 붓에 먹물을 묻혀 그 글씨를 흉내 내어 익혔다. 글자와 줄 사이에 먹물 자국으로 더럽혀진 것은 내가 어릴 때 남겨놓은 흔적이다.

외숙은 친구 분들과 시를 짓는 모임을 즐기셨는데 그 자리에 나는 많이 따라갔다. 언젠가 외숙께서 술이 불콰하실 때 여러 편의 시를 지어 내게 보내주셨다. 모범으로 삼아야 할 일과 경계 삼아야 할 일을 말씀하신 시였다. 나는 그 시를 《효경》과 함께 보관해두었다.

아! 이제 나도 머리털이 듬성듬성해지고 문예는 보잘것없고, 학업은 이룬 것이 없다. 그리고 외숙의 가르침도 다시는 받을 길이 없다. 화롯가나 등불 곁에서 어머니를 마주하고 앉아 외숙에 대해 말씀을 나눌 때에는 언제나 그저 눈물만 흘릴 뿐이다.

올가을에 처마 밑에서 햇볕을 받으며 책을 말렸다. 그러다가 외숙께서 쓰신 《효경》을 발견하고는 가슴이 저미도록 아파오며 지난 일들이 마치 어제 일처럼 떠올랐다. 그래서 생각해보니, 외숙께서는 몸소 효도를 실천하심으로써 자식들이나 조카들을 이끌려고 하셨다는 생각이 떠올랐다. 일부러 《효경》을 내게 주셔서 기예를 학문보다 앞세워서는 안 되고, 학문을 행실보다 앞세워서는 안 되며, 어떤 행실도 효도보다 앞세워서는 안 된다는 뜻을 말씀하시고자 하셨던 거로구나!

아! 세상에는 외숙의 문장과 재능을 잘 아는 분들은 있지마는 이렇게 지고한 행실이 있음을 그 누가 알겠는가? 그래서 옛일을 갖추어 쓰거니와, 그저 내 손을 붙잡아 가르쳐주신 데 감사하는 뜻만을 표현할 뿐이랴! 나를 아껴주신 분의 부재를 아쉬워하는 서문(西門)의 슬픔[01]도 아울러 드러내고자 한다. 원문 305쪽

《병세재언록(幷世才彦錄)》의 저자인 이규상(李奎象)의 손자 이원순(李源順)은 서예로 유명한 김상숙(金相肅)의 딸과 혼인하여 이형부(李馨溥, 1791~?)를 낳았다. 맏아들인 이형부는 두 집안의 학문적 명성을 이어받았으나 53세 때 진사 시험에 합격하고 난 뒤 이렇다 할 큰 벼슬을 역임하지 못했다. 그러나 집안의 문한(文翰)을 이어받아 《계서고(溪墅稿)》란 흥미로운 내용의 문집을 남겼다.

이 책에는 그가 어린 시절 외가에서 보낸 때의 일을 감회 어리게 추억하는 사연의 글이 실려 있다. 외가에서 외숙으로부터 공

---

01 자신을 아껴주던 인물이 죽은 뒤 그를 향한 지극한 슬픔을 표현하는 말이다. 중국 진(晉) 나라 양담(羊曇)이 서주(西州)의 성문을 지나면서 그를 아껴주었던 외숙 사안(謝安)을 생각하며 비통한 눈물을 흘렸다는 옛일에서 나온 고사이다. "양담은 태산(太山) 사람으로 이름이 널리 알려진 선비이다. 그는 사안으로부터 사랑을 받았는데 사안이 죽은 뒤에는 해를 넘겨 음악을 하지 않았고, 서주(西州)로 통하는 길로는 가지를 않았다. 언젠가 술에 크게 취하여 길에서 부축을 받고 노래를 부르면서 자기도 모르는 새 서주의 성문에 이르렀다. 좌우에 있던 이들이 '여기가 서주의 성문입니다'라고 아뢰자 양담은 몹시 슬퍼하고 통곡하고서 떠났다."《진서(晉書)》〈사안전(謝安傳)〉

부하고 서책을 선물로 받은 사연이 그 줄거리를 이룬다. 글의 배경에는 외할아버지 김상숙(1717~92)이 등장하는데 그는 호를 배와(坯窩)라고 하는 저명한 서예가이고, 외숙 역시 글씨를 잘 쓴 저명한 문인 김기서(金箕書, 1766~1822)이다. 이형부의 할아버지인 이장재(李長載)는 친구이자 사돈인 김상숙과 주고받은 편지를 통해서 김상숙의 글씨를 몹시 칭찬한 일이 있다. 이 집안에서 보관한 김상숙의 필첩이 지금도 남아 있다. 글씨는 두 집안 사이를 *끈끈하게* 이어주는 매개물이었다.

지은이가 글을 쓰게 된 동기는 어느 가을날 책을 햇볕에 말리다가 우연히 찾게 된 필사본《효경》때문이다. 외가를 떠나 친가로 가는 그에게 외숙께서 글씨 연습하라고 직접 써서 주신 선물이었다. 정성과 사랑을 담아 친필로 써주신 그 책을 보노라니, 어린 시절의 한때 외숙으로부터 받은 사랑이 되살아난다.

외가에 있을 때 그는 몹시 외숙을 따랐다. 외숙은 날마다 외할머니를 찾아와 재미있는 이야기로 온 집안을 웃음바다로 만들기도 하고, 자기 옆에 바짝 붙어 앉은 조카를 놀리면서 글씨를 가르쳐주고, 조금만 잘해도 칭찬을 아끼지 않았다. 외가는 글씨를 잘 쓰는 집안이었다. 글씨 쓴 것을 보고서는 명필인 외할아버지의 솜씨가 보인다면서 어린 조카를 격려했다. 그런 말씀 하나하나가 추억 속에 남아 있다. 특히, 기억에 남는 대목은 외숙이 언젠가 책을 읽은 수효를 세는 서산을 직접 만들어 선물한 장면이다. 이 대목의 묘사는 너무도 선연하여 직접 그 모습을 눈앞에서 보고 있는 듯하다.

그리고 이제는 수십 년이 흘러 외숙은 이미 고인이 되셨고, 자신은 머리가 듬성듬성해질 정도로 나이가 들었다. 외숙을 비롯한 집안 어른의 기대를 받던 아이는 이룬 것 없이 나이만 들었다. 집안 어딘가에 숨어 있듯이 남아 있는 옛 책들에는 가끔 이러한 소중하고 애틋한 사연들이 묻어 나온다.

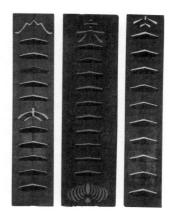

서산(조선 19세기, 호림박물관 소장)

집을 꼭 지어야 하나

박
규
수

'굳이 내가 소유하지 않아도 즐기는 데 방해를 받지 않는다'는 것이 원림(園林)이나 누정(樓亭)뿐이겠는가? 천하의 사물 가운데 그렇지 않은 것은 아무것도 없다. 다만 원림이나 누정의 경우가 특별히 더 그런 것뿐이다.

서울에서 수십 리 이내의 가까운 지역에는 사람들이 조성한 별서(別墅)와 농장이 많다. 어떤 것은 강가를 따라 있고, 어떤 것은 시내를 내려다보고 있으며, 어떤 것은 산을 등지고 계곡에 걸쳐 있기도 하다. 제각기 멋진 풍경 하나쯤은 갖추고 있다. 그러나 산수(山水)를 평가하고 논하는 사람들이 걸핏하면 저쪽 경치를 들어다 이쪽 경치를 비교하면서 앞다퉈 제가 본 풍경을 자랑하는 것을 많이 보았다.

정말 콧방귀를 뀔 일이다.

빼어난 경관과 아름다운 풍경을 뽐내는 천하의 명소가 어디 한두 군데에 불과하랴? 또한 그 풍경이 일정하고 그 평가가 동일할 수 있겠는가? 발걸음을 옮길 때마다 보이는 풍경이 바뀌고, 지경(地境)의 변화에 따라 감정의 느낌이 달라진다. 같은 장소라 해도 경관이 차이가 나고, 같은 풍경이라도 때에 따라 변모한다. 그럼에도 불구하고 어느 것이 낫고 어느 것이 모자라다며 제각기 자랑하고, 어느 것이 뛰어나고 어느 것이 뒤진다며 제각기 평을 내린다면, 이것은 맛좋은 술에게 소금처럼 짜지 않고 왜 맛이 좋으냐고 혼내는 격이요, 양고기와 돼지고기에게 채소와 과일처럼 담박한 맛을 내지 않고 왜 그렇게 기름진 맛을 내느냐고 화를 내는 격이다.

반드시 그렇게 해야겠다면, 천하의 이름난 산과 빼어난 승경(勝景)을 모조리 제가 소유한 뒤에라야 비로소 마음이 상쾌해지리라. 그러면 작은 볼거리에 구속되어 큰 볼거리를 놓치는 사람이 되지나 않을까?

그러나 하지장(賀知章)에게 경호(鏡湖)를 하사하라고 조칙을 내린 일도 있고, 전공(錢公)에게 화산(華山)을 준다는 문권을 떼어준 일도 있다.[01] 이는 참으로 고상하고 우아한 일이므로 그런 일을 해서는 안 될 일로 몽땅 몰아세워서는 안 된다. 다만 세상에는, 사는 집은 퇴락하고도 교외 별장의 단청은 휘황찬란한 경우도 있고, 선인(先

---

01 당나라 시인인 하지장(659~744)이 만년에 고향으로 돌아가 은거하려 할 때, 현종이 조칙을 내려 그에게 경호의 섬천(剡川) 한 구비를 하사한 일이 있다. 전공의 고사는 미상.

人)이 살던 집은 비바람을 가리지 못해도 공인(工人)을 불러 저 사는 집의 난간을 조각하는 경우도 있다. 그런 자들이 범희문(范希文)의 이 말을 가져다 다시 읽어본다면 부끄럽지 않을 도리가 있을까?

원문 306쪽

환재(桓齋) 박규수(朴珪壽, 1807~77)가 쓴 명저《상고도회문의 례(尙古圖會文義例)》에 실려 있는 글이다. 북송(北宋)의 명신(名臣) 범중엄(范仲淹, 989~1052)이 늙어서 저택을 새로 짓지 않겠다고 말한 사연을 바탕으로 삼아 그의 생각을 펼친 글이다. 〈범희문회 서도원림(范希文懷西都園林)〉은 본래 주자가 편찬한《송명신언행 록(宋名臣言行綠)》에 실려 있다. 그 내용을 옮기면 다음과 같다.

"범문정공(范文正公, 범중엄)이 항주(杭州)에 머물 때 벼슬에서 물러날 뜻이 있다고 판단한 자제들이, 틈을 타서 낙양(洛陽)에 저 택을 짓고 정원과 남새밭을 만들어 노년을 즐길 터전을 만들자고 청했다. 그러자 문정공이 이렇게 말했다. '사람이 만약에 도의(道 義)를 즐긴다면 육체의 즐거움을 무시할 수도 있다. 더욱이 주택 이야 말할 나위 있겠느냐? 내 나이 이제 육십을 넘겼다. 살아갈 날이 얼마 남지 않았거늘, 저택을 짓고 남새밭을 만들 계획을 한 들 어느 시절에 거기에 살겠느냐? 내 걱정은 지위가 높은데도 물 러나기 어려운 데 있지, 물러난 뒤에 머물 곳이 없음을 걱정하지 않는다. 게다가 서도(西都)는 사대부의 원림이 연달아 있음에도 불구하고 주인들은 항상 거기에서 놀지 못한다. 그 누가 내가 그 곳에서 노니는 것을 막겠느냐? 굳이 내가 원림을 소유한 뒤에라야 즐기겠느냐?"

수많은 선비들로부터 존경 받는 범중엄의 겸허함과 절도를 잘 보여주는 일화이다. 범중엄은 자신이 늙었기 때문에 새로 집을 지을 필요가 없고, 또 직접 소유하지 않아도 즐길 원림이 많다는 두 가지 취지를 밝혔다. 박규수는 그 가운데 직접 소유하지 않고도 원림을 비롯한 많은 것을 즐길 수 있다는 취지로 새 글을 썼다. 그의 글에는 당시 조선의 현실이 깊이 투영되어 있다. 당시에는 서울 주변의 경관이 좋은 곳에 사대부들이 경쟁적으로 저택과 정원을 꾸미고, 서로를 비교하여 평가하려는 풍조가 유행했다.

물론 경제적 여유가 있는 사람들이 별서를 꾸미고 그 멋을 즐기는 호사 취미가 나쁘다고 할 것은 아니다. 그러나 꼭 별서를 제 소유로 만들어야만 제대로 즐기는 것이 되고, 또 꼭 다른 것과 비교를 통해서 월등히 나은 것을 가져야만 기쁨이 증가하는 것은 아니다. 풍경이 좋고 나쁜 것도 주관에 따라 다르므로, 일정한 구경거리나 미적 기준이 있지는 않다. 즐기려는 마음이 있으면 제 소유든 아니든 상관없이 어떠한 풍경이든지 제대로 즐길 수가 있다. 또 풍경이란 것은 철따라 장소따라 변화하여 일정함이 없으며, 풍경을 보는 사람의 시선과 감정도 경우에 따라 다르다. 요컨대, 남의 평가에 따라 풍경을 볼 필요 없이 제 느낌에 따라 보면 된다.

그러나 현실은 그렇지 않다. 박규수는 범중엄의 사연을 놓고 조선의 현실에서 벌어지는 속물적 행동을 비판했다. 그렇기에 이 글을 두고 이정관(李正觀, 1792~1854)은 박규수를 "세속을 아주 질시하는 사람이라"고 평했다. 현재의 기준에서 볼 때 박규수의 지적은 적절하다. 그의 관점은 국가와 시대를 초월한, 보편성을 띤다고 말할 수 있다.

화기(和氣)가 모이는 문

유
도
원

집화문(集和門)은 남간(南澗) 초가집의 중간에 있는 작은 문이다. 높이는 허리를 구부려야 들어가고, 넓이는 쟁반을 받들고 드나들 수 있을 정도이며, 문설주는 자귀로 다듬지 않아 거칠다. 이렇듯이 보잘 것없고 거친데도 불구하고 멋진 이름을 붙인 이유는 무엇일까? 한편 으로는 기쁨을 표시하고 다른 한편으로는 경계를 하기 위해서다.

나는 아들 셋을 두었다. 며느리를 얻었는데 모두 유순하고 어질 어서 동서들 사이가 가깝고 다정했다. 비록 죽을 때까지 함께 산다 해도 틀림없이 다투는 말이 없으리라. 단지 집은 좁고 식구는 많아 서 어쩔 수 없이 분가시킬 계획을 세웠다. 일찍이 아내와 상의하여

10여 칸 집을 지어서 둘째와 셋째 아들 며느리를 함께 살도록 했다. 계획이 다 완성되었는데 아내가 불행히도 세상을 떴다. 나 홀로 고심하고 노력하여 겨우 집을 세웠다.

동쪽 다섯 칸은 둘째의 집으로 하고 서쪽 네 칸은 막내의 집으로 했다. 앞 두 칸은 마구간 두 채를 만들었고, 마구간 위에는 머슴방을 만들었다. 동서의 중간에 작은 문을 만들었는데 이 문이 바로 집화문이다. 나는 두 아들 며느리가 이 문을 오가면서 화기애애하게 서로 즐겁게 지내면서 끝까지 화기(和氣)를 잃지 않기를 바랐다.

화기를 잃지 않는 방법은 다른 것이 없다. 병이 생겼을 때 서로 구완하고, 재물이 없을 때 서로가 도와주며, 가난하고 부유함이 같지 않아도 상대를 부러워하지 않고, 재능이 각자 달라도 서로 시기하지 않는 데 있다. 이렇게 지낸다면 화목하지 못할 일이 있으랴? 이것이 집화문이라 이름 지은 까닭이다.

집을 나누는 날 내가 보니 며느리 셋이 그릇을 서로 양보하느라 서너 번씩 오가기를 그치지 않았다. 풍속이 타락한 세상에서 쉽게 얻을 수 있는 일이 아니다. 내가 어찌 이 문에 함부로 이런 이름을 붙였겠는가?

그러나 옛말에 이르기를, "처음이 좋지 않은 사람은 없으나 끝까지 좋은 사람은 드물다"고 했다. 그러니 처음이 좋다는 이유로 끝까지 잘되리라고 믿어서는 안 된다. 아들과 며느리들은 이 점을 명심

해서 노력해야 하리라. 그래서 이 기문을 지어 문 위에 걸어둔다. 기축년 늦여름 하순에 병든 남간옹(南澗翁)이 쓴다. 원문 306쪽

유도원(柳道源, 1721~91)은 영남 남인으로 안동(安東) 수곡(水谷)의 명문가인 전주(全州) 유씨(柳氏) 집안의 학자이다. 당대의 저명한 학자인 대산(大山) 이상정(李象靖)에게 배웠다. 한평생 학자로 살면서 퇴계(退溪)의 문집을 고증하고 주석을 가한 《계집고증(溪集攷證)》을 편찬했고, 문집을 남겼다.

이 글은 집 옆에 새집을 지어 아들을 분가시키면서 며느리들 사이에 우애하고 화목하게 지내기를 바라면서 썼다. 1769년 그의 나이 49세 때의 글이다. 그 전해에 그는 부인을 잃었다. 맏아들과 함께 살면서 집 옆에 새로 집을 지었는데 한 채에 둘째 셋째가 함께 살도록 짓고, 그 중간에 작은 문을 내어 드나들게 했다. 그 문에 집화문이란 이름을 지어주고 그 위에 이 글을 써서 붙였다. 이 이름은 '화기가 모이는 문'이라는 뜻이다. 며느리들이 서로 화목하게 지내기를 바라는 마음이 담겨 있다. 서로 오가는 문에 이러한 의미를 붙여두어 형제들끼리 며느리들끼리 우애하며 살기를 바라는 부모의 마음을 표현했다.

유도원이 소망한 것처럼 자식들이 한집에서 함께 사는 것은 지난날 대가족 제도 속에서 흔히 있을 수 있으나 그렇다고 해서 모

두 우애하며 살았던 것은 아니다. 글쓴이 자신도 삼 형제가 함께 살았다. 아들 범휴(範休), 낙휴(洛休), 현휴(玄休)를 두었고, 며느리들이 서로 우애하는 모습을 보면서 그런 마음과 생활을 이어가기를 바랐다.

가족의 의미와 형제간의 정이 그 시대와는 많이 달라졌으나 이런 글은 읽는 것만으로도 따뜻한 마음이 샘솟게 만든다.

아들에게

유언호

올해 내가 61세이니 어느새 칠십을 바라보는 나이가 되었구나. 생각해보면 옛날 어릴 적에는 이 정도 나이가 든 사람을 보면 바싹 마르고 검버섯이 핀 늙은이로 알았건마는 세월이 흘러 이 지경에 이르렀구나. 하지만 그 속마음을 들여다보면 팔팔한 소년의 마음뿐이다.

돌이켜 생각해보면, 세상에 나온 이래로 서른 해 동안 세파에 부침(浮沈)하고 고락(苦樂)을 겪은 일들이 번개같이 순식간에 지나가버려서, 아련히 몽롱하게 꾸는 봄날의 꿈보다도 못하다. 남들 눈으로 보면 나이가 육십을 넘겼고 지위가 정승에 올랐으므로, 나이에도 벼슬에도 아쉬울 것이 없다고 하겠다.

그렇지만 내 스스로 겪어온 일들을 점검해보노라니, 엉성하고 거칠기가 이보다 심할 수가 없구나. 평생토록 궁색하고 비천하게 지내다 생을 마친 자들과 견주어보아, 낫고 못하며 좋고 나쁘고를 구분할 것이 무엇이 있겠느냐?

지금처럼 섬에 갇힌 몸으로 곤경과 괴로운 처지를 당하지 않고서 일백 세까지 살면서 편안하고 영화로운 복록을 누린다고 쳐보자. 그렇다고 강물처럼 흘러가고 저녁볕처럼 가라앉는 시간이 또 얼마나 되겠느냐? 신숙주(申叔舟) 어른이 임종을 앞두고 "인생이란 모름지기 이처럼 그치고 마는 것을……"이라며 탄식했다고 전한다. 그분의 말에는 어떻게 해볼 도리가 없는 잘못을 후회하고 죽음을 앞두고서 선량해지는 마음이 엿보인다.

사람이 세상에 태어나서 한 몸에 아무 일이 없고, 마음에 아무 걱정이 없이 하늘로부터 받은 수명을 온전하게 마치는 것은 그 이상 가는 것이 없는 복력(福力)이다. 다만 굶주림과 추위에 떠밀려서 과거를 치르고 벼슬에 오르기 위해 바쁘게 다니지 않을 수 없다. 형편상 그렇게 사는 것이므로 한 사람 한 사람 그 잘못을 꾸짖기도 어렵다.

그러나 이제 선친께서 남겨주신 논밭과 집이 있어서 죽거리를 장만하고 비바람을 막기에 충분하다. 그럼에도 불구하고 본분을 편안히 지키려 들지 않고 다른 것을 찾아서 바삐 돌아다니다가 명예를 실추하고 자신에게 재앙을 끼치는 처지에 이른다면, 이야말로 이로움과 해로움, 취할 것과 버릴 것을 전혀 분간할 줄 모르는 짓이다.

내가 지어야 할 농사를 내가 지어서 내 삶을 보살피고, 내가 가진 책을 내가 읽어서 내가 좋아하는 일을 추구하며, 내가 하고 싶은 일을 내 마음대로 하며 내 인생을 마치려 한다. 이것이 바로 옛 시에서 말한 "만약 칠십 년을 산다면 백사십 세를 산 셈이라"는 격이니 어찌 넉넉하고 편안치 않으랴? 내 스스로는 그런 삶을 살지 못하고 서 네게 간절히 바라는 연유는 방공(龐公)이 자손에게 편안함을 물려주려 한 고심과 다르지 않다. 원문 307쪽

　유언호(兪彦鎬, 1730~96)가 1790년 유배지인 제주도에서 아들에게 부친 편지이다. 우의정으로 있던 그는 1789년 '조덕린(趙德隣) 사건'으로 인해 제주도에 유배되어 3년을 보냈다. 유배지에 위리안치된 채 환갑을 맞이하고 보니 무한한 감회가 일어서 아들에게 심경을 담은 편지를 보냈다. 분노를 삭이거나 표출하기보다는 지나온 인생을 서글피 되돌아보는 내용이다.

　어릴 적에는 까마득하게 보이던 노년에 이르렀지만 마음은 여전히 소년이라 한 첫 대목은 노성한 감회가 뭉클하게 느껴진다. 첫 대목부터 인생의 무게가 담겼다.

　나이도 살 만큼 살았고 벼슬도 할 만큼 했으므로 누가 봐도 성공한 인생이건마는 돌이켜 보면, 반대의 인생을 산 사람과 우열이나 차이가 없다. 인생이란 따지고 보면 그렇게 허무하다. 이제부터는 어떻게 살 것인가? 이제는 더 이상 내 인생 밖의 일을 탐하지 않고 지금 내가 지닌 것이나 지켜 분수껏 살겠다고 했다.

　인생을 치열하게 살지 않았다고 할 수 없으나 이제는 내 인생을 충실하게 살겠다는 의지를 독백처럼 아들에게 밝힌다. 글의 주제는 후반부에 운문처럼 쓰인 "내가 지어야 할 농사를 내가 지

유언호 초상화

유배지에서 아들에게 보내는 편지에 담아낸 유언호의 회한과 독백 같은 다짐은 예나 지금이나
유언호만의 이야기는 아닐 것이다.

어서 내 삶을 보살피고, 내가 가진 책을 내가 읽어서 내가 좋아하는 일을 추구하며, 내가 하고 싶은 일을 내 마음대로 하며 내 인생을 마치려 한다〔吾耕吾稼, 以養吾生; 吾讀吾書, 以從吾好; 吾適吾意, 以終吾世〕"이다. '내〔吾〕'가 전체 문장을 압도한다.

무언가를 더 계획하고 세상을 향한 의지를 불태우는 것보다 더 고귀한 인생의 무게가 느껴진다. 유언호에게 유배는 이제야 나를 '나' 자신한테로 되돌려놓은 셈이다.

건망증

유한준

　내 누님의 아들은 김이홍(金履弘)이다. 이홍 조카는 건망증이 아주 심해서 물건을 보고 나선 열에 아홉을 잊어버리고, 일을 하고 나면 열에 열을 잊어버린다. 아침에 한 일은 저녁이면 벌써 몽롱해지고, 어제 행한 일을 오늘이면 기억하지 못한다.

　이홍은 이렇게 말하곤 한다.

　"제 건망증은 아무래도 병인가봐요! 저로 하여금 작게는 일을 하지도 못하게 하고 크게는 남을 부리지도 못하게 하며, 말을 실수하게 만들기도 하고 수 빠진 행동을 하게도 만드는데 모두가 건망증이 빌미가 되더군요. 제 건망증을 고칠 사람이 있다고 하면 제가 천금인들 아끼겠습니까? 저는 천 리 길도 멀다 하지 않을 겁니다."

그 말을 듣고 나는 이렇게 위로했다.

"너는 잊는 것이 네게 병이 되고, 잊지 않는 것이 네게 도움을 주는 것만 볼 뿐, 잊지 않는 것이 네게 걱정을 끼치고, 잊는 것이 네게 복을 가져다주는 것은 보지 못하는구나. 나는 네가 건망증을 굳이 고치지 않기를 바란다. 오히려 더 많은 것을 잊어서 드디어 크게 잊는 지경에 이르기를 바란다. 정녕 네가 천금을 걸고서 천하의 건망증 치료사를 찾아 치료하고자 한다면, 나는 왼손으로는 네 팔꿈치를 잡아당기고 오른손으로는 네 팔뚝을 붙잡아 치료를 막겠다."

이홍이 눈을 휘둥그레 뜨고서 "왜 그렇게 말씀하세요?"라며 물었다. 나는 그에게 이렇게 말했다.

"너는 네 건망증을 병이라고 생각하느냐? 잘 잊는 것은 병이 아니다. 너는 잊지 않기를 바라느냐? 잊지 않는 것이 병이 아닌 것은 아니다. 그렇다면 잊지 않는 것이 병이 되고, 잘 잊는 것이 도리어 병이 아니라는 말은 무슨 근거로 했을까? 잊어도 좋을 것을 잊지 못하는 데서 연유한다. 잊어도 좋을 것을 잊지 못하는 사람에게는 잊는 것이 병이라고 치자. 그렇다면 잊어서는 안 되는 것을 잊는 사람에게는 잊는 것이 병이 아니라고 말할 수 있다. 그 말이 옳을까?

천하의 걱정거리는 어디에서 나오겠느냐? 잊어도 좋을 것을 잊지 못하고 잊어서는 안 될 것을 잊는 데서 나온다. 눈은 아름다운 이성을 잊지 못하고, 귀는 멋진 음악을 잊지 못하며, 입은 맛난 음식을 잊지 못하고, 사는 곳은 크고 화려한 집을 잊지 못한다. 천한 존재인데도 큰 세력을 얻으려는 생각을 잊지 못하고, 집안이 가난하건만 많은 재물을 잊지 못하며, 고귀한데도 교만한 짓을 잊지 못하고, 부유한데도 인색한 짓을 잊지 못한다. 의롭지 않은 물건을 취하려는 마음을 잊지 못하고, 실상과 어긋난 이름을 얻으려는 마음을 잊지 못한다.

　그래서 잊어서는 안 될 것을 잊는 자가 되면, 어버이에게는 효심을 잊어버리고, 임금에게는 충성심을 잊어버리며, 부모를 잃고서는 슬픔을 잊어버리고, 제사를 지내면서 정성스런 마음을 잊어버린다. 물건을 주고받을 때 의로움을 잊고, 나아가고 물러날 때 예의를 잊으며, 낮은 지위에 있으면서 제 분수를 잊고, 이해의 갈림길에서 지켜야 할 도리를 잊는다.

　먼 것을 보고 나면 가까운 것을 잊고, 새것을 보고 나면 옛것을 잊는다. 입에서 말이 나올 때 가릴 줄을 잊고, 몸에서 행동이 나올 때 본받을 것을 잊는다. 내적인 것을 잊기 때문에 외적인 것을 잊을 수 없게 되고, 외적인 것을 잊을 수 없기 때문에 내적인 것을 더더욱 잊는다.

　그렇기 때문에 하늘이 잊지 못해 벌을 내리기도 하고, 남들이 잊지 못해 질시의 눈길을 보내며, 귀신이 잊지 못해 재앙을 내린다. 그러므로 잊어도 좋을 것이 무엇인지를 알고, 잊어서는 안 되는 것이 무엇인지를 아는 사람은 내적인 것과 외적인 것을 서로 바꿀 능력이 있다. 내적인 것과 외적인 것을 서로 바꾸는 사람은, 다른 사람의 잊어도 좋을 것은 잊고 자신의 잊어서는 안 될 것은 잊지 않는다.

　이홍아! 너는 성품이 강직하고 마음이 맑으며, 뜻이 단정하고 행실이 방정하다. 잊어서는 안 될 일을 너는 잠을 자든 깨어 있든 잊지 않는다. 잊어도 좋은 것이라면 네가 잊기를 바랄 뿐, 네가 잊지 않기를 바라지는 않는다. 너를 병들게 한다고 네가 말한 건망증이 깊지 않을까를 나는 염려하고, 네게 복을 가져다주는 것이라고 내가 말한 건망증이 풍성하지 못할까를 염려한다. 천금의 보물을 싸 들고 천 리 먼 곳을 찾아다니며 건망증을 치료할 필요가 굳이 있겠 느냐? 이홍아! 차라리 잊어버려라!" 원문 308쪽

　유한준(兪漢雋, 1732~1811)은 자가 여성(汝成), 호가 저암(著庵) 또는 창애(蒼厓)이다. 1770년 39세 때 쓴 글로서 조카인 김이홍에 게 준 글이다. 여기서 망(忘)은 잊는다는 뜻으로 곧 건망증을 의 미한다. 김이홍이 외숙에게 건망증이 너무 심해 병적일 정도라고 호소하며 고치려고 들었다. 그러자 유한준은 좋은 의사를 소개하 기는커녕 오히려 네게 건망증은 병이 아니라 복이라고 엉뚱한 말 을 건넨다. 상식적 판단을 뒤집어 의외의 기발한 생각을 표현하 여 반어(反語)와 역설(逆說)의 수사법을 구사했다. 그러면서도 이 치에 들어맞는다. 이 글의 묘미는 여기에 있다.

　잊음에 대해 유한준은 잊어도 좋은 것과 잊어서는 안 되는 것 두 가지 틀로 생각을 전개한다. 그리고 다시 속된 사람과 조카의 두 부류 인간으로 구분한다. 유한준은 이른바 속된 사람들의 뛰 어난 기억력을 조카의 건망증과 대비한다. 속된 세상 사람은 잊 어도 좋을 것은 잘 기억하고, 잊어서는 안 될 것은 오히려 잘 잊 는다. 조카는 그와 반대이다. 이 두 부류 인간을 단순하게 말하면 군자와 소인이다. 결국 사람은 인생에서 잊어도 좋을 것은 서둘 러 잊고 잊어서는 안 될 것은 끝까지 지켜 잊지 않는 자세가 필요 하다는 주제로 귀결된다.

그렇게 보면, 유한준은 건망증이란 단순한 병을 인생 보편의 주제로 확대하여 이해했다. 조카는 작은 질문을 던졌는데 유한준은 큰 문제로 살려서 말해준 셈이다.

당신이나 잘하시오 5부

족하께서 저를 책망하시는 말씀은 참으로 틀리지 않고, 족하께서 저를 아끼시는 정은 참으로 넉넉합니다. 그렇지만 남에게 잘하라고 하기는 쉽고 자기에게 잘하라고 하기는 어렵습니다. 족하께서 제게 잘하라고 권한 충고를 자신에게도 권할 수 있다면 다행일 것입니다. _권필

네 사람의 소원

서
유
구

세상에 떠도는 속된 이야기 가운데에는 그럴듯한 이치가 담긴 것
이 없지 않다. 다음 이야기도 그중 하나다.

옛날에 몇 사람이 상제(上帝)님에게 하소연하여 편안히 살기를 꾀
한 일이 있었다.

그중 한 사람이 "저는 벼슬을 호사스럽게 하여 정승 판서의 귀한
자리를 얻고 싶습니다"라고 하자 상제는 선선히 "좋다. 네게 주겠
다"고 했다.

두 번째 사람이 "부자가 되어 수만금의 재산을 소유하고 싶습니
다"라고 하자 상제는 이번에도 "좋다. 네게도 주겠다"고 했다.

세 번째 사람이 "빼어난 문장과 아름다운 시를 지어 한세상을 빛

내고 싶습니다"라고 하자 상제는 한참 망설이다가 "조금 어렵기는 하지만 그래도 주겠다"고 대꾸했다.

마지막 한 사람이 남았다. 그가 앞으로 나와 이렇게 말했다.

"글은 이름 석 자 쓸 줄 알고, 의식(衣食)을 갖추어 살 재산도 있습니다. 다른 소원은 없고 오로지 임원(林園)에서 교양을 지키며 달리 세상에 구하는 것 없이 한평생을 마치고 싶을 뿐입니다"

그가 말을 마치자 상제는 이맛살을 찌푸리면서 이렇게 답했다.

"이 혼탁한 세상에서 청복(淸福)을 누리는 것은 가당치도 않다. 너는 함부로 그런 것을 달라고 하지 말라. 그 다음 소원을 말하면 들어주겠다."

이 이야기는 임원에서 우아하게 살아가는 것이 얼마나 어려운가를 말한다. 이 이야기에 나오듯이 청복의 생활을 누리기란 참으로 어렵다. 인류가 생긴 이래 현재까지 수천 년의 세월이 흘렀지만 과연 이러한 생활을 향유한 자가 몇이나 되겠는가? 참으로 어려운 일이다.

옛날에 이른바 은자(隱者)라는 사람들은 변란을 당하여 어쩔 수 없이 그렇게 살 수밖에 없었다. 하지만 아무 이유도 없이 인간세계를 멀리하여 몰래 은둔한, 타고난 은자들이 있다. 허나 나는 그들을 인정할 수 없다. 기산(箕山)에서 표주박으로 냉수 마시던 소부(巢父)와 허유(許由),[01] 그리고 한음(漢陰)에서 오이밭에 물을 주던 노인[02]은 신념에 따라 그렇게 산 것일까? 사실 여부를 나는 모르겠다. 적

01 요(堯) 임금 때 기산과 영수(潁水) 가에 은거했던 소부와 허유. 두 은사는 각기 요 임금으로부터 천하를 주겠다는 말을 듣고 모두 거절했다.

어도 마음을 즐겁게 먹고 인생을 향유한 중장통(仲長統)03 정도는 되어야만 내 뜻에 거의 부합한다고 말할 수 있다.

　왕유(王維)는 망천별장(輞川別莊)에서 시를 읊조리며 풍족한 생활을 영위한 사람이나 나중에는 사형에 처해질 운명에 처했다.04 반면, 예원진(倪元鎭)은 운림산장(雲林山莊)에서 무엇에도 얽매임이 없이 물욕에 초탈하여 고상하게 살았기 때문에 결국에는 액운을 면할 수 있었다.05 고중영(顧仲瑛)은 옥산초당(玉山草堂)을 차지하여 살았는데 그로 인해 고상한 뜻을 품은 사람이라는 칭송을 받았다.06 이 세 사람은 처한 경우가 각기 다르나 마음을 맑게 가지고 고아한 뜻을 기르면서 소요하고 여유자적하는 생활을 한 점은 한결같다.

---

02 《장자》〈천지(天地)〉편에 나오는 농부의 사연이다. "공자의 제자 자공이 남쪽 초(楚)나라에 노닐다가 진(晉)나라로 돌아오는 길에 한수(漢水) 남쪽을 지나가게 되었다. 한 노인네를 보니 한창 채소밭을 가꾸고 있었다. 그 노인네는 물구덩이를 파고 그 구덩이에 들어가서 물동이를 안고 나와 채소밭에 물을 주었는데 숨을 헐떡이며 힘을 몹시 썼으나 그 효과는 아주 적었다."
03 후한(後漢) 시대의 명사인 중장통은 원림을 조성하고 그 속에서 유유자적 살아가며 그 즐거움을 〈낙지론(樂志論)〉이란 짧은 글로 표현했다.
04 왕유는 당나라의 저명한 시인이자 화가이다. 남전(藍田)에 있는 망천별장을 얻어 대나무 기슭과 화초 언덕을 오가며 거문고를 타거나 시를 짓거나 휘파람을 불며 날을 보냈다. 그러나 안록산의 난에 적에게 포로가 된 경력으로 인해 처형될 뻔하다가 풀려났다.
05 예원진은 이름이 찬(瓚)으로 원나라 무석(無錫) 사람인데 시를 잘 짓고 산수화를 잘 그렸다. 만년에 청한각(淸閑閣)과 운림당(雲林堂)을 짓고 배를 타고 강호를 오가며 한가롭게 지냈다. 그리하여 원나라 말엽의 혼란기에 화를 피했다.
06 옥산초당은 곤산(崑山)에 있는 별장으로 원나라 은사인 고중영의 소유였다. 고중영은 강남 지역의 거부로 손님을 좋아하고 서화를 즐겨 옥산초당을 지어놓고 당대의 명사와 교유하여 명성이 높았다.

지금 〈이운지(怡雲志)〉에 펼쳐놓은 내용은 이 세 사람의 기풍과 대체로 같고 '이운지'라는 이름은 도홍경(陶弘景)[07]의 시에서 뜻을 취했다. 그렇다면 이 네 사람은 내가 살고 싶어 한 삶을 사셨던 분들이다. 이들을 제외하곤 견주어 볼 사람이 더 이상 없다. 그러고 보니 그렇게 사는 것이 어렵기는 어렵다. 원문 310쪽

풍석(楓石) 서유구(徐有榘, 1764~1845)가 쓴 글이다. 19세기의 명저 《임원경제지》 가운데 취미, 오락, 여행, 예술품 감상, 서적을 비롯하여 선비들의 여가와 취미 생활을 전문적으로 다룬 〈이운지〉의 서문이다.

네 명의 친구가 우연히 상제님을 만나 각자의 소원을 말할 기회를 얻었다. 그때 제각기 평소에 갖고 있던 소망을 피력하여 허락을 받았다. 첫 번째 사람은 높은 벼슬을, 두 번째 사람은 큰 부자를 소망했다. 부귀(富貴)를 얻고 싶다고 한 그들은 상식적이고 그럴 법한 소망을 피력했다. 그러나 세 번째 사람은 뛰어난 작가

07 중국 남조(南朝)시대 양(梁)나라의 도사인 도홍경(452~536)은 산중재상(山中宰相)이라 불릴 만큼 황제의 신임을 얻었다. 황제가 그에게 산속에 무슨 즐거움이 있어 서울로 오지 않느냐고 묻자 〈조칙을 내려 산중에 무엇이 있어서냐고 물으시길래 시를 지어 답을 올린다(詔問山中何所有, 賦詩以答)〉를 지어 자신의 뜻을 밝혔다. "산속에 무엇이 있어서냐 물으시니 / 산 위에는 흰 구름이 많다고 답하지요. / 구름은 저 혼자 즐길 수 있을 뿐 / 임금님께 가져다 드리지는 못하지요(山中何所有, 嶺上多白雲. 只可自怡悅, 不堪持寄君)." 이 시에서 '나 홀로 구름을 즐긴다(怡雲)'는 뜻이 나왔다. 자연에 몰입하여 사는 은사의 소요자적(逍遙自適)하는 삶을 예찬한 시이다. 서유구는 이 시의 함의를 좋아하여 자신의 집을 '자이열재(自怡悅齋)'라 이름하기도 했다.

가 되어 명성을 드날리고자 했다. 앞의 두 사람에 비해 문화적 욕구를 드러낸 소망인데 고상해 보이기는 하지만 명예욕을 벗어나지는 못했다. 이뤄주기가 어렵다고 하면서도 상제가 허락한 것은 속물근성을 완전히 벗지는 못했기 때문이리라. 이렇게 해서 세 사람의 소망은 모두 이루어졌다.

이제 마지막 사람이 남았다. 그런데 그의 소망이 뜻밖이다. 이름 석 자 쓸 수 있고, 밥 굶지 않으며 헐벗고 지내지 않는 처지이다. 그러니 교양 없이 사는 사람이 되지 않은 채 시골에 묻혀 한평생 살고자 한다고 했다. 그 말에 상제는 이맛살을 찌푸리며 그런 청복은 이런 혼탁한 세상에서는 누릴 수 없는 것이니 다른 소원을 말하라며 들어주지 못하겠다고 한다.

상식을 벗어난 엉뚱한 결론을 내고 있는 이 이야기는 평범하게 여유를 즐기며 사는 행복을 갈구하는 옛사람의 소망을 잘 반영하고 있다. 마지막 사람의 소원이 가장 평범해 보이지만 실은 가장 어렵고, 그런 행복은 전지전능한 신조차도 누리기 힘들다고 했다. 이 이야기는 인간의 행복이 어디에 있는지를 반추해보게 만든다. 결코 낡은 이야기가 아니다.

이 이야기는 반전과 충격, 흥미를 지닌 글이 액자처럼 글에 삽입되어 있다. 서유구는 이 이야기가 세상에 떠도는 속된 이야기라고 했다. 실제로 이 이야기는 《삼설기(三說記)》란 단편 소설집에 들어 있는 〈삼사횡입황천기(三士橫入黃泉記)〉의 내용과 유사하다. 저승차사의 실수로 인해 생사치부책에 기록된 수명보다 빨리 저승에 끌려간 세 선비가 염라대왕으로부터 보상조로 각자의 소원을 말한다는 내용이다.

한편,《소은고(素隱稿)》에는 오이무름이란 별명의 재담꾼 김중진(金仲眞)이 사람들에게 '세 선비의 소원'이란 이야기를 흥미진진하게 말했다고 하며 그 사연을 기록해놓았다. 서유구는 민간에 떠도는 이야기를 자신의 글 속에 끌어다가 자신의 생각을 효과적으로 전달하는 도구로 이용했다. 문장을 잘하고 싶다는 소망은 서유구가 덧붙여서 변화를 더했다.

짐승이 사는 집

이
가
환

내가 금화(金化)에 살게 되면서 몇 칸짜리 집을 세내었다. 그 집에서 독서하며 지내던 중 맹자가 진상(陳相)에게 말한 대목을 읽고서는 탄식의 말이 터져 나왔다. 정말이지 옛사람은 따라잡을 수가 없다.

"배부르고 등 따뜻하며 편안하게 지내면서 교육을 받지 않는다면 짐승에 가깝게 될 것이다"라고 맹자는 말씀하셨다. 하지만 그런 자라 해도 오히려 짐승보다 나은 점이 있을 것이다.

반면에 나는 조정에서 쫓겨나 떠돌면서 옷가지와 먹을거리도 제대로 갖추지 못하고 있으므로 배부르고 등 따뜻하며 편안하게 지내는 자들과는 처지가 다르다. 옛 성인의 책을 읽기도 했고, 오늘날의 군자들로부터는 직접 가르침을 받은 것이 많다. 그럼에도 불구하고 짐승보다 못하니 '짐승에 가깝다'는 말을 어떻게 감히 쓸 수 있겠는가?

개는 똥을 먹는다. 개가 먹는 것을 사람은 똥으로 보지만 개는 먹을거리로 본다. 그렇다고 해서 똥을 먹는 것이 개의 의로움에 어떤 손상을 입히는가? 그러나 나는 가끔 의롭지 않은데도 상다리가 부러지게 차린 진수성찬을 먹기도 했으므로 똥을 먹는 개보다 훨씬 못하다.

저 돼지는 음란하지만 제가 그릇된 행동을 한다는 사실을 원래 모른다. 그런데 지금 나는 부끄러운 짓인 줄 뻔히 알면서도 아리따운 여인을 보면 마음이 흔들리는 짓거리를 벗어나지 못한다. 그러므로 아무것도 모르고 저지르는 돼지보다 훨씬 못하다.

아! 먹는 것과 성욕은 많은 문제 가운데 일부를 들어본 데 지나지 않는다. 내가 하는 말이나 행동 하나하나로 넓혀 볼 때, 무엇 하나 그렇지 않은 것이 없다.

옛날에는 교육을 받지 못한 연유로 짐승에 가까워지는 사람조차도 성인께서는 염려하셨다. 그러니 교육을 받았음에도 불구하고 짐승보다 못한 자를 두고서는 어떻다고 하시겠는가? 아아! 참으로 부끄럽구나! 참으로 두렵구나! 원문311쪽

18세기의 학자 이가환(李家煥, 1742~1801)이 지은 글의 전문이다. 글의 제목인 〈금수거기〉는 '짐승이 사는 집에 대한 글'이라는 뜻인데, 내용을 읽어보면 저자 자신이 세내어 살고 있는 집을 두고 쓴 글이므로 짐승은 곧 저자 자신을 가리킨다. 글의 제목도 파

격적이고, 자신을 짐승이라고 말한 것도 파격적이어서 평범한 옛 글의 테두리를 벗어났다.

이런 제목으로 글을 쓰게 된 배경이 궁금하다. 저자는 1787년 정주목사(定州牧使)로 재직하던 중에 암행어사 이곤수(李崑秀)의 탄핵을 받아 면직되고 강원도 금화로 유배되었다. 의금부 조사에 서 그는 자신의 혐의에 대해 강하게 반발했다.

이 글에서 자신을 짐승보다도 못한 사람이라고 표현한 데에는 자신의 비도덕적 행동을 반성하는 의미 외에도 세상에 대한 불만 과 뒤틀린 심사가 스며 있다. '짐승에 가깝다'는 말조차 쓸 수 없 다는 표현에서는 일종의 자학을 읽을 수 있다. 이처럼 글의 이면 에는 정치적 맥락이 숨어 있다.

그러나 근본적인 주제는 지난날 자신이 해온 그릇된 행동을 거 론하여 짐승보다도 못한 존재임을 밝히고 반성하는 데 있다. 의 롭지 못한 음식을 먹기도 하고, 부끄러운 욕망을 탐하기도 했다 는 점에서 똥을 먹는 개보다도, 음란한 돼지보다도 못하다고 스 스로의 치부를 과감하게 폭로했다. 앞으로 어떻게 해야겠다고 염 원하거나 다짐하지는 않았지만, 짐승보다 못한 자신이 부끄럽고 두렵다고 하면서 치부를 감싸지 않고 도리어 드러냈다.

이 글에는 맹자가 진상에게 한 말이 논지를 전개하는 주제어 로 다루어지고 있다. 다음은 《맹자》〈등문공상〉에 실려 있는 내 용이다.

"인간에게는 도리가 있으니, 배불리 먹고 따뜻이 옷 입으며 편 안하게 지내기만 하고 교육을 받지 않으면 짐승에 가까울 것이 다. 성인께서 또 그런 점을 걱정하셔서 설(契)에게 사도(司徒) 자리를 맡겨 사람들에게 인륜(人倫)을 가르치게 했다〔人之有道也, 飽食煖衣逸居而無教, 則近於禽獸. 聖人有憂之, 使契爲司徒, 教以人倫〕."

짐승과 달리 인간이 고귀한 존재인 이유는 기본적인 욕구가 충족된 바탕에서 도덕성을 지닌 행동을 한다는 데 있다. 욕구를 충족하기만 할 뿐 교육을 받지 않아 도덕성이 없는 사람은 짐승에 가깝다.

이가환은 교육을 받았음에도 짐승보다도 못하다고 자신을 가혹하게 다그쳤다. 기본적인 욕구도 충족되지 않은 처지였으므로 맹자가 말한 경우와 다르기는 하지만, 교육을 받았으므로 인간다운 도리를 저버려서는 안 된다고 그는 생각했다. 역경에 처해서도 허물을 남에게 돌리기보다는 더욱 가혹하게 자신을 채찍질하고 있는 것이다.

그렇기에 새로 집을 얻고서 '짐승이 사는 집'이라고 자학적 이름을 붙인 것은 좌절보다는 오기나 도전의 정신으로 읽고 싶어진다. 그런 것이 당시 선비의 인생관일 듯하다.

밥상 위의 꽃

채
제
공

1.

내가 평안도 관찰사가 되어 도내를 순찰하다가 강계부(江界府)에 이르렀다. 강계부 기생들이 밥상을 들어서 내오는데 밥상에는 이른바 수판(繡瓣)이란 것을 세워놓았다. 연꽃잎과 꽃 속에 놓아둔 동자의 형상이 기교의 극치를 이뤄서 앉은자리를 휘황찬란하게 빛냈다. 그때 부사가 곁에 있기에 내가 지나가는 말로 물었다.

"강계부는 궁벽한 변방 땅인데 누가 이러한 기교를 익혔나요?"

그러자 부사는 이렇게 대답했다.

"제 일꾼 중에 업으로 이것을 만드는 자가 있는데, 마침 서울로부터 왔기에 만들게 시켰습니다."

밥상을 물리고 난 다음 나는 기생에게 분부했다.

"수놓은 연꽃은 그 자리에 그대로 두어라!"

나는 이런 따위의 물건을 좋아하는 성질이 아니지만 남이 힘들여 만든 물건을 밥상을 물리자마자 삽시간에 부숴버릴까봐 아까워서 그랬던 것이다.

2.

그로부터 압록강 가에 있는 다섯 고을을 순찰했다. 그런데 가는 곳마다 식사를 내오는 밥상에 비록 수판이랄 것은 없지만 종이를 자르고 색칠하여 꽃을 만들어 붉고 푸른 꽃과 잎을 밥상에 넘치도록 쌓아놓았다. 나는 속으로 관서 땅의 촌스러움을 비웃었다.

의주에 이르렀을 때 의주부윤이 말끝에 이런 말을 꺼냈다.

"우리 의주부에는 화장(花匠)이 없어 마음에 드는 꽃을 밥상에 올리지 못하오니 부끄럽습니다."

말하지 않아도 될 일을 말하는 것이 이상하여 대답 삼아 내가 물었다.

"밥상 위에 꽃이 없어도 좋은데 어째서 굳이 그런 말을 하시오?"

내 물음에 부윤은 이렇게 대답하는 것이 아닌가.

"사또께서 강계부에 가셨을 때 수놓은 연꽃을 두고 어떤 말씀을 하셨다고 합니다. 그래서 사또의 동정을 살피던 각 고을의 아전들이 모두 사또께서 꽃을 몹시도 사랑하시니, 만약에 꽃으로 기쁘게 해드리지 못하면 일이 결코 안 풀릴 것이라는 첩보를 전해왔습니다. 그 때문에 고을마다 모두들 겁을 내면서 남보다 꽃을 더 잘 만들려고 애쓰고 있습니다. 우리 부에서도 그리하려고 했지만 할 수가 없었습니다. 그래서 송구스럽게 생각할 뿐입니다."

3.

그제야 나는 강계부에서 한 번 있었던 일을 우연히 남들이 엿보고서 지레짐작하여 지나는 고을마다 폐단을 일으켰고, 그 일이 나 때문에 일어난 줄도 모르고 되레 관서 땅을 촌스럽게 여겼다는 것을 알게 되었다. 그런 사연을 의주부윤에게 말해주고 한 번 웃어넘기고 말았다.

아아! 관찰사는 그저 도백(道伯) 한 사람에 불과하다. 그런데도 각 고을에서 그가 좋아하는 것이 무엇인지를 기필코 엿보고서 비위를 맞추어 환심을 사려고 한다. 그들의 목숨이 그에게 달려 있기 때문이다.

이 일을 겪고 나니 이런 생각이 떠오른다. 군주는 존귀하기가 하늘과 같아서 억조창생의 목숨이 달려 있으므로 그 한 사람에게 매달리지 않을 자 누구이겠는가? 그런데 군주가 좋아하는 것은 한두 가지가 아니요, 좌우에서 엿보는 자는 몇 백 몇 천일지 알 수가 없다. 그러니 그중 하나라도 좋아하는 것이 바르지 않다면 군주 가까이에 있는 자들이 아침저녁으로 엿보면서 은근하게 짐작하여 내뱉는 말마다 영합하고 하는 일마다 받아들여서 군주가 끝없이 자기를 좋아하도록 만든다. 그렇게 한 뒤에는 현자를 헐뜯고 능력 있는 자를 질투하며 나라를 좀먹고 백성을 해치는 독수를 은밀하게 뻗는다. 이에 따라 나라가 기울고 뒤집어지는 일이 역사에 가득 널려 있다. 어찌 두렵지 않은가?

내가 밥상 위의 꽃을 두고 벌어진 일을 겪고서 남들의 윗자리에 있

는 자들이 경계해야 할 일이라고 생각하여 이 글을 짓는다. ^{원문 311쪽}

채제공(蔡濟恭, 1720~99)이 1786년 평안병사(平安兵使)가 되어 평양에 부임했는데 그때 겪은 일을 바탕으로 쓴 글이다. 수판은 종이 따위를 소재로 써서 만든 일종의 조화(造花)이다. 이 글에 나온 사실로 보아 조선 후기에는 조화를 만드는 수공예가 상당히 발달했던 것으로 보인다.

군사적으로 중요한 위치를 지닌 평안도의 최고 책임자로서 채제공은 각 고을을 순시하다 우연히 밥상을 장식한 수판을 목격한다. 강계부사의 솜씨 좋은 일꾼이 우연히 만들어 귀한 분의 밥상을 화려하게 장식한 물건이었다. 그런데 정성을 기울여 만든 수공예품이 밥상을 물리면 바로 부숴질까봐 아까워 그대로 두라고 말한 것이 남들에게는 병사가 꽃을 좋아하는 것으로 받아들여졌다. 그래서 그가 순찰하는 고을마다 꽃을 만들어 밥상에 놓느라고 부산을 떨었다. 말할 것도 없이 병사의 비위를 맞추기 위해서였다.

그런데 정작 채제공 자신은 왜 고을마다 밥상에 조화가 오르는지 의아해했다. 그러다 의주부윤과 대화하면서 어째서 이런 일이 벌어졌는지 알아차리게 되었다. 씁쓸해하는 한편으로 이런 우스꽝스러운 일이 조정에서도 얼마든지 벌어질 수 있고, 그것이 국가의 전복이라는 결과로 나타날 수도 있음을 경고했다. 그의 경고는 아주 타당하다.

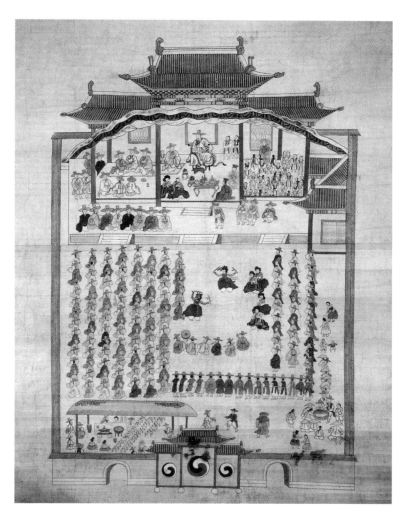

평양감사 연회도

신관 도백의 부임을 환영하기 위한 잔치 장면을 그린 그림이다. 권력자를 향한 맹목적인 아부가 빚어낸 희화된 장면이 어디 이뿐일까.

그런데 이 글의 내용과 저자의 경계는 봉건시대의 낡은 이야기로만 보이지는 않는다. 사람 사는 사회 어디서나 일어날 수 있는 일이기 때문이다. 특히, 의사 결정권이 소수에게 집중되어 있고, 부패도가 심한 사회에서는 힘을 가진 자의 비위를 맞추기에 애쓰다 보니 유사한 일들이 일상사처럼 벌어질 듯하다. 정부와 군대, 관공서와 기업 같은 조직에서 이런 일이 안 벌어진다고 장담할 자가 누가 있을까?

이상한 관상쟁이

이
규
보

1.

관상쟁이 한 사람이 나타났다. 어디서 왔는지 모르는 사람이었다. 관상 책을 보지도 않고, 관상법을 따르지도 않으면서 특이한 방법으로 사람들의 관상을 봐주었다. 그래서 '이상한 관상쟁이'라 불렸다. 귀족들과 높은 벼슬아치, 남녀노소 가릴 것 없이 남에게 뒤질세라 앞다퉈 맞아들이거나 경쟁하듯 찾아가서 자기의 관상을 봐달라고 청하느라 법석이었다.

그런데 관상쟁이는 부귀하여 살집도 좋고 기름기가 낀 사람의 관상을 보고서는 "당신의 모습은 비쩍 말랐소. 당신처럼 천한 족속은 없습니다!"라고 말하고, 빈천하여 비쩍 마르고 허약한 사람의 관상을 보고서는 "당신의 모습은 살쪘소. 당신처럼 귀한 족속은 드물 것이오!"라고 말했다.

장님의 관상을 보고서는 "눈이 밝다!"고 하고, 민첩하여 달리기를 잘하는 사람의 관상을 보고서는 "절름발이라 걸음을 걷지 못할 상이오!"라고 하고, 얼굴이 아주 예쁜 부인의 관상을 보고서는 "아름답기도 하고 추하기도 한 상이오!"라고 했다.

너그럽고도 인자하다고 세상에서 좋게 말하는 사람의 관상을 보고서는 "만인을 슬프게 할 사람이오!"라고 하고, 당시 사람들이 몹시 잔혹하다고 일컫는 자의 관상을 보고서는 "만인의 마음을 기쁘게 할 사람이오!"라고 했다. 그가 본 관상은 모두 이런 식이었다.

게다가 재앙과 복이 어디서 올 것인지를 말해주지 못하는 것은 고사하고, 사람의 용모와 동정을 살피는 것도 모두 반대로 했다. 많은 사람들이 왁자하게 떠들어대며 그를 사기꾼으로 몰아 잡아다가 족쳐서 그 사기 행각을 다스리려 들었다. 그러나 나만은 그들을 말리면서 이렇게 말했다.

"무릇 말이란 처음에는 거슬리지만 뒤에는 순순한 것이 있고, 겉보기에는 천근한 듯하지만 속으로는 심원(深遠)한 것이 있지. 저 관상쟁이도 눈이 있는데, 까닭 없이 살찐 사람과 비쩍 마른 사람, 눈먼 사람임을 몰라서 살찐 사람을 비쩍 말랐다고 하고, 비쩍 마른 사람을 살쪘다고 하며, 눈먼 사람을 눈 밝은 사람이라 하겠는가? 이 사람은 특별한 관상쟁이가 분명하네."

2.
그러고는 목욕하고 양치질을 한 다음 옷깃을 바로잡고 단추를 잠

그고서 관상쟁이가 사는 곳을 찾아가, 곁에 있던 사람들을 물리치고서 물었다.

"당신이 아무개 아무개의 관상을 보고서 이러저러하다고 말했다던데 그 이유가 무엇이오?"

내 질문에 그는 이렇게 대답했다.

"무릇 사람은 부귀해지면 교만하고 남을 능멸하는 마음이 자라납니다. 죄가 가득 차면 하늘은 반드시 엎어버리기 때문에 곧 쌀겨조차도 제대로 먹지 못하는 때가 닥칠 것이므로 비쩍 말랐다고 한 것이고, 곧 쫓겨나 비천한 사내가 될 것이므로 천한 족속이라고 한 것이지요.

또 사람이 빈천해지면 뜻을 굽히고 자신을 낮추어 두려워하고 반성하는 마음을 가지게 됩니다. 막힌 운수가 극에 달하면 터진 운수가 반드시 돌아오는 법이므로 부자가 될 조짐이 벌써 이르렀기 때문에 살쪘다고 한 것이고, 곧 만 섬의 곡식을 거두고 수레 열 대를 모는 부귀를 누릴 것이므로 귀한 족속이라고 한 것이지요.

고운 자태와 아름다운 얼굴을 보면 건드리고 싶게 하고, 진기한 물건과 기호품을 보면 갖고 싶게 하여 사람을 미혹에 빠트리고 부정한 짓으로 유도하는 것이 바로 눈입니다. 이로 말미암아 헤아릴 수 없이 커다란 욕을 당하게까지 합니다. 그렇다면 이런 자는 눈이 밝지 못한 사람이 아니겠습니까? 장님만이 마음이 깨끗하여 욕심도 없고 욕망도 없기 때문에 몸을 보전하고 욕됨을 멀리하는 것이니, 어진 사람이나 깨달은 사람보다도 낫습니다. 그래서 눈이 밝은 사람이라고 한 것이지요.

민첩하면 용맹함을 숭상하고 용맹하면 평범한 사람을 깔보기가 쉽지만 이런 사람은 끝내 자객이 되거나 도적의 우두머리가 되기 일쑤입니다. 법관이 그를 잡아 가두고 옥졸이 지키는 신세가 된다면 발에는 차꼬가 채워지고 목에는 큰칼이 씌워질 텐데 제아무리 재빨리 달려 도망치려 한들 가능하겠습니까? 그래서 절름발이라 걸음을 걷지 못할 상이라 한 것이지요.

저 아름다운 용모는 음란하고 사치스런 자가 보면 고귀한 구슬처럼 빼어나게 보이지만, 정직하고 순박한 사람이 보게 되면 진흙덩이처럼 추하게 보입니다. 그러므로 아름답기도 하고 추하기도 한 상이라고 한 것이지요.

저 어질다고 일컬어지는 분은 죽을 때 곳곳에서 사람들이 와글와글 모여서 그를 그리워하며 눈물을 줄줄 흘려서 마치 어머니를 여읜 어린애처럼 슬퍼합니다. 그래서 만인을 슬프게 할 사람이라고 한 것이지요.

몹시 잔혹하다고 일컬어지는 자의 경우 그가 죽으면 거리마다 노래를 부르고 골목마다 화답하며 양고기와 술로 서로 축하하면서 웃느라 입을 다물지도 못하고, 손바닥이 터져라 손뼉을 치기도 합니다. 그래서 만인의 마음을 기쁘게 할 사람이라고 한 것이지요."

나는 깜짝 놀라서 일어서며 말했다.

"과연 내 말대로 이 사람은 정말 특별한 관상쟁이로구나. 그가 한 말은 좌우명을 삼아도 좋고 인생의 지침으로 삼아도 좋겠다. 이런 사람을 어찌 낯빛이나 살피고 생김새로 판단하여 귀티가 나는 자는 거북 무늬가 있네 물소의 뿔처럼 생겼네 하며 치켜세우고[01], 흉해 보이는 자는 말벌의 눈깔이니 승냥이 목소리니 하며 곡해를 일삼고 뻔한 상식만 늘어놓는 짓거리나 하며 저 혼자 신통하고 저만이 영험하다 떠벌리는 자와 견주겠는가?"

그 자리에서 물러나와 그와 주고받은 말을 적는다. 원문 312쪽

고려 고종 때의 문인인 이규보(李奎報, 1168~1241)가 쓴 글이다. 문집인 《동국이상국집》에 실려 있고, 이후 《동문선》, 《동문수》와 같은 문장 선집에 실려 널리 알려졌다.

어느 날 사람들 사이에 나타난 이상한 관상쟁이를 둘러싸고 벌어진 소동이 이 글의 배경이다. 800년 전 사람들도 관상에서 자유롭지 못했음을 어느 정도 짐작해볼 만하다.

관상을 보는 행위는 낡은 미신으로 치부하고 넘어갈 수 없는 현재의 문제이기도 하지만, 더욱이 사람을 무엇으로 평가할 것인가의 문제, 나아가 사람은 어떻게 살아야 할 것인가를 다루고 있기에 이 글은 흥미를 더한다. 상식과 통념을 통쾌하게 깨트리기를 좋아하는 이규보 특유의 산문 정신이 살아 있는 글이다.

관상은 사람의 생김새를 보고 그의 인생과 미래를 판단하는 술수이다. 생김새와 하는 짓을 보고 그가 어떤 사람인지를 판단할 수밖에 없고, 그가 앞으로 어떻게 될지를 예측할 수밖에 없다. 일반 사람이나 평범한 관상쟁이라면 오랜 경험에 따라 만들어진 관

01 후한(後漢) 시대의 이고(李固)는 기이한 용모를 가져 정수리가 물소뿔처럼 튀어나왔고 발바닥에는 거북이 무늬가 있었다고 한다. 귀인의 관상을 말한다.

상 매뉴얼을 크게 벗어나지 않는 선에서 판단할 수밖에 없다. 그러나 어디서 나타났는지 알 수 없는 특이한 관상쟁이는 그런 매뉴얼을 과감히 벗어날 뿐만 아니라 오히려 거꾸로 해석한다. 그는 과연 사기꾼인가?

이규보는 이상한 관상쟁이가 상식에 어긋나고 기대한 바와 다르다고 하여 사기꾼으로 볼 것이 아니라 오히려 더 큰 차원에서 관상의 진실을 인생에 적용하고 있다고 보았다. 다시 말해, 그 관상쟁이는 곧이곧대로 '낯빛이나 생김새'로 사람의 인생을 재단하고 미래를 예측하는 술사(術士)가 아니라 인생의 법칙으로 사람의 운명을 개척하고 이끌어가는 인생의 교사(敎師)라는 사실을 대화를 거쳐 이끌어낸다.

사람을 판단하고 인생을 점치는 것은 고금이 크게 다를 수 없는 문제이다. 그리고 인생만이 아니라 복잡한 많은 사회현상도 크게 다르지 않다. 그러므로 글이 던지는 메시지는 여전히 유효할 것이다.

생색내지 마라

송
덕
봉

삼가 편지를 살펴보니 갚기 어려운 은혜를 베풀었다고 자긍하는 대목이 있더군요. 은혜에 감사하는 마음은 한량이 없습니다. 다만 제가 아는 바로는, 군자가 행실을 닦고 마음을 다스리는 것은 성현의 밝으신 가르침일 뿐, 아녀자를 위해 억지로 할 일은 아닙니다. 중심을 꿋꿋하게 잡고 있어서 욕망이 방해하기 어려운 경지에 이른다면, 자연스럽게 어떠한 잡된 생각도 사라지리니, 규중 아녀자로부터 보답을 바랄 필요가 있겠는지요?

서너 달 홀로 잠을 잔 것을 가지고 고결한 행동이라고 하면서 덕을 베풀었다고 생색을 내는 것을 보면, 당신은 욕망이 없는 담박한 사람은 분명코 아닙니다. 마음이 고요하고 결백하여, 밖으로는 화려한 치장을 끊고 안으로는 사사로운 욕심이 없는 분이라면, 굳이 서찰을 보내 자신이 행한 일을 자랑한 뒤에야 남들이 그런 사실을 알아주겠습니까? 곁에는 당신을 잘 아는 벗들이 있고, 휘하에는 가족과 종들이 있어서 수많은 눈들이 지켜볼 터이므로 공론이 저절로 퍼질 것입니다. 그렇다면 구태여 억지로 서찰을 보낼 필요가 없지요.

이런 것을 볼 때, 당신은 아무래도 밖으로 드러나게 인의를 베풀고서 남들이 알아주기를 급급해하는 병통을 지닌 듯합니다. 소첩이 곰곰이 생각해봤더니 의문이 꼬리를 물고 일어납니다.

소첩이야말로 당신에게 잊어서는 안 될 공을 세워놓았으니 이 점 결코 소홀히 여기지 마세요. 여러 달 홀로 잤다고 당신은 편지를 보낼 때마다 그 끝에 구구절절 자랑하지마는, 예순 살이 곧 닥칠 분에게는 이렇듯이 홀로 지내는 것이 양기를 보존하는 데 큰 도움이 되지 않겠습니까? 그러니 제게 갚기 어려운 은혜를 베푼 것이라고는 할 수 없겠지요.

한편으로 생각해보면, 당신은 귀한 직책에 있어서 도성의 수많은 사람들이 우러러볼 테니, 여러 달 홀로 지낸 것만도 남들이 하기 어려운 일을 했다고 인정할 수 있습니다. 하지만 소첩이 옛날 어머님 초상을 치를 때, 사방 천지에 돌봐주는 사람 하나 없고, 당신은 만리 밖 유배지에서 하늘만 찾으며 통곡이나 했지요. 그때 저는 지극정성으로 예법을 갖춰 장사를 치러서 남에게 부끄럽지 않도록 했습니다. 곁에 있는 사람들이 이르기를, 분묘를 만들고 제사를 드리는 것이 친아들이라도 그보다 잘할 수는 없다고 하더이다.

삼년상을 마치고는 또 만 리 길에 올라 온갖 고생을 하며 험난한 유배지로 당신을 찾아간 일을 모르는 사람이 누가 있나요? 제가 당신에게 베푼 이러한 지극한 정성 정도는 되어야 '잊기 어려운 일'이라고 말할 수 있답니다. 당신이 여러 달 홀로 잔 일과 제가 한 여러 가지 일을 서로 견주어 보세요, 어느 것이 가볍고 어느 것이 무거운지를.

이제부터 당신은 잡념을 영영 끊고 기운을 보전하여 수명을 늘리기를 바라요. 이것이 제가 밤낮으로 바라는 소망이랍니다. 그런 제 뜻을 너그러이 살펴주세요. 송씨는 아룁니다. 원문 314쪽

이 편지는 16세기의 학자 미암 유희춘(柳希春, 1513~77)의 부인 송씨(宋氏)가 남편에게 보낸 것이다. 유희춘의 일기인 《미암일기초(眉巖日記草)》 권5의 부록에 실려 있고, 또 《미암집(眉巖集)》에 수록된 〈미암연보〉에도 거의 같은 내용이 실려 있다. 연보에서는 선조 4년(경오년, 1571년) 7월 12일 기사에 이 내용이 있어 이 무렵에 쓴 편지로 보았다. 대체로 1570년과 1571년 사이에 쓴 편지로 추정된다.

이 편지를 쓰게 된 사연은 이렇다. 미암이 한양에서 옥당(玉堂)의 고관으로 봉직하면서 서너 달 동안 여색을 가까이하지 않고 홀로 지냈다. 그때 전라도 담양의 본가에서는 송씨가 집을 지키고 있었다. 미암이 본가로 보내는 편지 속에서 자신이 부인 외에 다른 여자를 가까이하지 않는다며 상당한 자랑을 했다. 본가에 있는 부인에게 갚기 힘들 만큼의 은혜를 베푼 셈이라는 것이었다. 그도 그럴 것이 서울에 와서 벼슬살이하는 관원들이 소실을

들이는 일이 많았던 사실을 생각하면, 미암의 자랑도 근거가 없는 것은 아니다.

이 편지를 받은 송씨 부인은 장문의 편지를 써서 아들인 광문 (光雯)에게 필사를 시켜 보냈다. 그러나 미암의 기대와는 달리 송씨 부인은, 오히려 부인에게 고마워해야 할 일은 고마워하지 않으면서 당연한 것을 가지고 자랑이나 한다고 핀잔하는 취지로 답장을 했다. 핀잔의 내용을 정리하면 이렇다. 첫째, 여색을 가까이하지 않은 것은 나를 위해 할 일이 아니라 군자라면 당연히 해야 할 행위이다. 당연한 행위를 해놓고 내게 보답을 바라는 것은 어불성설이다. 둘째, 이런 일을 해놓고 남이 알아주기를 바라는 의도 자체가 군자답지 못한 것이다. 셋째, 예순이 가까운 사람이라면 여색을 가까이하지 않는 것이 좋으므로 자랑할 일이 못 된다.

핀잔하는 것에 그치지 않고 한 술 더 떠서 송씨는 미암에게 그 정도 가지고 자기에게 생색을 내는데 왜 자신이 남편에게 덕을 베푼 지난 일에는 감사의 뜻을 표하지 않느냐고 채근했다. 채근한 내용은 미암이 종성으로 유배 갔을 때 시어머니 초상을 혼자서 훌륭하게 치른 일과 삼년상을 마친 뒤 그 먼 길을 걸어서 남편을 찾아간 두 가지 일이다. 남들의 주목을 받는 상태에서 미암이 독수공방한 것만 해도 가상할지 모르겠으나, 자신은 아무도 도와주지 않는 상태에서 그런 갸륵한 일을 했다고 주장했다. 미암더러 어느 것이 더 어려운 일인지 한번 비교해보라고 일깨워주었다.

답장을 보면, 미암이 유구무언이 될 수밖에 없는 처지가 되었음을 넉넉히 짐작할 수 있다. 송씨는 남편 미암의 이러한 생색내는 이야기에 대고 잡념을 끊으라고 했다. 〈미암연보〉에는 이 편지를 두고 "송 부인의 간찰이 문장과 의미가 모두 좋아서 탄복하지 않을 수 없다(夫人詞意俱好, 不勝歎伏)"고 평가했다. 연보를 편찬한 사람의 평가일 텐데 아주 적절한 평가로 보인다.

편지를 쓴 송씨의 본관은 홍주(洪州), 자는 성중(成仲), 호는 덕봉(德峰)이다. 성품이 명민했고 시와 문장을 잘 썼다. 여러 편의 문장이 남아 있는데 그 가운데서도 이 편지는 조선 시대 여성의 당당한 삶의 태도와 자기주장을 보여주는 글로 평가할 만하다. 가식이 없이 여성의 생각, 부부간의 솔직한 심경을 표출했다는 점에서 흥미롭다. 한 통의 편지에 불과하지만, 부부 사이에 편지를 매개로 못할 말 없이 하고 살았던 생활이 보이기도 한다.

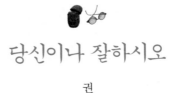

당신이나 잘하시오

권
필

권필은 아룁니다. 영광스럽게도 편지를 받아보니 저를 인정하신 말씀은 너무 과하셨고 저를 책망하시는 말씀은 참으로 온당하십니다. 감히 입을 다물고만 있을 수 없어 제 속마음을 대충이라도 여쭙고자 합니다.

저는 타고난 성질이 엉성하고 막돼먹어 세상 사람들과는 어울리기 어려웠습니다. 붉은 대문을 단 으리으리한 저택을 보면 반드시 침을 탁 뱉고 지나가는 반면에, 못사는 동네의 허름한 집을 보면 반드시 서성대고 두리번거리면서 '팔베개를 베고 맹물을 마시지마는 내 사는 즐거움을 다른 것과는 바꾸지 않겠다'는 그런 사람을 만나지나 않을까 기대하곤 했습니다.

또 붉고 푸른 인끈을 늘어뜨린 고관대작으로서 온 세상이 현명한 사람이라고 치켜세우는 사람을 보면 노비를 대하듯 천시하는 반면에, 의협심이 있는 개백정으로서 마을 사람들이 천하게 여기는 자들을 보면 반드시 흔쾌한 심정으로 그들과 함께 노닐면서, 비분강개하여 슬픈 노래를 부르는 협객을 저들 속에서 볼 수 있지 않을까 기대하곤 했습니다.

이런 소행이 제가 지금 세상에서 괴상한 인간이라 취급당하는 이유입니다만, 무슨 심경에서 그런 행동을 하는지 제 자신도 잘 모르겠습니다.

이 때문에 현실에서 실랑이하고 싶은 마음이 사라져 산이나 들로 물러나 칩거하면서 들뜬 생각을 가라앉히고 심신을 수양하여 옛사람이 말한 도를 추구할까 하는 생각이 들었습니다. 그리하여 주렴계(周濂溪), 정자(程子), 장재(張載), 소강절(邵康節), 주자(朱子), 여동래(呂東萊)의 저작을 가져다가 읽고서 사색했습니다. 터득한 바가 있다고 감히 자신하지는 못하나 문장과 의리 사이에서 마음에 쏙드는 것이 있었습니다. 드디어 마음을 굳게 먹고 학문에 종사한 지 이제 예닐곱 해가 되었습니다.

그러나 엄한 스승께서 저를 이끄신 것도 아니고, 훌륭한 벗이 저를 도와준 것도 아니라서 그럭저럭 녹록하게 세월을 보내는 중에 시를 짓고 술을 마시는 습관이 또 그 틈을 타고 저를 휘감아 얽매고 말았습니다. 비록 도에 뜻을 두었다고는 하지만 말과 행동은 예전의 저와 다를 것이 없었습니다. 그러니 족하께서 이러한 책망을 하는 것도 당연합니다.

아! 족하께서 저를 책망하시는 말씀은 참으로 틀리지 않고, 족하께서 저를 아끼시는 정은 참으로 넉넉합니다. 저는 일찍이 벗이 선한 사람이 되도록 책망하고 어진 길로 가도록 도와주는 것이야말로 옛사람의 도리라고 생각해왔습니다. 오늘날 세상에 옛사람의 도를 실천하는 사람은 더 이상 없습니다. 그런데 이제 홀연히 나타났고 더욱이 제 자신이 직접 보게 되었습니다. 감히 제가 족하께 두 번 절하여 축하를 올리고 또 제 자신에게도 축하하지 않을 수 있겠습니까?

그렇지만 남에게 잘하라고 하기는 쉽고 자기에게 잘하라고 하기는 어렵습니다. 족하께서 제게 잘하라고 권한 충고를 자신에게도 권할 수 있다면 다행일 것입니다. 이만 줄입니다. 권필은 말씀 올립니다. 원문 315쪽

송홍보(宋弘甫)라는 사람으로부터 충고의 편지를 받고 보낸 답장이다. 송홍보는 곧 송석조(宋碩祚, 1565~?)로서 홍보는 그의 자이다. 명종 때의 명신 송기수(宋麒壽)의 손자로서 1601년 문과에 급제하고 선조, 광해군 때에 두루 관직을 역임했다.

그가 권필(權韠, 1569~1612)과 어떠한 관계가 있는지 알기 어렵지만 한편으로는 권필의 능력을 칭찬하면서 한편으로는 처신을 충고하는 편지를 보냈다. 충고의 내용은 출세에 방해가 되는 행동을 하여 세상에서 평이 좋지 않으므로 행동을 고치라는 취지였으리라. 답장 중에 "지금 세상에서 괴상한 인간이라 취급당한다"고 말한 것으로 보아 그런 점을 짐작할 수 있다.

그 편지를 받은 권필의 답은 어땠을까? 우선 그는 그런 평을 듣게 된 자신의 성격과 행동을 변명 삼아 설명했다. 뒤이어 행동을 반성하고 학문에 뜻을 두어 고쳐보려 했으나 고쳐지지 않으므로 당신의 책망을 듣는 것이 당연하다고 했다. 그리고 또 이어서 내 잘못을 지적하고 충고하는 당신에게 고맙지만, 내게 충고하는 것을 당신 스스로도 반성해야 할 것이라고 답했다.

이 답장은 혼란스럽다. 권필이 친구의 충고를 있는 그대로 고맙게 받아들였을까? 그렇게 볼 수도 있다. 그러나 뒷부분으로 갈수록 오히려 상대를 되받아치는 듯한 뉘앙스가 강하다. 남의 잘못은 잘 보면서 제 잘못은 보지 못한다는 이야기나, 내게 충고한 것을 자기 자신에게 충고해보라고 한 이야기가 그 증거이다. 충고에 상당한 거부감을 갖고 있음을 드러낸다.

사실상, 이 편지에서는 충고를 받고서 앞으로 자신의 행동을 고치겠다는 이야기를 하지 않는다. 전에도 고치려 했지만 고치지 못하고 "말과 행동은 예전의 저와 다를 것이 없었던 것〔其言其行, 只是向來底人〕"을 경험했다고 밝힌 것도 그의 생각을 엿보게 한다.

문제가 된 그의 행동은 큰 부를 쌓은 부자들과 잘난 체하는 고관대작을 증오하고, 거꾸로 가난뱅이나 비천한 협객들을 친구처럼 여기는 것이었다. 사대부 지식인으로서 그는 자신의 신분적 이익에 안주하지 않으려 했다. 그 점은 허균이 〈통곡의 집〔慟哭軒記〕〉 등에서 말한 "오직 비천함과 가난, 곤궁과 궁핍이 존재하는 곳을 찾아가 살고자" 했고, "반드시 하는 일마다 이 세상과는 배치되고자" 노력한 태도와도 통한다.

자신도 잘 알 수 없지만 그렇게 행동하는 것이 양심을 배반하

지 않는 것이라 생각했을 터이므로 이 답장은 "너나 잘해라" 하
고 친구의 충고를 완전히 되받아친 것으로 읽어야 하지 않을까?

머리 좀 빗어라

이
경
전

사람에게 머리털이 있는 것처럼 말에게는 갈기털이 있다. 세상에서 하는 말에 남에게 말을 맡길 때 "하루 먹을 콩은 주지 않아도 좋으나, 하루에 빗겨야 할 빗질은 잘 해다오"라고 부탁한다고 한다. 이것은 말갈기를 빗질하는 것보다 절실한 바람이 말에게는 없음을 극명하게 표현하는 말이다.

여기에 어떤 사람이 있어 머리가 돗자리를 짠 것처럼 봉두난발에다, 때가 소똥같이 덕지덕지 끼어 있으며, 머리털에 서캐 알이 엉겨붙어서 실로 꿰맨 것처럼 뽀얗게 보인다고 하자. 낮에는 망건으로 머리를 감싸서 요행히 남들이 보지 못하지만, 밤이 되면 밤새도록 긁어대기 때문에 귀밑머리와 정수리에는 부스럼이 생기고 딱지가 앉는다. 그럼에도 불구하고 빗질해서 다듬을 줄을 모르니 사람이 말보다 못해서야 되겠는가?

여기에 말 두 마리가 있다고 치자. 하나는 주인에게 사랑을 받아 아침저녁으로 갈기를 빗질해주기에 털이 번들번들하여 빛이 나서 보기에도 멋지다. 다른 하나는 주인이 사랑하지 않고 그저 물건을 싣거나 타고 다니며, 꼴이나 베어다 준다. 어쩌다 마당에 끌어다 놓으면 말은 바로 땅바닥에 뒹굴면서 제 스스로 긁는다. 그러다 보니 진흙과 먼지는 머리와 등짝을 뒤덮고, 궁둥이는 돼지 궁둥이 꼴로 변해 더 이상 말다운 꼴이 없다. 만약 말이 사람처럼 말을 할 수 있다면, 반드시 가려움증을 하소연하면서 빗질은 하지 않고 그저 콩과 꼴만 던져주는 것은 바라지 않는다고 말하리라.

전에 나는 다지동(多枝洞)[01]에서 기남(己男)이라는 이름을 가진 사람을 본 적이 있다. 두발 상태는 저런 꼴을 하고 있었지만 벙거지를 쓰고서 고을의 서원(書員)[02]이 되어 돌아다녔다. 내가 그에게 "당신은 평상시 한 달에 몇 번이나 빗질을 하는가?" 물었더니 그는 "저는 빗질을 성실하게 하는 성격입니다. 그래서 해마다 한 번씩 빠짐없

---

01 다지동은 충청도 예산의 지명으로 대지동(大枝洞), 또는 대지동촌(大枝洞村)이다. 본래는 입석소(立石所)로서 예산 관아에서 동쪽으로 10리 떨어진 곳에 위치한다. 이곳은 저자 집안의 세거지(世居地)이다.
02 서원은 조선시대 중앙과 지방의 관아에 배속되어 행정실무를 맡아 보던 아래 등급의 아전이다.

이 빗어서 그냥 지나간 해가 거의 없습니다"라고 대답했다. 이렇게 말하는 그에게선 상당히 우쭐하는 태도가 보였다. 나는 그 말을 듣고서 비웃고 말았으나 한편으로는 이런 생각이 들었다.

이 사람은 어둡고 어리석어 콩인지 보리인지 전혀 분간하지 못하므로, 사람 사는 이치를 가지고서 꾸짖을 상대가 아니다. 다만 안타깝게도 그저 인구 수를 헤아리는 데 숫자나 채울 평범한 사람들이, 게으름이 습관이 되어 날이 저물기도 전에 먼저 잠들고 아침 해가 높이 뜬 이후에야 비로소 일어나서, 불쑥 밥 내오라 재촉하여 먹고 의관을 입고서 집 밖으로 나온다. 이러한 자들은 하나같이 어렸을 적에 했던 버릇을 아직 버리지 못하고서 그런 행동을 한다.

우리 집에는 아이가 둘 있는데 그 아이들이 가장 싫어하는 것이 머리를 빗는 일이다. 온갖 방법으로 달래고 혼내고 하건마는 한 달에 한 번 빗질할 때도 있고, 열흘에 한 번 빗질할 때도 있다. 그럼에도 설렁설렁 꾸중이나 모면하고는 일어선다. 나는 아이들의 속내를 모르겠다. 아무래도 총명함이 부족하여, 때를 벗기면 머리가 가벼워지고 눈이 밝아져서 자기에게 이로운 줄을 몰라서 그러는 것이 아닐까? 그게 아니라면 밖에 나가 새 잡을 궁리만 하느라 잠시도 자리에 앉아 있을 마음이 없어 그러는 것일까?

나는 정말 걱정스럽다. 아이들의 기질을 바꾸고 싶다면 책을 읽는 것보다 더 나은 방법이 없다기에, 아이들에게 독서를 열심히 하라고 권했다. 쉬지 않고 열심히 독서하여 점차 흥미를 붙여 깊이 들어간다면, 마음도 조금씩 넓어지고 정신도 조금씩 깨이리라. 그렇게 되면 이후에는 늦게 자고 일찍 일어나는 버릇을 들여, 닭이 울자

마자 일어나 세수하고 머리를 빗을 것이다. 그다음에는 역사책을 앞에 놓고 순 임금과 같은 인물이 되려는 의욕을 내어 학문에 힘을 기울이면서, 말[馬]의 갈기를 빗질해주는 마음으로 자신을 깨우치고, 어둡고 어리석은 기남이 되지 않겠다고 자신을 경계하지나 않을까?

　이러한 내용을 대강 써서 아이들에게 준다. 계유(癸酉) 동지 다음 날에 쓴다. _{원문 315쪽}

　이경전(李慶全, 1567~1644)은 대북파(大北派)의 영수인 아계(鵝溪) 이산해(李山海)의 아들로서 이름난 문사이자 관료였다. 아들 다섯을 두었는데 이 글에서는 둘이라고 했으므로 그가 젊었을 때 쓴 글로 보인다. 그가 동지 다음 날 글을 써서 아이들에게 주었다.

　내용은 아이들이 게을러 머리를 잘 빗지 않으므로 머리 좀 자주 빗으라는 당부이다. 머리를 자주 빗으면 개운하련만 아이들은 한 달에 한 번이나 열흘에 한 번 빗을까 말까 한다. 문제는 단순히 머리를 빗지 않는 데 그치지 않는다. 머리를 자주 빗지 않는 것은 생활 태도에 근본적으로 문제가 있기 때문이다. 기질을 부지런하게 만들어야 그다음에 공부도 가능하다. 아버지는 아이들의 생활 태도가 걱정되어 두 가지 사례를 들어 깨우치려 한다.

〈세마도(洗馬圖)〉

김홍도의 그림이다. (개인 소장)

하나는 말[馬]이다. 말은 배불리 먹여주기만 하면 그만이라고 생각하겠지만 그렇지 않다. 말은 말갈기를 깨끗하게 해주어야 한다. 또 하나는 기남이란 사내다. 일 년에 한 번 머리를 빗는다면서 깨끗한 척 우쭐대는 자이다. 어느 쪽을 선택할 것인가? 두 가지 사례를 보면 사람보다 말이 낫다. 글쓴이는 기남의 생활 태도를 버리고 말의 태도를 가져야 한다고 아이들에게 가르친다.

씻기를 싫어하는 것은 그 당시 아이들도 마찬가지였다. 그는 그런 버릇을 그대로 지니면 나중에는 저 기남과 같은 자처럼 된다면서 아이들을 훈계했다.

동지는 작은설이다. 새해를 맞이하여 생활 태도를 바꾸라는 훈계를 거창하고 딱딱하고 부담스러운 내용으로 하지 않고, 머리를 자주 빗는 것부터 시작하라고 했다. 그러나 이러한 태도가 꼭 아이들에게만 해당하겠는가?

가짜 학 소동

신
유
한

　양주의 북쪽 지역은 연천과 접경을 이룬다. 여기에는 학연(鶴淵)이란 강이 흐르고, 절벽이 깎아지른 듯이 솟아 그 높이가 십여 길이다. 절벽에는 절구처럼 움푹 파인 곳이 있어서 새가 숨기에 적합하다. 세상에서는 이곳을 학소대(鶴巢臺)라고 부른다.

　신유년 봄에 이름 모를 괴이한 새 암수 한 쌍이 나타나 학소대 위에 앉았다. 그 크기가 무수리만 했고, 등은 녹색에 가슴팍은 붉은색이었다. 수컷이 둥지를 나가서 저녁때 돌아와 암컷에게 먹이를 주었다. 암컷은 늘 둥지에 엎드려 있으면서 나가지 않았고, 때때로 벼랑을 스쳐 날았다. 그런 모습을 사람들은 특이하게 여겼다.

　그런데 금강산의 어떤 승려가 지나가다가 예를 올리면서 "선학

(仙鶴)입니다!"라고 말했다. 그러자 무지한 백성들 사이에 "학에 신령이 붙었다. 몸가짐을 바로 하여 공경하면 새가 나타나고, 그렇지 않으면 숨는다!"는 와전된 소문이 일어났다. 소문을 들은 사람들이 먼 곳 가까운 곳에서 마치 장터를 가듯이 웅성웅성 모여들었다. 서쪽으로는 개성에서, 북쪽으로는 관북 산골짜기에서 도시락을 싸들고 모여드는 사람이 꼬리를 물었다. 모두들 두 손을 모아 이마에 대고 절하면서 새가 나타나기를 빌었다. 새가 나타나면 떠들썩하게 "정말이다! 학소란 벼랑 이름과 정말 맞아떨어지는구나!" 하면서 크게 기뻐했다.

이렇게 달포를 보내고 나자 그 주변에 사는 사람들이 손님을 맞이하기에 지쳐버렸다. 마을 아이들과 상점 할머니들은 물가에 가게를 차려놓고 술과 떡을 팔기도 하고, 짚신을 팔기도 하여 이익을 챙겼다.

어느 날 아침 그 새끼들이 푸드덕푸드덕 바위틈에서 나오고, 수컷이 암컷을 곁에 데리고 모래밭으로 내려와 모가지를 숙이고 벌레와 물고기를 쪼아 잡았다. 걸음걸이는 뒤뚱뒤뚱, 울면서 꾹꾹 소리를 냈다. 영락없이 오리 정강이에 거위 주둥아리였다. 또 잘 날지도 못했다. 그 새들이 절벽의 움푹 파인 곳에 숨어 있는 까닭은 알을 보듬어 새끼를 낳기 위한 것이었다. 많은 사람들은 그제야 왁자하게 떠들고 욕하면서 돌을 집어 새에게 던졌다. 새들은 깜짝 놀라 도망하여 다시는 돌아오지 않았다.

나를 찾아온 손님이 그 이야기를 내게 들려주었다. 새가 실지에 맞지 않게 헛된 이름을 얻었다고 하며 세상 사람들을 경계하는 이야기라고 말했다. 나는 웃으면서 이렇게 말해주었다.

"이 새가 제가 학이라고 여겨서 학소대 위에 앉아 명성을 노릴 능력이나 있을까요? 구경한 사람이 말짱 망령을 부린 것이지요. 학이 생긴 모습은 옛날의 성현이 지은 책에 흔히 나타납니다. 정수리는 붉고 모가지는 둥글며, 깃털은 하얗고 몸통은 검으며, 다리는 길이가 석 자입니다. 우는 소리는 하늘에까지 퍼집니다. 화표주(華表柱)[01]와 구지산(緱氏山)[02]에 학이 없다고 한다면 그만이지만, 학이 있다고 한다면 반드시 이런 모양으로 생겼을 것입니다.

이제 저 새를 본 사람들은 학을 모르고, 새는 처음부터 명예를 얻으려는 뜻이 없었습니다. 학을 몰랐기에 위태롭지 않고, 명예를 얻으려는 뜻이 없기에 화가 없지요.

시서(詩書)를 말하고 경륜을 펼치는 것을 업으로 삼는 세상의 잘난 자들은 장사치를 잘 꾸며서 이윤(伊尹)과 부열(傅說) 같은 정승으로 만들고, 아첨꾼을 잘 주물러서 관중(管仲)과 제갈량(諸葛亮) 같은 재상이라고 선전하지요. 끝내는 거섭(居攝) 때에 왕망(王莽)이 주공(周公)의 자리에 올라앉고,[03] 희령(熙寧) 때에 왕안석(王安石)이 공자 노릇을 한 것처럼,[04] 천하와 국가에 재앙을 입히는 자가 많지요. 진짜가 아닌 가짜 학쯤이야 굳이 문제삼을 것이 있겠는지요?" 원문 317쪽

01 한(漢)나라 때 요동(遼東) 사람 정령위(丁令威)가 도를 닦아 신선이 되었는데, 뒤에는 학이 되어 요동에 돌아와 화표주에 앉았다는 고사가 있다.
02 주(周)나라 영왕(靈王)의 태자 진(太子晉)이 피리를 잘 불었다. 뒤에는 신선이 되어 갔다가 30여 년 만에 흰 학을 타고 나타났다는 고사가 있다.
03 거섭은 한나라 유자영(孺子嬰)의 연호이다. 이때 왕망이, 마치 주공이 어린 조카 성왕(成王)을 위해 섭정(攝政)하고 주나라 제도를 만들었듯이 섭정을 하고 제도를 옛 제도로 바꾸다가 끝내는 한 나라 황실을 찬탈했다.
04 희령은 송 신종(宋神宗)의 연호이다. 신종 때에 왕안석은 재상이 되어 신법(新法)을 만들고 《주례(周禮)》의 관제로 개혁하여 공자처럼 새 문물을 만들려고 시도했다.

신유한(申維翰, 1681~1752년)이 지은 글로 문체는 서사(書事)이다. 그가 61세 되던 1741년(신유년) 연천현감으로 재직하고 있을 때 지었다. 연천과 접경한 지역의 한 절벽에 나타난 학으로 발생한 소동의 자초지종을 기록한 다음 그런 소동의 이면에 도사린 인간 심리와 사회의 취약한 구조를 분석한 글이다.

이 소동에는 학소대란 장소가 등장한다. 전국적으로 학소대란 명소가 금강산과 화양동을 비롯하여 몇 군데 있다. 바위 위에 학이 둥지를 틀고 있는 곳이면 학소대란 이름으로 불렀다. 양주 고을에도 그런 장소가 있었다.

언젠가 학소대에 평범치 않은 새가 나타났다. 흔하게 보는 모습과 행태가 아니고, 지명과도 딱 부합하기에 사람들이 쑥덕거리는 차에, 금강산에서 온 승려가 선학(仙鶴)이라고 말했다. 그 승려의 말은 일종의 선동이 되어 수많은 사람들이 새에게 예를 올리고, 한 번 보기를 기도했다. 그러나 그 새가 새끼와 암놈을 데리고 백사장에 앉는 순간, 사람들은 학소대 위에 신비하게 머물던 선학이 아니라 볼품없는 평범한 새임을 깨닫고 돌을 던져 새를 쫓았다.

가짜 학 때문에 발생한 이 소동은 이렇게 허망하게 끝이 났다. 어떤 사람은 이 소동으로 헛된 명성을 얻으면 결국에는 들통 난다는 교훈을 사람들이 얻을 수 있다고 보았다. 틀린 것은 아니다. 이 소동을 새에다 초점을 맞추어보면 그런 교훈을 얻을 수 있다.

반면 이야기를 전해들은 신유한은 이 소동의 핵심은 새가 아니라 구경꾼에 있음을 지적했다. 신유한의 지적이 정확하다. 여기에서 나아가 신유한은 보잘것없는 새를 선학으로 만들듯이, 정치에서도 대리인을 내세워 권력을 장악하는 술수를 읽을 수 있다고 했다. 이런 정치적 해석과 교훈도 충분히 이끌어낼 만하다.

　이 사건을 해석하는 올바른 시각은 과연 무엇일까? 아무래도 검증도 확인도 하지 않은 것을 대중적 심리와 선동에 휩쓸려 쉽게 신비화하거나 우상화하는 인간과 사회의 취약한 모습을 풍자하는 해석으로 가야 하지 않을까? 인간은 정치 현실에서 이런 우를 너무도 자주 경험해왔다. 정치뿐이 아니라, 종교와 사회생활 곳곳에서 지금도 여전히 이런 소동이 일어난다. 진실을 확인하고 나서야 '돌을 집어 새에게 던져본들' 때는 늦은 것이다.

서울을 등지는 벗에게 6부

떠나시오, 그대여! 떠나서는 뒤도 돌아보지 마시오!
편안히 서책을 즐기고 악기를 연주하면서 기댈 곳을 마련하여 학(鶴)처럼 사는 노인
이 되시오. 어진 사람들이 모여 사는 마을을 만들 터이니 우리의 도(道)가 동쪽으로
옮겨 갔군요. 그대의 아름다운 덕을 힘써 가꾸어 그대의 끝맺음까지 생각하시오.
그리고 그대의 소식을 금인 양 옥인 양 아끼지 말고 때때로 좋은 바람결에 들려주
시오. 내 비록 그대의 뒤를 따르지는 못하나 역사책 속에서 옛사람의 이름을 보듯
이 하겠소. _장지완

어머니의 친필

조
태
억

  우리 어머니께서 언문으로 《서주연의(西周演義)》 10여 책을 필사하셨는데 원본 자체가 한 책이 결본이어서 완질을 갖추지 못했다. 어머니께서 그것을 늘 아쉬워하며 지내신 지 오래되었다. 그러다가 옛것을 좋아하는 어떤 집에서 완전한 본을 얻게 되어 빠진 부분을 다시 써서 보충하여 완질을 갖추었다.

  그로부터 얼마 지나지 않아 같은 마을에 사는 한 여인이 어머니께 그 책을 빌려 보고 싶다고 애걸했다. 어머니께서는 바로 전질을 가져가도록 허락하셨다. 얼마 지난 뒤 그 여인이 문으로 들어와 사죄하며 이렇게 말하는 것이었다.

  "빌린 책을 삼가 돌려드립니다. 그런데 길에서 한 책을 잃어버렸습니다. 아무리 찾아도 찾을 수가 없습니다. 죽을죄를 지었습니다!
죽을죄를 지었습니다!"

어머니께서는 너그러이 용서하시고 잃어버린 부분이 무엇인지를
물으셨는데 공교롭게도 예전에 다시 써서 빠진 데를 보충한 그 책
이었다. 완질을 갖추었던 것이 이제 다시 낙질이 된지라 어머니께
서는 속으로 몹시 안타까워하셨다.

그로부터 이태가 지난 겨울, 나는 아내를 이끌고 남산 아래 마을
에 옮겨 살았다. 아내는 마침 병석에서 무료하게 지내는 터라 같은
집에 사는 친척 부인에게 책을 빌렸다.

친척 부인은 책자 한 권을 건네주었는데 아내가 보니 예전에 잃
어버렸던, 어머니께서 손수 쓰신 바로 그 책이었다. 내게도 보여주
기에 봤더니 틀림없었다. 그래서 아내가 그 친척 부인에게 가서 책
을 얻게 된 유래를 꼬치꼬치 캐물었다. 친척 부인의 말은 이러했다.

"나는 그 책을 우리 일가인 아무개한테서 얻었고, 아무개는 그 마
을 사람인 아무개한테서 샀지요. 그 마을 사람은 길에서 그 책을 주
웠답니다."

아내는 전에 그 책을 잃어버린 정황을 빠짐없이 말해주면서 돌려
달라고 부탁했다. 그 친척 부인은 신기하게 여기면서 돌려주었다.
낙질이 되었던 것이 또 이렇게 하여 다시 완질을 갖추게 되었다. 이
얼마나 기이한 일인가!

지난번에 이 책자를 길에서 잃어버렸을 때 오래 지나서도 누군가
가 줍지 않았다면, 분명히 말발굽에 짓밟히고 진흙에 더럽혀져 한
글자 반 조각도 다시 찾지 못했으리라. 설사 요행히도 이러한 재앙
을 면해 사람이 주웠더라도 주운 사람이 무지몽매하여 책을 아낄

줄 몰랐다면 진귀하게 여겨 감상하지 않았을 뿐만 아니라 찢고 뜯어서 벽을 바르는 종이로 사용했을 것이니, 말발굽에 짓밟히고 진흙에 더럽힌 경우와 무슨 차이가 나겠는가?

또 요행히 이런 재앙을 벗어나서 호사가가 얻어 간직하게 됐다고 치자. 간직하여 가져간 자가 만약 하늘 끝, 땅 모서리 먼 곳에 살아서 저와 나와 만날 길이 없는 사람이라면 이 책자가 비록 탈 없이 지낸다 해도 내가 잃어버린 것과 다를 바 없다. 어찌 애석하게 여길 일이 아닐까?

이제 길에서 잃었는데도 말발굽에 짓밟히지 않고 진흙에 더럽히지 않았다. 다른 사람이 주웠지만 책을 아낄 줄 모르는 무지몽매한 사람에게 가지 않고 결국 호사가가 간직하게 되었다. 또 하늘 끝 땅 모서리 먼 곳에 살아서 저와 나와 만날 길이 없는 사람 차지가 되지 않고 내 아내의 친척 부인의 집안사람 수중에 들어갔다. 그 책이 이리저리 돌아다니다가 끝내 내 손으로 돌아왔다.

우리 어머니의 친필이 흩어지고 땅속에 묻혀버리는 지경에까지는 이르게 하지 않으려고 하늘이 도와주신 덕택이 왜 아니랴? 삼 년 동안 잃어버렸던 책을 하루아침에 찾는 과정에는 일정한 운수가 개입한 것이나 아닐까? 기이한 일이다. 기이한 일이야!

그러니 이 일을 기록하지 않을 도리가 없어 잃었다가 찾은 자초지종을 이렇게 삼가 기록한다. 원문 318쪽

《서주연의》는 조선 후기에 번역되어 널리 읽힌 중국의 역사소

설로 《봉신연의(封神演義)》라는 이름으로 잘 알려져 있으며 명나라 허중림(許仲琳)이 지었다고 전한다. 은(殷)나라에서 주(周)나라로 바뀌는 중국 고대의 왕조 교체기에 신마(神魔)의 싸움을 중심으로 전개되는 소설이다. 한글로 번역된 것이 일찍부터 읽혔는데 지금도 장서각에는 25권 25책의 한글본이 전해오고 있다.

조태억(趙泰億, 1675~1728)은 숙종 때의 명신으로 좌의정을 지낸 분이다. 그런 그가 어머니 윤씨(尹氏)가 손수 베낀 소설을 잃었다가 다시 찾게 되는 사연을 꼼꼼하게 기록했다. 낙질이었던 소설을 어렵게 완질로 만들었다가 또 잃어버리고, 우여곡절 끝에 다시 완질로 채워서 보관하는 사연을 읽노라면, 소설을 둘러싸고 안방과 골목에서 여인들이 엮어가는 삶의 모습이 눈에 선하게 나타난다.

오늘날이야 소설집 한두 권 잃어버리고 말고 하는 것은 책의 소유자에게도 또 그 주변 사람에게도 큰 관심거리가 되지 않는다. 정 필요하면 한 권 더 사면 될 뿐이다. 하지만 그 시대에는 책 한 권 소장하는 것이 꽤 귀한 일이고, 더구나 여성들이 읽을 수 있는 한글로 된 책을 가졌다는 것은 너무도 소중하고도 부러운 일이었다.

그뿐만이 아니다. 소중한 사람들이 손수 베껴서 돌려 읽은 책은 그야말로 집안사람의 정성과 땀이 배어 있고, 그 안에 가정의 역사가 녹아 있지 않겠는가?

어머니가 직접 한 자 한 자 베낀 손때 묻은 언문 소설책을 어루만지며 어머니를 향한 그리움이 샘솟듯 솟아났을 나이 든 아들의 모습이 이 글에서 떠오른다.

《서주연의》

이 책이 우리나라에서는 이미 17세기에 궁중 여성이나 사대부가의 부녀자 사이에서 널리 읽혔을 것으로 추측된다. 사진은 낙선재본이다.

임술년의 추억

황
상

먼 옛날의 임술년에는 동파거사(東坡居士)가 시월 보름날 적벽강에서 뱃놀이를 했었고, 가까운 옛날의 임술년에는 내가 시월 열흘에 열수(洌水) 정약용(丁若鏞) 선생께 배움을 청했었다. 고금(古今)에 한 일이 다르건만 어쩌면 이렇게도 해와 달과 날이 우연히 딱 맞아떨어지고, 이처럼 서로 비슷한 것일까?

그런데 올해 또 임술년을 맞이하게 되었다. 이미 흘러간 옛날을 되돌아보며 때와 날짜를 두루 헤아려보노라니 만감이 교차한다. 나는 한 시대의 시름 많은 사람이라 할 만하구나!

내가 스승님께 배움을 청한 지 이레가 되던 날, 스승님은 문사(文史)를 공부하라는 글을 내려주셨다. 그 글의 내용은 이렇다.

내가 산석에게 '문사를 공부하도록 하라'고 말했더니 산석이 머뭇머뭇 부끄러워하는 기색으로 평계를 대면서 이렇게 말하는 것이었다.

"저한테는 병이 세 가지가 있어서요. 첫째는 둔하고, 둘째는 꽉 막혔고, 셋째는 미욱합니다."

그 말을 듣고서 나는 이렇게 말해주었다.

"공부하는 자들은 큰 병을 세 가지나 가지고 있는데 너는 하나도 가지고 있지 않구나! 첫째는 기억력이 뛰어난 것으로 이는 공부를 소홀히 하는 폐단을 낳고, 둘째는 글 짓는 재주가 좋은 것으로 이는 허황한 데 흐르는 폐단을 낳으며, 셋째는 이해력이 빠른 것으로 이는 거친 데 흐르는 폐단을 낳는단다. 둔하지만 공부에 파고드는 자는 식견이 넓어질 것이고, 막혔지만 잘 뚫는 자는 흐름이 거세질 것이며, 미욱하지만 잘 닦는 자는 빛이 날 것이다. 파고드는 방법은 무엇이냐. 근면함이다. 뚫는 방법은 무엇이냐. 근면함이다. 닦는 방법은 무엇이냐. 근면함이다. 그렇다면 근면함을 어떻게 지속하느냐. 마음가짐을 확고히 하는 데 있다."

이때 스승님은 동천여사(東泉旅舍)에 머무르고 계셨다. 나는 15세 소년으로 아직 관례(冠禮)도 올리지 않았다. 선생님의 말씀을 마음에 새기고 뼈에 새겨 감히 잃어버릴까 두려워했다.

그로부터 지금까지 61년의 세월이 흘렀다. 그사이 책을 놓고 쟁기를 잡을 때도 있었지만 그 말씀만은 늘 마음속에 간직했다. 지금은 손에서 책을 놓지 않고 먹과 벼루에 젖어 있다. 비록 이뤄놓은 것은 없다고 할지라도, 공부에 파고들고 막힌 것을 뚫으며 닦으라는 가르침을 삼가 지켰다고 말하기에는 넉넉하며, 마음가짐을 확고히 하라는 당부를 받들어 실천했다고 할 수 있다.

그러나 올해 내 나이 칠십오세다. 내게 남은 날짜가 많지 않으니 어찌 함부로 내달리고 망령된 말을 할 수 있으랴? 지금 이후로 스승님께 받은 가르침을 잃지 않을 것이 분명하고, 제자로서 스승님을 저버리지 않는 삶을 살아갈 것이다. 이에 임술기를 짓는다. 원문 319쪽

이 글은 다산 정약용이 강진에서 가르친 제자 황상(黃裳, 1788~1863)이 쓴 〈임술기(壬戌記)〉이다. 황상의 나이 75세 때 자신의 삶의 전환점이 되었던 임술년을 다시 맞아 쓴 글이다.

글의 서두에는 그의 감개한 기분이 표현되어 있다. 1082년 임술년에는 소동파(蘇東坡)가 적벽강에서 노닐고 "임술년 가을 7월 16일에……(壬戌之秋 七月旣望……)"로 시작되는 저 유명한 〈적벽부(赤壁賦)〉를 지었다. 그로부터 720년이 지난 1802년의 임술년에는 자신이 정약용을 스승으로 모시고 가르침을 받았다. 나의 운명을 바꾼 임술년의 이 공교로운 일치! 그로부터 다시 60년이 지난 1862년의 임술년에 지난 일을 추억하며 만감이 교차하는 가운데 자신이 60년 동안 지켜온 삶을 밝히지 않을 수 없었다. 그래서 〈임술기〉를 쓰는 연유를 밝혔다.

이 글은 1802년 강진의 동천여사에서 열다섯 살 난 황상에게 다산 정약용이 써준 면학문(勉學文)을 중간에 넣고 그 앞뒤에 이 글을 추억하는 이유와, 이 글을 인생의 지침으로 삼아 살아온 자신

贈山石　壬戌十月十七日　洌水先生書贈

余勸山石治文史　山石
逡巡有愧色而辭曰　我
有病三　一曰鈍　二曰滯　三
曰戛　余曰　學者有大病
三　汝無是也　一敏於記誦
其弊也忽　二銳於述作
其弊也浮　三捷於悟解
其弊也荒　夫鈍而鑿之

者其孔也闊　滯而疏之者
其流也沛　戛而磨之者
其光也澤　曰鑿之奈何曰勤
曰疏之奈何曰勤
曰磨之奈何曰勤
曰若之何其勤也曰秉
心確

右一則
洌水先生勉學之語　壬戌十
月十六蒙年十五時也　本
紙破裂重錄此帖若弁首
山石卽裳兒時名也　學淵疏

정약용의 〈면학문〉

다산 정약용이 어린 제자 황상에게 써 준 것으로 일명 '삼근계(三勤戒)'라고 한다. 이 사진은 뒷날 다산의 아들 정학연이 황상에게 다시 써준 것이다.

의 삶을 배치했다. 글의 구조는 단순하나 스승과 제자 사이의 깊은 정은 읽는 사람의 가슴을 뭉클하게 만드는 진정이 흐른다.

스승으로부터 받은 격려문을 공부하는 지침으로 삼아서 육십 평생을 주경야독하며 살아온 노학자가 담담하게 회고하는 삶은 진중한 인생의 무게가 느껴진다. 스승과 제자가 일궈낸 인생의 아름다움을 느끼게 만드는 좋은 글이다.

〈임술기〉에 액자처럼 들어가 있는 다산의 면학문은 이른바 삼근계(三勤戒)이다. 다산은 자신의 모자람을 탓하는 15세 소년 제자에게 그 모자람이 바로 장점이라고 용기를 북돋는 글을 직접 써서 주었다. 눈에 띄는 재능을 믿고 공부하지 않는 것보다 남에게 뒤처지는 재주를 근면함과 열성과 끈기로 극복하는 것이 진정 공부하는 법이라고 다산은 어린 제자를 격려했다. 그의 격려가 어린 황상에게 얼마나 큰 감동과 자극으로 다가왔을지는 미루어 짐작할 수 있다.

지금도 이 면학문의 원본이 전한다. 위의 그림이 그것이다. 그런데 원본은 다산의 글씨가 아니라 맏아들 정학연이 다시 쓴 것이다. 여기에도 사연이 있다. 다산이 쓴 친필이 닳고 닳아서 아들인 정학연이 친구인 황상에게 다시 써서 선물했다. 1854년 정학연이 72세, 황상이 68세 때 다산의 묘에 참배하러 세 번이나 찾아온 황상에게 정학연이 써준 것이다.

정학연은 아버지의 글을 다시 쓰고 나서 "오른쪽 한 편의 글은 열수 선생이 쓰신 면학문으로, 쓴 때는 임술년 10월 17일이요 황상의 나이 15세였다. 본래의 종이가 해지고 찢어져 다시 기록하여 첫머리에 싣는다. 산석은 황상의 어릴 적 이름이다"라는 내용

의 발문을 뒤에 붙였다. 스승이 써준 면학문을 닳고 해질 정도로
간직한 황상의 정성을 행간에서 읽을 수 있다.

죽은 벗에게 책을 보낸다

김
원
행

해가 바뀐 뒤로 날씨가 줄곧 좋지 않습니다만, 지내시기가 평소보다는 나으리라 생각하니 적지 않게 위로를 받습니다. 이 정하(靖夏)는 망령기가 있고 속된 사람입니다만, 천마산을 여행한 일은 꿈에서까지 나타나더군요. 세상에 드문 절경을 감히 노형과 함께 즐기다니! 너무도 다행스럽고 다행스럽습니다.

헤어지고 난 뒤로 군산(君山)이 벌써 고인이 되었습니다. 지난날에 했던 여행을 슬픈 마음으로 되돌아보자니 비로 쓸어버린 듯 묵은 자취가 다 사라지고 없습니다. 노형께서 이 일을 떠올리면 고통스러움을 견디기 어려우실 터라, 어떻게 말씀을 올려야 할지요?

군산이 운관(芸館)에서 운서(韻書)를 인출(印出)한다는 이야기를 들고서는, 절에서 마주 앉아 있을 때 한 부를 얻었으면 한다고 제게 부탁했었습니다. 지금에야 비로소 인출하는 일을 마쳐서 한 부를 봉정하여 약속을 실천하고자 합니다만, 이제 드리려야 드릴 곳이 없습니다.

홀로 그 순간을 떠올려보았더니 노형께서 마침 그 자리에 계셔서 그와 나눈 대화를 함께 들었더군요. 게다가 노형은 사촌 형제들 가운데 군산과 가장 친하게 지냈다고 알고 있습니다. 그래서 오늘 감히 이 책을 노형께 보냅니다. 노형께서 물리치지 않고 받아주신다면, 군산에게 준 것이나 다를 바 없습니다. 이 일이 보잘것없는 정성이오나 식언(食言)하지 않으려는 마음에서 우러나온 것이오니 깊이 헤아려주시기를 바랍니다.

괴롭게도 눈병이 다시 발생하여 글씨를 쓰기가 겁이 납니다. 그래서 남의 손을 빌려서 편지를 쓰느라 다른 일은 미처 아뢰지 못하오니 너그러이 용서하시기 바랍니다. 신사년(1701) 2월 11일, 아우 정하는 절합니다.

위 편지는 서암(恕庵) 신정하 공께서 우리 돌아가신 큰아버지 죽취(竹醉) 공께 보낸 편지이다. 편지에서 말한 '절에서 마주 앉아 있을 때 한 부를 얻었으면 한다고 부탁했다'는 분은 돌아가신 내 아버지 관복암(觀復庵) 공이고, '운관에서 인출했다'는 책은 곧 이 《삼운통고(三韻通考)》이다.

이 편지 한 통을 보면, 옛 선배들이 벗과 교제하는 풍류가 진실하고 두터워 죽은 뒤에까지도 변하지 않음을 알 수 있고, 또 우리 선친과 큰아버지께서 평소 우애가 몹시 돈독하여 친구들도 이처럼 신뢰

했기 때문에 결코 사라져버리게 만들 수 없다는 사실을 알 수 있다.

이 책은 본래 내 책 상자 속에 있었던 물건이었다. 처음에는 이러한 사연이 얽혀 있는 것인 줄 몰라서 예전에 아우 숙평(叔平)에게 주었다. 그 뒤에 이 편지를 얻고 나서야 비로소 사연이 있는 책임을 알게 되었다. 그러나 이미 그에게 책을 주었고, 또한 책 안의 붉은 글씨와 인장이 모두 우리 큰아버지의 필적이므로 숙평이 가져서 안 될 이유가 없다. 게다가 서암 공께서 우리 큰아버지 보시기를 마치 우리 선친을 보시듯이 하셨으니 나와 숙평을 또 어떻게 무관한 사람으로 볼 수 있으랴! 그렇다면 우리 형제와 자손들은 대대로 서로 전해가면서 보는 것도 좋을 것이다. 숙평은 이 책을 삼가 잘 보관하기 바란다. 원문 320쪽

이 글은 조선 후기에 널리 이용된 《삼운통고》란 운서(韻書)의 뒤에 붙인 글이다. 부록으로 편지가 첨부되어 있다. 일반적인 발문이 책의 성격이나 가치, 간행의 동기와 과정을 서술하지만, 이 글은 그와는 성격이 완전히 다르다. 책과 자신의 집안이 얽힌 사연을 적고 있는데 그 내용이 상당히 감동적인 데가 있다.

이 운서는 저명한 유학자인 김원행(金元行, 1702~72)이 소장하고 있다가 사촌 동생―김원행이 김숭겸(金崇謙, 1682~1700)의 아들로 양자 갔으므로 실제로는 친동생―인 숙평 김탄행(金坦行)에게 준 책이다.

그러나 뒤에 김원행은 서암 신정하가 큰아버지―실제로는 친

부─죽취 김제겸(金濟謙)에게 보낸 편지를 얻고 나서는 이 평범한 운서가 실은 자신의 양아버지 관복암 김숭겸의 죽음과 관련된 애틋한 사연이 있는 것임을 발견하게 된다. 요절한 양아버지가 임종 무렵에 보고 싶어 했던 책이기도 하고, 아버지의 친구가 죽은 아버지를 그리워하여 사후에 보낸 특별한 의미가 있는 책이었다. 그런 소중한 의미를 지닌 책을 자식인 자기가 소장해야 마땅한데 그것을 집 밖으로 내보낸 것이다. 그래서 동생의 소장품이 된 책에 편지의 내용을 쓰고 자신의 소감을 밝힌 다음, 이 책을 소중히 간직할 것을 당부했다.

글의 중심에는 신정하가 김제겸에게 보낸 편지가 있다. 그것이 지닌 의미와 감동은 김원행의 발문에 잘 밝혀져 있으므로 군더더기 설명이 필요 없다. 하지만 정리하여 이야기하면 이렇다.

신정하는 1700년에 친구인 김숭겸, 김제겸 등과 함께 개성의 천마산을 열흘 동안 여행했다. 그런데 김숭겸은 이 여행에서 돌아온 지 한 달을 못 넘기고 죽었다. 여행하는 중에 김숭겸은 교서관에서 《삼운통고》를 인출한다는 말을 듣고 인출되면 자기에게도 한 부 줄 것을 부탁했다. 그러마고 약속했는데 친구는 한 달도 못 돼 유명을 달리했다. 친구가 죽고 난 다음 해에 책이 간행되었다. 비록 친구는 죽었지만 신정하는 죽은 친구와 한 약속을 지키기 위해 사촌 가운데 가장 친하게 지내던 사이이자 그 약속의 장소에 함께 있었던 김제겸에게 대신 책을 보냈다. 그리고 사연을 적은 편지를 동봉했다.

양아버지와 그의 친구, 그리고 친아버지 사이에 책을 두고 펼쳐지는 따뜻한 인간애와 우정을 김원행은 너무도 가슴 뭉클하게 받아들이고 있다. 그런 편지를 읽고서 그 사연의 의미를 발문에 살려서 이야기하고 있다.

신정하의 편지와 김원행의 제발문을 읽고 나니, 책은 책 자체만이 아니라 그것을 주고받고, 가지고 있는 사람의 정겨운 사연 때문에 소중한 것이 된다는 느낌을 받았다.

김숭겸 대신에 신정하로부터 《삼운통고》를 받은 김제겸은 나중에 성효기(成孝基)와 함께 이 책을 증보하여 《증보삼운통고》를 펴냈다.

서울을 등지는 벗에게

장
지
완

　나는 가경(嘉慶) 시절에 태어나 도광(道光) 시절에 늙었으므로 더불어 노닌 친구들이나 뒤쫓아 다닌 어른들이 오로지 가경·도광 시절 사람뿐입니다. 가경 도광 시절이라도 일만 리 밖에서 태어났거나 오랑캐 지역의 들판에 사는 사람이라면, 둘 사이에 서로 오가는 소식이 없어 목소리고 얼굴이고 접하지 못합니다. 마치 먼 훗날 사람이 나와 아무런 관계가 없는 것과 같지요. 둘 사이에 소식이 오간다고 합시다. 서로 만나보지 못한다면, 역사책 속에서 옛사람의 이름을 보는 것과 다를 것이 있을까요?

　나는 어리석고 촌스러워 남들이 저를 잘 알지 못합니다. 그대가 나를 잘 알지 못할 것이므로, 먼 훗날의 사람이 나와 아무런 관계가 없듯이 그대가 나를 대하는 것이 옳습니다. 반면에 그대는 일찍부터 학교에서 공부하고 진사 시험에 급제했습니다. 그대의 이름을 나는 귀가 아프도록 들어왔지요. 그럼에도 불구하고 그대를 한 번도 만나보지 못했다면, 내가 그대를 보는 것이 역사책 속에서 옛사람의 이름을 보는 것과 다름없을 것입니다.

그런데 이제 갑작스레 그대를 만났으니 먼 옛날 사람과 먼 훗날 사람이 오늘 이 순간에 만난 셈입니다. 이야말로 하늘과 땅 사이의 기묘한 인연이 아닐는지요?

그렇다고는 하나, 먼 옛날 제왕이 백성들을 네 부류로 구별한 뒤로 선비는 농사꾼과 함께 일을 도모하지 않았고, 상인은 공인(工人)을 찾지 않았습니다. 똑같은 선비 부류에 속한다 할지라도 노장(老莊)을 추구하는 자는 불교를 숭상하는 자와는 가는 길을 달리했고, 양자(楊子)를 믿는 자는 묵자(墨子)를 믿는 자와는 지향점이 달랐습니다. 예로부터 뜻을 함께하고 도(道)가 합치되는 사람은 거의 드물었습니다.

그중에서도 우리나라의 경우에는 백성들에게는 네 등급의 구별이 있고, 선비에게는 네 가지 편당(偏黨)이 있습니다. 다른 부류의 사람과는 앉는 자리를 구별한 다음에야 앉고, 말을 조심스럽게 고르고 나서야 이야기를 꺼내지요. 눈을 치켜뜨고 상대를 노려보거나 멈칫멈칫 조심해야 할 만큼 창과 방패가 으스스하게 벌여 있는 꼴입니다. 아! 오늘날의 벗을 사귀는 도리가 어쩌면 그리도 차별이 심할까요?

그러나 나와 그대는 앞서 말한 여러 가지 걱정이 없어서 늘 속마음을 드러내고, 반가워하는 눈길을 주고받지요. 따라서 속 시원하게 마음을 털어놔서 숨기는 사연이 조금도 없어야 마땅합니다. 그런데 고개를 수그린 그대의 모습에서는 멍하니 무언가 상실한 느낌이 들고, 고개를 치켜든 그대의 모습에서는 이맛살을 찌푸리며 무언가 고민하는 느낌이 듭니다. 속이 뒤틀리고 불평이 쌓인 듯하며, 원망하고 슬퍼하는 듯합니다. 비록 슬픔을 말하지는 않지만 절절한 슬픔을 가슴 안에 담고 있는 듯했습니다. 그것이 대체 무엇일까요?

대저 사람이 태어나면, 활과 화살을 걸어놓고 시와 글을 가르칩니다. 천지 사방에 뜻을 두게 하고 만물을 통섭하기 위해서지요. 이 우주 사이에 벌어지는 일 가운데 우리 분수 안의 일 아닌 것이 무엇이 있겠는가마는, 덕을 세우는 것과 입언(立言)하는 것은 궁지에 몰린 군자가 할 일이요, 천하를 두루 선(善)하게 만드는 것은 일이 잘 풀리는 군자가 할 일입니다. 나와 그대는 궁지에 몰린 자와 일이 잘 풀리는 자 가운데 어디에 속할까요?

선비로서 불우하게 지낸 자가 고금에 어찌 한정이 있겠습니까? 재능이 뛰어나지 않은 것도 아니고, 학문이 올바르지 않은 것도 아니며, 처한 시대가 태평하지 않은 것도 아닙니다. 그러나 주고받는 대화의 끝에 이르면 어쩔 도리 없이 모든 것을 운명으로 돌리고 맙니다.

그러나 맹자는 "하늘의 때는 땅이 주는 이익만 못하고, 땅이 주는 이익은 사람 사이의 화합만 못하다"고 말했습니다. 사람 사이의 화합이 극에 달하면 하늘과 땅도 뒤로 물러나 들을 수밖에 없지요. 이것이 어찌 생명의 본성이며 하늘에서 정해놓은 것이겠습니까?

그런 까닭에 현기(玄錡)와 정수동(鄭壽銅)은 저잣거리에서 미쳐 노래 부르거나 날마다 술을 퍼 마시며, 이몽관(李夢觀)과 유산초(柳山

樵)는 신병을 핑계로 문을 걸어 닫고 나오지 않은 채, 머리에 망건을 쓰지 않은 지 벌써 십 년째입니다. 이 몇 분들 중에서 어떤 분은 울울답답하여 펄쩍펄쩍 뛰면서 불평한 기운을 표현하기도 하고, 어떤 분은 자취를 숨기고 재능을 감춰서 자신들의 성명을 드러내지 않기도 합니다. 그런 행위가 그분들의 마음에서 우러나온 것일까요? 부득이하여 그렇게 행동하는 것임을 자주 목격했습니다.

이제 그대가 또 영예로운 길을 헌신짝처럼 벗어던지고 영춘(永春, 충북 단양) 산골짜기로 완전히 들어갑니다. 아아! 그대의 뜻을 잘 알 만합니다! 나는 재주가 없기는 하나 위의 여러분들이 지닌 병통을 지닌 데다가 의지는 한결 더 큽니다. 현기와 정수동의 행동을 하려 하지만 신병이 있어 하지 못하고, 이몽관과 유산초의 행동을 흉내 내려 하지만 남들이 말을 많이 할까봐 두렵습니다. 그렇다고 그대가 가는 길을 따라가자니 형편상 편치 않은 구석이 있습니다. 답답하게 그대를 마주 보고 있으려니 바보가 된 듯 미치광이가 된 듯 서성대고 안절부절못합니다. 누가 그렇게 시키는지 나는 모르겠습니다.

아아! 슬픕니다! 태화산(太華山)의 멧부리가 푸르러서인가요? 금수(錦水)의 물결이 맑아서인가요? 제 한 몸 착하게 살다가 세상을 버리고 영영 등지니 지팡이 잡은 어른[01]과 같은 은사라고 해야 할까요? 아침에는 밭을 갈고 밤에는 독서하니 동소남(董邵南)[02] 같은 가난뱅이라고 할까요? 벼슬길로 가는 지름길에 서 있는 종남산(終南山) 사람이라고[03] 해야 할까요? 아니면 막다른 길에 이르러 수레를 돌이키는 완보병(阮步兵)[04]이라고 해야 할까요?

떠나시오, 그대여! 떠난들 어디로 가겠소! 해와 달은 밝게 빛나고, 밝으신 임금님이 위에 계신다오. 그대여! 그대여! 떠난들 어디로 향하겠소?

떠나시오, 그대여! 떠나서는 뒤도 돌아보지 마시오! 풍년이 들어 곡식이 넉넉하면 세금을 바치고, 산에서는 나무하고 물에서는 낚시 하면 맛좋은 음식이 갖추어지겠지요. 좋은 혼처는 아닐지라도 며느 리를 얻어 혼사를 맺겠지요.

편안히 서책을 즐기고 악기를 연주하면서 기댈 곳을 마련하여 학 (鶴)처럼 사는 노인이 되시오. 어진 사람들이 모여 사는 마을을 만 들 터이니 우리의 도(道)가 동쪽으로 옮겨 갔군요. 그대의 아름다운 덕을 힘써 가꾸어 그대의 끝맺음까지 생각하시오. 그리고 그대의 소식을 금인 양 옥인 양 아끼지 말고 때때로 좋은 바람결에 들려주 시오. 내 비록 그대의 뒤를 따르지는 못하나 역사책 속에서 옛사람 의 이름을 보듯이 하겠소. 원문 321쪽

---

01 원문은 하소장인(荷篠丈人)으로 《고사전(高士傳)》에 나오는 은사이다. 공자를 뒤따 르던 자로(子路)가 그에게 공자가 간 길을 묻자 그는 "사지를 움직여 일하지 않고, 오 곡도 분간하지 못하는 사람이 무슨 선생인가?" 하며 계속 김을 맸다. 자로가 그의 집 에서 하루를 자고 이튿날 공자에게 그의 사연을 말하자 공자가 은사라고 하며 다시 자로를 시켜 찾게 했으나 그는 이미 자취를 감추었다.
02 당(唐)나라 사람으로 안풍(安豊)에 은거하여 주경야독(晝耕夜讀)하며 부모를 받들고 처자를 거느리며 살았다. 한유(韓愈)가 그를 높이 평가한 시와 산문을 지었다.
03 《신당서(新唐書)》 〈노장용전(盧藏用傳)〉에 나오는 내용이다. 노장용이 종남산에 은 거했다가 뒤에 조정에 나가 높은 벼슬을 했다. 그가 승정(承禎)이란 사람이 시골 산으 로 돌아가는 것을 보고서 손으로 종남산을 가리키며 "여기에도 아주 아름다운 산이 있거늘 굳이 천태산(天台山)까지 갈 필요가 있는가?"라고 말했다. 그러자 승정은 이 렇게 대꾸했다. "내가 보기에는 종남산은 벼슬길로 가는 지름길일 뿐일세."
04 중국 진(晉)나라 때 보병교위(步兵校尉)를 역임한 완적(阮籍)이다. 완적은 때때로 마 음 내키는 대로 수레를 몰고 가다가 더 이상 갈 수 없는 막다른 길에 이르면 통곡하 고 돌아왔다.

글쓴이는 19세기에 여항인 문학을 선도한 장지완(張之琬)이다. 진사 신분인 안(安) 아무개가 더 이상 서울 생활을 버티지 못하고 충북 단양의 영춘으로 떠난다. 속마음을 터놓고 지내는 친구가 시골로 완전히 떠나는 것을 위로하고 격려하기 위해 이 글을 썼다. 친구가 어떤 사정 때문에 낙향하는지는 분명하게 나타나 있지 않다. 하지만 글에 나온 내용으로 보아 그는 양반이 아니라 중인 신분 이하였음을 추측할 수 있다. 진사가 되었으므로 더 나은 공부나 교유, 출세를 위해 서울에서 살아야 하지만 그는 오히려 시골로 떠난다. 당시의 조선은 개인의 노력만 가지고 더 나은 삶을 추구할 수 있는 공간이 아니었기 때문이다. 이 글은 당시 서울에서 지식인들이 살아가는 형편을 잘 보여준다.

친구에게 글쓴이는 힘든 서울 생활을 청산하고 산골에 가서 사는 것이 오히려 나을지도 모른다고 위로한다. 문제는 서울에서 견디기 힘든 것은 친구만이 아니라 자신도 마찬가지라는 점이다. 아니 자신만이 아니라 주변에 있는 많은 사람들이 그렇다. 그래서 저잣거리에서 미쳐 노래 부르거나 날마다 술을 퍼 마시는 사람도 있고, 신병을 핑계로 문을 걸어 닫고 나오지 않는 사람도 있다. 그런 행동을 한다고 본문에 말한 네 사람은 저자와 친분이 깊은 당시의 중인 문사들이다. 자신의 처지도 저들과 다르지 않지만 자신은 이러지도 저러지도 못한 채 어정쩡한 상태다. 그렇다고 모든 것을 포기하고 떠나는 친구의 뒤를 따르지도 못한다. 그러니 동병상련의 정이 뭉클 솟지 않을 수 없다.

사람 사이를 가로막는 신분과 당파와 생각들, 그런 속에서 속

〈송석원시사아회도(松石園詩社雅會圖)〉

1791년 6월 보름날 달밤에 중인 출신 장혼 등이 인왕산 자락 옥계에 모여 술을 마시며 시를 짓는 모습을 그린 그림으로, 이인문이 그렸다.

을 터놓고 지낼 정말 친한 친구를 먼 곳으로 보내야 하는 슬픔이
이 글에는 짙게 깔려 있다. 글의 실마리를 벗을 사귀는 문제로 열
고 글의 마지막을 풍편에 전해오는 친구의 소식을 기다린다고 하
여 수미(首尾)가 관통하고 있다.

친구의 낙향을 주제로 하고 비장미가 돋보이는 문체를 구사한
이 글은 박제가(朴齊家)의 〈궁핍한 날의 벗〔送白永叔基麟峽序〕〉과
맥이 통한다. 주제나 문체가 박제가의 글과 매우 닮아서 영향을
짙게 받았음을 알 수 있다.

술친구를 배웅하며

이
상
적

　하늘에서는 별이 되고 땅에서는 샘이 되며, 인간 세상에서는 고
을도 되고 나라도 되며, 성인이라는 둥 현인이라는 둥[01] 무궁토록
덕망을 칭송받는 것은 오로지 술밖에 없지요. 나는 평소에 술을 좋
아하여 술이 아니면 울툭불툭한 성질을 가라앉힐 길이 없었지요.
그러나 집이 가난하여 술을 늘 얻지는 못했습니다. 그렇다고 해도
술 마시는 고상한 분위기를 이해하는 자로는 세상에 나보다 나은
이가 없을 겝니다.

---

01 모두 술과 관련된 내용이다. 주성(酒星), 주천(酒泉), 주국(酒國), 취향(醉鄕)이 있고,
청주는 성인, 탁주는 현인으로 불렀다.

술에 취해서는 기세가 호탕하고 등등하여, 얻는 것이나 잃는 것이나 매한가지로 보았고, 귀한 처지나 비천한 처지나 가리지 않았으며, 오래 살거나 일찍 죽거나 똑같이 취급했습니다. 천 길 높이로 날아가는 봉황도 내 눈에는 그리 높아 보이지 않았고, 낮은 나뭇가지 끝에 둥지를 튼 뱁새도 내 눈에는 그리 낮게 보이지 않았습니다.

꿈길을 헤맬 때에는 까마득하고 어슴푸레한 상태에서 왼손으로는 부구(浮丘)를 잡고, 오른손으로는 홍애(洪厓)의 어깨를 치면서[02] 이무기에게 멍에를 지우고 두루미의 등에 걸터앉습니다. 신선들이 모여 사는 열 곳의 선경(仙境)과 삼신산(三神山) 사이를 날개를 펼치고 날아올라 바람을 타고 훨훨 노닐면서 되돌아올 줄을 몰랐지요.

그런 뒤에 슬픔이 찾아오면 훌쩍훌쩍 울고, 기쁜 마음이 들면 워이워이 노래를 부릅니다. 하고픈 말을 거침없이 내뱉고 욕설도 퍼붓기에 남들에게 미친놈이란 소리도 듣고, 소리 높여 노래하고 일어나 춤을 추며 흥에 겨워 즐기기도 하지요. 죽림칠현(竹林七賢)에 내가 빠져 여덟 명이 되지 않았고, 술 잘 마시는 신선 여덟에 내가 빠져 아홉이 되지 못했지요.[03] 저는 부귀한 공자와 점잖은 처사를 뽕나무벌레인 양 하찮게 봅니다.

그러나 술을 즐기는 사람이 본래부터 시름에 젖고 곤궁한 선비가 많은 이유는 어디에 있을까요? 굴원(屈原)은 유배당한 죄인으로서

---

02 부구와 홍애는 전설상의 신선으로 곽박(郭璞)의 〈유선시(遊仙詩)〉에 "왼손으로는 부구를 잡고 오른손으로는 홍애의 어깨를 치네"라는 구절이 나온다.
03 당나라 두보(杜甫)는 음중팔선가(飮中八仙歌)에서 술을 즐기는 하지장(賀知章)·여양왕 이진(汝陽王 李璡)·이적지(李適之)·최종지(崔宗之)·소진(蘇晉)·이백(李白)·장욱(張旭)·초수(焦遂)의 행동을 예찬했다.

"뭇사람이 모두 취해 있지만, 나만은 홀로 깨어 있다"고 말했는데, 세상을 풍자하려는 숨은 뜻이 있는 말에 불과하지요. 계수나무 술과 산초 술이 〈구가(九歌)〉에 나타난 것을 보면, 굴원이 술을 마시지 않았다고 말하기 어렵지요. 그런 까닭에 술을 실컷 마시고 《이소(離騷)》를 읽어야 명사(名士)라고 부를 수 있는 거지요.

공자님은 주량은 한계가 없었으나 주사를 부리는 데까지 이르지 않으셨다니 진채(陳蔡) 사이에서 곤액을 당한 때에 있었던 일이 아닐까요? 내가 비록 그 정도로 술을 잘 마시지는 못하나 바라기로는 공자님을 배우는 것이지요.

나는 이겸산(李兼山) 군과 더불어 집에서 빚은 술을 기울일 만큼 친분이 깊은 사이라서 술 먹는 바닥에서 부침을 겪어온 지 여러 해입니다. 기축(己丑)년에는 평양과 의주와 심양과 연경에서 함께 술을 마셨고, 신묘(辛卯)년에는 내가 연경에서 돌아올 때 변방의 관문에 있는 사씨(史氏)의 주점에서 만나 실컷 술에 취해 즐겼습니다. 그리고 그 앞뒤의 나날 동안 산속의 정자와 들녘의 공관, 달빛 아래 대지와 꽃핀 하늘 밑에서 취하지 않고는 집으로 돌아가지 못하고 노닐던 그 많은 날은 손가락을 꼽아서는 다 헤아리기 어렵습니다.

이제 이겸산이 가난 때문에 집안을 꾸려나갈 방도가 없어서 의주부윤의 막료로 떠나려 합니다. 나도 궁하게 집에 틀어박혀 있는 처지라 술을 내어 배웅할 처지가 아닙니다. 《시경》에서 "술병이 비어 있다니! 술항아리의 수치로다"라고 한 것처럼 정말 탄식이 절로 나옵니다.

의주에는 이름난 술이 많습니다. 바라건대, 나를 대신하여 날마다 술 한 말씩 마시고 이 글을 안주 삼아 읽기 바랍니다. 원문 323쪽

이상적(李尙迪, 1804~65)의 글이다. 그는 역관 신분으로 열두 차례나 청나라를 오가며 중국 문사들과 널리 교유한 19세기 중반의 저명한 문인이다. 이 글은 그가 친하게 지낸 술친구 이겸산이 의주부윤의 막료가 되어 떠날 때 배웅하며 써주었다. 문체는 증서(贈序)이다.

술친구를 보내며 희작의 기미를 약간 넣어 썼다. 술친구가 먼 길을 떠나므로 술 이야기를 하지 않을 수 없다. 술을 즐기는 사람으로서 다소 들뜬 어조로 술과 음주의 미덕을 먼저 예찬했다. 자기보다 술 마시는 아취를 잘 아는 사람이 없다며 술을 마시고 난 다음의 호기에 찬 기분을 묘사했다.

그러면서 술이 시름 많고 곤궁한 자들이 즐기는 음식임을 굴원과 공자가 마셨다는 구실을 찾아내어 입증하려 했다. 굴원과 공자도 시름이 생기고 궁하게 될 때에는 술을 마셨으니 우리 같은 사람들이야 마시지 않을 도리가 없다고 했다. 이러한 원론적인 내용은 그 이후에 밝힐 사연의 전제이다.

이겸산은 오랫동안 술을 함께 마신 친구인데 이제 그가 의주로 떠나게 되었다. 술친구가 나를 떠나므로 아쉽기 그지없다. 먼 길을 떠나는 친구에게 술을 대접하여 보내는 것이 마땅하지만 돈이 없어 술을 사 주지 못한다. 대신에 써준 글을 안주 대신 삼아 읽어보라고 했다. 장난기가 들어 있는 마지막 대목이 이 글의 정채(精彩)이면서 여운을 남긴다.

글은 이 시대의 술 마시는 분위기를 잘 드러내 보인다. 당시에는 과음하는 분위기가 사회에 적지 않게 퍼진 듯하다. 과음이 문사의 사인(死因)인 경우가 종종 발견된다. 그의 문집에도 저명한 문인인 정수동이 과음하고 갑자기 죽은 것을 애도한 시가 나온다.

단란했던 옛날

신
익
상

한번 가면 돌아오지 않는 것이 세월이고, 한번 일어나면 돌이킬 수 없는 것이 일이다. 세월을 돌이키지 못하므로 늙음이 닥쳐오고, 벌어진 일을 돌이키지 못하므로 즐겁게 지내기가 갈수록 어렵다. 더욱이 그 사이에 돌아가신 분과 살아남은 사람이 갈려서 하늘과 신에게 원망할 일이 많아졌으니 말해 무엇 하랴?

계미년(1643)에 집안 어른께서 금릉(金陵, 금산군)의 원님 자리를 그만두고 서울로 돌아오셨을 때가 생각난다. 키 작은 어린아이로서 나는 방에 들어가 집안 어른들과 형님들께 절을 하여 조카로서 예를 갖추었다. 그때에는 두 집안의 자제들이 무려 수십 명에 이르렀고, 무리를 이뤄 많은 사람이 모여 살았다. 아침부터 저녁까지 즐겁게 노느라고 사람 사는 일이 손쉽게 바뀌는 것도 모르는 채 단란하게 모여 사는 커다란 즐거움을 다행으로만 여길 뿐이었다.

그로부터 이태 뒤에 순성(蓴城, 태안군)에서 객지 생활을 시작했다가 삼 년이 지나 돌아와 보니 남자는 장가들고 여자는 시집가서 제각기 가정을 꾸리고 살았다. 그렇게들 각각 사는 데 재미를 붙였으나 지난날처럼 즐겁게 지내는 일은 갈수록 드물어갔다. 그래도 다행스럽게 두 집안의 부모 형제들이 병도 없고 사고도 없이 살았다.

또 그로부터 이태가 지나 영주(永州, 영천군)에서 돌아온 뒤로부터 지금까지 팔구 년이 흘렀다. 그사이에 사람 사는 일은 날마다 틀려지고 돌아가시는 분을 애도하는 일이 계속 이어졌다. 그때마다 불현듯 남아 있는 자로서 슬퍼하지 않을 수 없었다. 아, 슬픈 일이다! 사람 사는 일이란 이렇듯이 영원하지 않구나!

인생은 늙기 쉬워 한 백 년을 허둥지둥 보낸다. 어째서 한 집안에서 즐거움을 함께 나누던 사람이 중년의 나이도 되지 않아 이렇게 앞서거니 뒤서거니 죽는단 말인가? 하늘과 신에게 원망하는 마음을 품는 까닭이 여기에 있다. 내 자신이 인생에 달관한, 통 큰 사람이 아니고 보니 깊이 애통해하고 길게 서러워하면서 지난날 사연에 감정이 뭉클해지는 것을 막을 수 없다. 아, 슬픈 일이다! 인간 세상이란 이렇듯이 감정에 휘둘리기 쉽구나! 인간 세상이란 이렇듯이 감정에 휘둘리기 쉬워!

지난날 청년 장년이던 사람은 그다지 늙지도 않았건마는 강보에 누워 있던 아기들은 벌써 다 자라 있다. 잠깐 사이나마 즐거워할 수 있음에도 불구하고 지난날 사연을 차마 입에 올리지 못하는 까닭은, 돌아가신 분들을 향한 남아 있는 자의 슬픔이 가슴속에서 솟아날까봐 걱정돼서다.

아! 사람으로서 이런 처지에 이른다면 어떻게 하늘과 신에게 원망하는 마음을 품지 않을 수 있으랴! 지금 나는 40세를 살지 50세를 살지 아직 알 수가 없지만, 내 나이 수십 년을 잘라내서 지난날 반나절의 즐거움과 바꾸고 싶다마는, 그런 일이 어떻게 가능하랴? 옛사람이 이런 말을 했다.

"뜻대로 되는 것보다 즐거운 것은 없고, 뜻대로 되지 않는 것보다 시름겨운 것은 없다."

정말 음미할 만한 말이다. 그래서 나는 자꾸만 탄식이 새어나오는 것을 금할 수 없다. 무술년 첫봄에 쓴다. 원문 323쪽

나이를 먹어가는 것의 우울함과, 어릴 적 추억을 공유한 가까운 가족이 자기 곁을 떠나는 것을 서글퍼하는 마음을 표현한 글이다. 글을 쓴 신익상(申翼相, 1634~97)은 소론계(少論系) 사대부로서 숙종 임금 때에 이조판서와 우의정을 지냈다.

어린 시절 대가족 사이에서 즐겁게 지내던 일을 무한한 감개를 담아 썼다. 이 글을 쓴 때는 의외로, 글쓴이가 밝힌 것처럼, 무술년(1658년)으로 그의 나이 25세 때이다. 한창 청년의 시기에 이렇

게 어린 시절을 회상하며 감개에 젖은 이유가 무엇일까?

글을 쓰게 된 직접적인 동기는 두 누님의 갑작스런 죽음이다. 신익상의 문집에는 같은 해 여름에 쓴 같은 제목의 글이 한 편 더 실려 있는데 직전에 죽은 두 누님을 간절히 그리며 썼다. 젊은 나이에 죽은 누님들의 죽음으로 인해 글쓴이는 인간 세상에서 산다는 것이 얼마나 허망한지를 깨닫는다. 누님의 죽음은 즐거움으로만 기억되는 어린 시절을 자꾸만 떠오르게 만들고, 가족들과 가꾼 추억을 더욱 소중하게 느끼게 한다. 너무도 쉽게 변해가는 세월의 힘 앞에서 그 시절 추억은 더 아름답게 남아 있다.

글쓴이에게는 여덟 형제가 있었고, 아버지 형제는 모두 넷으로 대가족이었다. 그렇지만 글에도 나오는 것처럼, 아버지 신량(申湸, 1596~1663)이 구례, 금산, 태안, 영천, 안산, 청송, 담양, 해주 등지에서 지방관을 했고, 그때마다 나이 어린 글쓴이는 아버지를 따라다녔다. 그러다가 가끔 본가에 와서 대가족 사이에 묻혀서 마음껏 뛰어놀았다.

어느 순간 세월이 흐르고 아무 걱정 없이 놀던 형제들이 나이가 들고, 또 죽어서 곁을 떠나기도 하며 인간 세상의 사람 사는 길이 그에게도 어김없이 찾아왔다. 하늘과 신을 원망이라도 하고픈 심경이 그 때문에 일어났다. 나이가 들어서 느끼는 어린 시절에 대한 무한한 감회와 가까운 사람들의 죽음으로 인한 슬픔이 짙게 묻어난다.

또 한 해가 저무네

이
장
재

사람은 어릴 때에는 부모에게 양육되고, 장성해서는 제 스스로 먹고살며, 늙어서는 자손들로부터 봉양을 받는다. 이것이 변함없는 이치이다. 어릴 때에는 나를 돌보고 나를 보호하는 부모만을 오로지 의지할 수밖에 없어 부모에게 양육되지만, 늙어서는 근력이 떨어지기 때문에 자손들로부터 봉양을 받는다. 장성한 이후에는 반드시 사농공상(士農工商) 네 부류 백성의 하나로서 주어진 재능을 따라 학습하면 위로는 부모를 섬기고 아래로는 자식을 기를 수 있고, 입신양명(立身揚名)도 꿈꿀 수 있다. 뿐만 아니라 조정의 빼어난 인물이나 한 지방의 준재를 넘볼 수도 있다. 이것이 앞서 말한 제 스스로 먹고산다는 말이다.

지금 나는 제 스스로 먹고살아야 할 시기에 처해 있다. 그렇건만 성품이 원래 거칠고 못난 데다 의지와 기상이 엉성하다. 재물과 여색(女色)에는 무덤덤하지만 때때로 형세에 눌려 남들 하는 대로 행동할 때가 있다. 물론 본래 성품이 그런 것은 아니었지만 사농공상 네 부류의 직업을 힘써 배우지를 못했다. 그리하여 세월은 덧없이 흘러 이제껏 이뤄놓은 것이 없다. 한밤중에 베개를 베고 누워 생각하면 개탄이 터져 나오지 않을 수 없다.

무릇 인생에는 세 가지 썩지 않는 것이 있다. 가장 나은 것은 도학(道學)이요, 그 다음 것은 공적(功績)이요, 또 그 다음 것은 문장(文章)이다. 도학과 공적은 그보다 더 높은 것이 없다. 문장의 경우에는 비록 재능을 가진 자에 눌리기는 하지만 열심히 힘껏 배우면 세상에 쓰이기도 하고, 명성도 얻을 수 있다. 그렇기는 하지만 아! 나는 게으름이 아예 성품으로 변한 데다 품성 또한 엉성하다. 아침저녁 거리 죽조차도 내 스스로의 힘으로 장만하지 못하고 집안사람에게 수고를 끼친다. 이야말로 옛사람이 말한 천지 사이의 한 마리 좀벌레이다.

아! 사람은 어릴 때에는 부모에게 양육되고 늙어서는 자손들로부터 봉양을 받는 것이 변함없는 이치이지만, 장성해서도 제 한 몸 먹고살지도 못하니 세 번을 반성해보고 스스로 부끄러운 생각이 들지 않을 도리가 있겠는가?

옛날에 감라(甘羅)는 나이 열넷에 제왕의 스승이 되었고, 손책(孫

策)은 열일곱 살에 강동(江東) 땅을 평정했으며, 등우(鄧禹)는 스물네 살에 공후(公侯)에 봉해졌다.[01] 모두들 세 가지 썩지 않는 것 가운데 한 가지씩 차지했다. 하지만 그들이 겨우 제 한 몸 먹고사는 데 그 쳤겠는가?

돌아보면 올해도 벌써 저물어간다. 스무 날만 지나가면 나도 서른 살이 넘는다. 옛날 뜻있는 선비는 가을을 슬퍼한다고 했다. 하지만 지금 나는 저물어가는 세월에 느낌이 생겨나, 뜻한 바와 학업이 어긋나는 것을 한탄하고 있다. 그래서 한 해가 저무는 것을 슬퍼하는 글을 쓴다. 원문 324쪽

이장재(李長載)는 《병세재언록》의 저자 이규상(李奎象)의 아들이다. 한산이씨(韓山李氏) 명문가 후예로서 학문이 깊었으나 큰 벼슬을 하지 못한 채 일생을 마쳤다. 그는 서른 살이 넘은 어느 해 겨울, 그해가 겨우 스무 날 정도 남았을 때 한 해를 되돌아보는 글을 한 편 썼다. 글의 제목은 '세모서(歲暮序)'로 세모를 보낸다는 의미이다.

이 글에서 키워드는 '기른다', 곧 '양(養)'이다. 그에게 인생은

01 감라는 진나라의 장군, 손책은 삼국시대 오나라의 장군, 등우는 후한 광무제 때의 장군으로 모두 젊은 나이에 공훈을 세웠다.

세 단계로 이루어졌고, 기르는 방식의 차이로 설명이 가능하다. 어렸을 때에는 부모에게 양육되고, 늙어서는 자식에게 봉양을 받는다. 그렇다면 젊은 시절에는? 자기가 자기 자신을 봉양하는 때인데, 다시 말하자면 스스로 일해 스스로 먹고사는 단계이다. 당시로 보자면 사농공상 어떤 직업군에 속해 일을 해서 자신도 먹고 가족도 먹여 살려야 한다. 그것이 사람으로 태어나서 먹고살아가는 자연스러운 과정이다.

그러나 서른을 넘긴 자신은 어떤가? 스스로 생각해도 그리 나쁜 사람으로 보이지는 않는다. 재물에 탐욕스러운 것도 아니고, 여자나 밝히는 족속도 아니다. 그러나 당당하게 무슨 일을 한다고 할 수가 없다. 사람이면 사농공상의 네 부류 가운데 하나에 속해야 할 텐데, 자신은 선비에 속하기는 하지만 벼슬도, 공부도 제대로 하지 못한 처지에 당당히 선비임을 내세우기도 그렇다. 아침저녁 먹는 죽도 내가 일해서 마련한 것이 아니라 집안의 아내나 부모가 마련해놓은 것을 축내는 존재다. 자기가 주관해서 하는 일이 없다. 그야말로 천지간의 한 마리 좀벌레이다.

그럭저럭 서른을 넘긴 이장재가 한 해를 또 보내면서 현재 처지를 심각하게 고민해보니 자신은 영락없이 일하지 않고 먹는 존재라는 자각이 든다. 조급한 마음, 불안한 마음이 들지 않을 수 없으리라. 10대, 20대에 큰일을 한 자와 비교하는 것은 사치다. 그의 고민과 좌절은 현대적으로 표현한다면, 서른이 넘은 나이에 백수로 살아가는 것을 향해 있다. 200년 전의 글이지만 취직하지 못한 젊은이의 고민과 맞닿아 있다.

자신을 평가한다면　7부

나는 맡아서 해야 할 직책이 없고, 남들에게 책임질 일이 없다. 하늘과 땅 사이에서 한가로이 지내는 일개의 사람일 뿐이다. 이른바 "넉넉하고 한가롭게 그럭저럭 세월을 보내는 사람"이다. 더욱이 내가 날마다 먹은 음식이라고 해봤자 풀뿌리에 지나지 않는다. 내가 하는 일이 비록 제멋대로라고는 하지만 내가 소비하는 음식에 어울린다고 할 만하다. 따라서 밥을 먹고도 내 마음은 편안하고, 내 마음이 편안하기에 내 잠도 편안하다. _강필신

서소(書巢)

이
만
수

　내가 소장하고 있는 책은, 경서로는 《역경》·《서경》·《시경》·《논어》·《맹자》·《중용》·《대학》 대전(大全)이 모두 50책 있고, 역사서로는 《한서(漢書)》 3종 총 88책이 있으며, 제자서(諸子書)로는 《주자대전(朱子大全)》 60책이 있고, 문집으로는 《전당시(全唐詩)》 120책과 《고문연감(古文淵鑑)》 몇 책이 있다. 이 책들이 있는 서재에 편액을 걸어놓고 '서소(書巢)'라는 이름을 붙였다. 그러자 친구 한 사람이 이견을 말했다.

　"군자는 처신에는 많은 노력을 기울이지만 이름을 얻는 것에는 마음을 쓰지 않는다네. 자네는 서가 하나를 책으로 다 채우지도 못하면서 아득한 옛날의 육유(陸游) 선생에게 자신을 비유했네. 너무

지나친 것이 아닌가?"

그 말에 나는 이렇게 대꾸했다.

"자네는 어떻게 사는 것이 훌륭한 것인지를 보지 못했는가? 잘 사는 사람은 달팽이 껍질 같은 초가집이라도 시서(詩書)를 읊조릴 수 있고, 말 한 필 겨우 돌릴 만한 마당을 가진 집이라도 자손에게 물려줄 만하네. 잘 살지 못하는 사람은 기둥을 화려하게 칠하고 기와에 꽃무늬를 새긴 집에 살더라도 촛불을 켜놓고 책 한 번 보는 시간을 내지 않는다네.

비록 내 책이 적다고는 하지만, 요순우탕(堯舜禹湯)과 문무주공(文武周孔)의 도가 실려 있고, 반고(班固)와 범엽(范曄)이 역사가로서 내린 판단이 드러나 있으며, 대지가 만물을 받치고 바다가 모든 강물을 포용하는 듯한 주자의 학문이 실려 있고, 진나라 한나라 이래 수백 수천 년 동안 활동한 작가의 모범적인 작품들이 모두 갖추어져 있네. 내가 좌우에 그 책을 꽂아놓고서 종신토록 그 안에서 머물러도 충분할 것일세. 군자가 책을 꼭 많이 구비해야만 하는가? 많지 않아도 되네.

더욱이 내 형님에게는 수천 권의 책이 있는데 돌아가신 할아버지의 제발(題跋)이 쓰여 있고, 아버지의 장서인이 찍혀 있네. 또 우리 아우 송택거사(松宅居士)는 일찍부터 도서를 수집하는 벽(癖)이 있어서 소장한 책이 또 수천 권을 상회하는데 그 책들을 만송루(萬松樓) 안에 보관하고 있네. 내가 내 집에 머물 때는 내 책을 읽으면 그만이고, 집 밖을 나가게 되면 형님과 아우의 장서는 곧 내 책이므로 형님과 아우의 집은 내 서소(書巢)라네. 내 서소는 곧 소강절(邵康節)의 열두 곳에 만든 집01과 비슷하네. 그러니 육유 선생에게 비유하는 정도에 그치겠는가?

그렇지만 둥지(巢)란 것은 상고 시절의 집으로서 둥지가 변하여 사람이 사는 주택이 만들어졌고, 주택이 만들어지면서 음란한 기예가 흥성하게 되었네. 올바른 도를 실천하지 않고 올바른 학문을 밝게 추구하지 않게 된 것은 온갖 학술과 수많은 조류를 담은 엄청나게 많은 저 서적들이 도와 학문을 가려버렸기 때문이네. 내가 '서소'로 이름을 지은 것은 저 소박한 옛날로 돌아가려는 뜻이 담겨 있네. 그러니 책을 많이 모으는 데 왜 힘쓰겠는가?"

이 문답으로 서소기를 삼는다. 원문 326쪽

정조·순조 연간의 사대부인 이만수(李晚秀, 1752~1820)가 쓴 글이다. 그의 호는 극원(屐園) 또는 서소주인(書巢主人)이다. 자신의 장서를 모아놓은 작은 서재를 '서소'라 부르고 그 의의를 밝힌 기문(記文)을 썼다. 서소란 새의 둥지처럼 나무 위에 지은 고대의 주거로 서재가 아주 협소하고 볼품이 없음을 표현한다.

그런데 서재 이름을 서소라고 붙이고 보니 송대의 유명한 시인 육유(1125~1210)가 자기의 서재 이름을 서소라고 하고서 〈서소

---

01 소강절은 송대의 저명한 학자 소옹(邵雍)이다. 그의 친구들이 소강절이 방문하기를 원하여 소강절의 집 안락와(安樂窩)를 본뜬 집 열두 곳을 만들고 이 집을 행와(行窩)라고 불렀다. 행와는 후에 잠깐 머무는 편안한 집을 가리키는 말로 쓰였다.

기〉를 쓴 것이 마음에 걸렸다. 그래서 아예 자기도 동명의 글을 써서 자기만의 서책과 독서 행위를 바라보는 생각을 밝혔다.

그가 머무는 서재는 어떤 특징을 가지고 있는가? 그가 서재를 꾸미는 방식은 남들과 정반대였다. 그는 사부(四部), 곧 경사자집(經史子集)을 대표하는 서책 한두 종만을 서가에 꽂고서 그것들 위주로 책을 읽고자 했다. 책의 종류는 모두 합해봐야 13종에 불과하다. 하지만 그는 이들 책에 지혜의 정수가 담겨 있으므로 서가에 가지런하게 놓인 그 책들을 평생토록 꺼내 보면서 늙어도 넉넉하다고 자부했다.

이러한 기본서만 가지고는 지식의 양이 너무 협소하다고 사람들은 생각할지 모른다. 그러나 부족한 것은 선대로부터 내려온 많은 서책을 보관하고 있는 형님 급건재(及健齋) 이시수(李時秀)의 집에 가서 읽으면 되고, 또 장서벽이 있는 아우 이욱수(李旭秀)에게도 장서가 풍부하므로 거기에 가서 읽으면 된다. 형제의 장서가 곧 내 장서요, 형제의 서소가 곧 내 서소다.

18세기 후반에서 19세기 전반기에는 학자들이 수많은 장서를 모아 서실을 꾸미는 벽(癖)을 지니고 있었다. 지식욕에 불타 있던 그들은 조선의 서책을 비롯하여 일본과 중국의 서책까지 탐욕스럽게 모아 수천 권에서 수만 권의 서책으로 서실을 채웠다. 그렇게 채워진 서책들이 장식용으로만 사용될 리는 없다. 다양한 학술과 문예와 지식이 사람들의 사유를 중심에서 벗어날 수 있도록 유도했다. 정통을 주장하는 사유로부터 벗어난 책 읽기가 독서계를 휩쓸었다.

이만수의 이 글은 그러한 동시대의 풍조를 은연중에 못마땅하게 여기는 마음이 담겨 있다. 그러나 그런 지성사와 연관된 사실을 굳이 따지지 않아도 좋다. 탐욕스러운 책읽기보다는 절제된 책읽기, 거친 책읽기보다는 안정된 책읽기를 지향하는 하나의 모델을 우리에게 제시해준다고 보면 되지 않을까?

속태 악태 추태

김
창
흡·권
섭

1. 속태(俗態)

○사람을 만나자마자 바로 이름과 자(字)를 묻는다. ○사람을 만나
서는 불쑥 "오래도록 큰 명성을 들어왔습니다"라고 말한다. ○빈궁
한 처지를 돌보아주지도 않던 사람이 "어떻게 살림을 꾸려가시는지
요?" 하고 묻는다. ○병자의 집에 이르러 "무엇을 드시고 싶은지
요?" 하고 묻는다. ○상갓집에 가서 "제수를 어떻게 장만하시는지
요?" 하고 묻는다. ○청탁 편지에 "오직 당신만을 믿으니 범상하게
여기지 말라!"고 쓴다. ○친구에게 보내는 편지에 "말할 만한 것이
못 된다"는 말을 예사로 쓴다. ○남의 집에 가서 낯선 사람과 번갈
아 절한다. ―이 글은 '남의 집에 갔을 때 앉아 있던 손님이 절하고

자 하는데 상대를 해주지 않는다'로 바꿔야 한다. ○가난을 말한다. ○병을 말한다. ○조금 이롭지 않게 되면 자신의 궁한 운명을 한탄한다. ○하문하면 바로 가서 뵙기는 하나, 끝내 자기가 한 말을 실천하지 않는다. ○부채를 흔들며 거드름 피운다. ○갓끈을 매만지고 허리띠를 만지작거린다.

2. 악태(惡態)

남의 집에 가서 문서를 뒤져본다. ○남이 숨기고 싶어 하는 일을 억지로 캐묻는다. ○남의 동정을 뒤따라가서 찾아낸다. ○남이 자신에 관해 말했다고 들으면, 그 말의 뿌리를 끝까지 따져 묻는다. ○남의 물건을 빌리고는 반드시 "물건이 있을 줄 분명히 알았어!"라고 말한다. ○남의 부인이 아픈 것을 묻고는 그 증상을 캐묻는다. ○문호를 출입할 때 큰 소리를 낸다. ○남과 마주 앉을 때 반드시 무릎을 바짝 붙이려 한다. ○많은 사람 속에서 손가락으로 가리키며 "저 사람이 누구냐!"고 묻는다. ○입에서 나오는 대로 장황하게 말하며 남의 이야기는 귀담아듣지 않는다. ○길에서 어른을 만나 어디 가느냐고 묻는다. ○어른에게 행동이 느리니 빠르니 따진다. ○어른 앞에서 비슷한 또래끼리 왁자지껄 인사를 나눈다. ○모임에 서둘러 나가지 않는다. ○남이 읍에 간다는 말을 들으면 반드시 재빨리 달려가 그 속에 낀다. ○남이 주는 물건을 받고는 도리어 "좋은 물건이 아니군요!" 하고 말한다. ○말끝마다 아무개 벼슬아치가 자신과 친하다고 말한다. ○고을의 수령이 되었을 때 잘사는 고을이 아님을 탄식한다. ○역임한 관직에서 잘 대처한 일을 자랑한다. ○그 고을의 수령 노릇 하는 것이 싫지도 않으면서 체직되기를 바란다고 억지로 말한다. ○술이나 음식을 강권한다. ○술이나 음식을 요구한다. ○남의 집에 가서 오래 앉아 있다. — 특히 일하고 있는 집, 길을 떠나는 집, 병자가 있는 집, 상갓집에서. ○남의 집에 가서 말없이 오랜 시간 앉아 있는다. ○갈 듯 말 듯하면서 지루하게 말을 끈다. ○대청 밑에서 말을 내린다. ○억지로 기침을 한다. ○말도 꺼내기 전에 웃기부터 한다. ○같은 말을 거듭한다. ○청탁하는 말을 하면서 시끄럽게 떠들어 댄다. ○고상한 선비 앞에서 저속한 말을 한다. ○큰 소리를 내며 음식을 씹어 먹는다. ○큰 소리로 후루룩 국을 들이마신다. ○크게 꾸짖듯이 재채기한다. ○큰 소리를 내며 신을 질질 끈다. ○잠자는 사람을 흔들어 깨운다. ○책 읽는 사람을 흔든다. ○정돈해놓은 책을 흩어놓고 정리하지 않는다. ○책을 빌려가고 돌려주지 않는다. ○책을 읽을 때 발음을 분명하지 않게 낸다. ○서책을 접어놓는다. ○글도 잘 못 보는 사람이 심오한 책을 본다. ○식견이 천박한 사람이 고담준론에 끼어든다. ○바람이 부네 비가 오네 하며 꾸짖고 욕한다. ○추우니 더우니 이상하다고 하면서 탄식한다. ○밥이 뜨겁다고 입김을 훅훅 불어 식힌다. ○손을 맞잡고서 반갑다고 인사한다. ○귀에 대고 비밀을 속닥인다. ○남의 글을 보고서 대충 좋다 좋다 말한다. ○자신의 작품을 외우며, 마음에 들지 않는다면서 선수를 친다. ○자신의 작품을 외우며, 먼저 아무개 어른이 칭찬했다고 포장한다. ○남의 글을 볼 때 먼저 누구의 작품이냐고 묻는다. ○남의 이야기를 불쑥 끊는다. ○남의 말을 억지로 뒤집어서 수수께끼처럼 만든다. ○담배를 피우면서 대청 구멍에 남은 재를 턴다.

3. 추태(醜態)

콧구멍을 후벼 판다. ○이 사이에 낀 때를 긁어낸다. ○손으로 발가락을 문지르고 냄새를 맡는다. ○수저를 놓자마자 바로 측간에 간다. ○남의 빈 벽에 제멋대로 침을 뱉는다. ○아무 데고 오줌을 눈다. ○종일 음담패설만 한다. ○이를 잡아서 문지방을 더럽힌다. ○침을 뱉어 붓에 묻힌다. 원문 327쪽

김창흡(金昌翕, 1653~1722)의《삼연집(三淵集)》〈습유(拾遺)〉29권에는 '만록(漫錄)'이라는 표제로 인생과 학문에 관한 짧은 생각을 펼친 글을 묶어두었다. 그 뒷부분에 속태와 악태 70칙(則)이 실려 있다.

권섭(權燮, 1671~1759)이 삼연의 그 글을 보고서 속태에 속한 내용을 악태에 속한 것으로 바꾸거나 악태에 속한 것을 속태에 속한 것으로 바꾸는 것이 좋다는 단서를 달기도 했고, 또 새로운 내용을 첨가하기도 했다. 한편으로 추태라는 항목을 설정하여 9칙을 첨가했다. 전체적으로 삼연의 글에 비추어 22칙이 불어났다.

이 글은 인생을 살면서 겪게 되는 꼴불견의 행태를 모아놓았다. 그런 꼴불견 행동을 기록함으로써 자신은 그러한 우를 범하지 말자는 목적에서 쓴 글이리라. 수많은 사람들이 무의식중에 또는 습관에 따라서 숱한 좋지 못한 행동을 하게 된다. 그런 행동들이 남의 감정을 상하게 하고, 기분을 나쁘게 만들며, 살풍경의 볼썽사나운 장면을 연출한다. 사람 사는 사회에서 남을 배려하는

기방쟁웅(妓房爭雄)

인간 세상의 속태, 추태, 악태가 어디 이 글에 묘사한 것뿐일까? 기방 앞에서 멱살잡이하는 사내들의 모습이 어쩐지 낯설지 않다.

에티켓을 지키고, 품위를 유지하려면 그러한 행동을 피해야 한다.

이 글을 18세기의 에티켓 문화를 체계화한 이덕무의 《사소절(士小節)》에서 묘사한 것과 비교해보면, 서로 비슷한 점이 많다. 일상생활에서 목도할 법한 피해야 할 행동을, 저속한 행태인 속태와 더러운 행태인 악태, 추악한 행태인 추태란 세 가지 범주로 모아놓았다. 모두가 짤막한 문구로 되어 있다. 그렇다고 아포리즘 또는 경구는 아니다. 한 칙 한 칙이 인간이 사는 세상의 인정 물태(人情物態)를 선명하게 드러낸다. 더욱이 그 내용은 고전에서 뽑아낸 것이 아니라, 17세기 후반과 18세기 전반의 조선 현실에서 재료를 취해 왔다. 그래서 이 글을 읽다 보면 역으로, 조선 사람 특유의 행동 방식도 찾아볼 수 있다.

자신을 평가한다면

강
필
신

범중엄(范仲淹)은 제 자신을 평가하여 하루 동안 한 일과 그날 먹은 식사가 서로 어울리면 잠자리가 편했고, 서로 어울리지 않으면 잠자리가 편치 않았다.[01]

나도 내 자신을 평가해보았다. 나는 시골에 사는 사람이라, 하는 일 없이 한가롭게 지낸다. 매일 아침 햇살이 창문을 훤히 밝히고 처마에서 떼를 지어 새가 재잘거리며, 농사꾼들의 농부가가 사방에서 일어난 뒤에야 나는 잠에서 깬다. 잠에서 깨면 눈을 비빈다. 그리고

---

01 범중엄이 한 말은 글쓴이가 읽은 《송명신언행록(宋名臣言行錄)》에 나온다.

눈을 꼭 감고서 진감(震坎)을 건너고 금화(金火)를 엎드리게 한 다음[02] 천천히 눈꺼풀을 연다. 질화로에 묻어둔 묵은 불씨를 뒤져서 담뱃불을 붙여서 입내를 없앤다.

그제야 의관을 갖춰 입고 양치하고 세수한다. 그것이 끝나면 또 눈을 감고 책상다리를 하고 앉아서 태사공(太史公)의 《사기(史記)》와 한유(韓愈)의 묘지명(墓誌銘) 약간 편을 읽는다. 식사를 마치고 나서 노곤해질 때면 안궤에 기대 누워서, 책시렁 위에 놓인 수많은 책들 가운데 주나라의 《시경》과 초나라의 《이소》, 《춘추좌전(春秋左傳)》, 《당송팔가문(唐宋八家文)》, 《송명신록(宋名臣錄)》, 《세설신어(世說新語)》, 《정씨유서(程氏類書)》, 《기언(記言)》 따위를 마음 가는 대로 뽑아서 읽는다.

정오가 되어 산처(山妻)가 들에 밥을 내간 뒤에 남은 밥과 남은 나물을 내오면 막걸리에 맑은 차〔淸茶〕를 마신다. 흔쾌하게 거나하도록 술도 마시고 점심을 든 다음에는 비뚜름하게 두건을 걸치고 뒷짐을 지고서 사립문을 나서서 지팡이를 짚고 선다. 고개를 들어 산을 바라보다가 머리를 수그리고 시냇물 소리를 듣는다.

주변에 서 있는 푸른 대나무와 소나무에 시선을 던지는데 마침 도롱이를 걸치고 삿갓을 쓴 채 지나가는 이웃 사람이 보여 손을 들어 불러 세운다. 농사하는 이치를 놓고 대화를 주고받기도 하고, 토질의 좋고 나쁨을 따지기도 하며, 보리는 얼마나 거뒀는지 모내기는 이른지 빠른지를 묻기도 한다.

　기분이 가라앉은 다음에는 집으로 되돌아와서 다시 상고적 요가(鐃歌)와 한위(漢魏) 시대의 악부(樂府), 당송(唐宋) 때의 율시와 절구를 가져다가 반복하여 읊조린다. 벽 위에는 혜포(蕙圃, 姜樸), 약산(藥山, 吳光運), 돈와(遯窩, 任守幹)를 비롯한 여러 벗들이 이별하며 준 시와 수운(岫雲, 柳德章)의 묵죽화와 서양(西洋)의 신화(蜃畵)가 널려 있어 차례로 감상한다. 또 역대의 도경초(圖經草)와 서귀록(西歸錄) 한두 장을 읽는다.

　저녁때가 다가와서 그늘이 짙어지면 마을 동쪽에 있는 수양지(壽陽池)에는 물고기들이 펄떡펄떡 뛰어오른다. 낚싯대를 챙겨서 친구 몇이서 약속하여 낚시터로 내려간다. 방죽에 그늘을 드리운 버드나무 아래 낚싯대를 던지고 함께 앉는다. 한참을 앉아 있으면 숲 그늘이 온몸을 덮고 마름풀은 우리를 에워싼다. 시원스러워서 호수를 내려다보며 한가로이 벗과 대화를 나누는 장자[03]가 된 느낌이 든다.

　이윽고 어둠이 몰려와서 연못에는 아스라이 달이 잠긴다. 마침내 낚싯대를 거두어 집으로 돌아온다. 어깨에는 낚싯대를 걸치고 그 끝에는 물고기 바구니가 매달려 있다. 집에 도착하자 집사람이 겨자를 빻아서 초장을 만들고, 며느리는 도마를 씻어 기다린다. 바구니를 기울여 물고기를 꺼내자 크고 작은 금빛 잉어 은빛 붕어가 수

03 《장자》에는 장자가 혜자(惠子)와 함께 호량(濠梁) 위에서 노닐고 장자가 복수(濮水) 위에서 낚시한 사연이 나온다. 후에 호량과 복수 사이의 생각, 즉 호복간상(濠濮間想)은 '한가롭게 소요하고 아무런 욕심 없는 생각'을 가리킨다.

십 마리이다. 물고기 회를 쳐서 밥과 함께 먹는다. 배부르게 먹은 뒤에는 쓰러져서 잠이 든다.

내가 하루 동안 하는 일이란 고작 이런 것에 지나지 않는다. 스스로 평가해보니 제멋대로에 아무짝에도 쓸모가 없어 내가 오늘 먹은 식사에 어울리지 못할까봐 걱정이다. 그럼에도 불구하고 마음 놓고 달콤하게 잠을 이루니 범중엄에게 부끄럽지 않겠는가?

그렇지만 내게도 할 말은 있다. 조정에 머물면서 천하를 걱정하는 사람은 그 임무가 무겁고 책임이 크다. 또 그가 먹는 것은 임금의 녹봉이다. 녹봉으로 밥을 먹으면서 할 일을 태만하게 한다면 이야말로 일하지 않고 먹는 짓이다. 범중엄은 일하지 않았는데도 밥을 먹는 분이 아니다.

나는 맡아서 해야 할 직책이 없고, 남들에게 책임질 일이 없다. 하늘과 땅 사이에서 한가로이 지내는 일개의 사람일 뿐이다. 이른바 "넉넉하고 한가롭게 그럭저럭 세월을 보내는 사람"이다. 더욱이 내가 날마다 먹은 음식이라고 해봤자 풀뿌리에 지나지 않는다. 내가 하는 일이 비록 제멋대로라고는 하지만 내가 소비하는 음식에 어울린다고 할 만하다. 따라서 밥을 먹고도 내 마음은 편안하고, 내 마음이 편안하기에 내 잠도 편안하다.

공자는 "추구하는 도가 같지 않으면 함께 일을 도모하지 않는다"고 하셨으니 사람마다 제 뜻대로 살아가면 된다.[04] 원문 328쪽

---

04 마지막 구절은 《사기》 〈백이열전(伯夷列傳)〉의 문장이다.

강필신(姜必愼, 1687~1756)의 글이다. 그는 조선 후기의 문신으로 자는 사경(思卿), 호는 모헌(慕軒)이다. 채팽윤(蔡彭胤)의 문인으로 1718년에 문과에 급제했다. 이후 이인좌(李麟佐)가 난을 일으켰을 때 공을 세웠다. 그러나 관운이 평탄치 못하여 높은 벼슬을 하지 못했고, 만년에는 대신을 비판하다가 관직을 내놓고 낙향하여 지냈다.

이 글은 벼슬을 내놓고 고향에 돌아가 지낼 때 지은 것으로, 향촌에서 하는 일 없이 지내는 자신의 형편을 기록했다. 벼슬하던 선비가 시골에 낙향했을 때 영위하는 생활의 한 단면이 잘 드러난다. 글은 그가 늘 읽었다는 《송명신언행록》에 나오는 범중엄의 태도에 촉발되어 나왔다.

강필신은 "세 끼 밥을 먹을 자격이 있느냐?"는 질문을 자신에게 던진다. 그가 묘사한 대로 특별히 하는 일 없이 산다면, 선비로서 마음이 편할 리 없는 일이다. 선비라면 세상에 일정한 책임과 의무가 있기에 이런 질문을 던지고 이런 중압감을 가지는 것이 당연하다. 더욱이 그는 오랫동안 조정에서 벼슬한 사람이 아닌가?

그는 우선은 자신이 살아가는 모습이 범중엄에게 부끄럽게 비쳐진다고 하면서도, 자신이 제멋대로 여유롭고 한가롭게 살면서도 마음이 편하고 편한 잠을 자는 이유를 들이댔다. 한마디로 벼슬에서 벗어났기에 이런 생활을 해도 무방하다는 논지다. 이러한 논지가 이 글의 중심 주제이지만, 그러나 이 글의 묘미 중의 하나는 구체적인 생활의 모습이다.

한편으로는, 이러한 생활이 자신의 적극적 선택이 아니라 벼슬에서 밀려났기에 마지못해서 만들어진 여유라는 뉘앙스를 강하게 풍긴다.

〈전가락사(田家樂事)〉
심사정이 그린 전원의 일경이다.

사통(沙筒)을 빚고서

홍
태
유

　나는 우연히 이종사촌 동생 임도언(任道彦, 任遜)을 데리고 도자기 굽는 일을 감독하는 이종사촌 동생 조예경(曹禮卿, 이름 미상)을 찾아 갔다. 막 자기를 굽는 일을 하던 중이라 모래흙을 골라내는 사람이 있었고, 진흙을 반죽하여 그릇을 만드는 사람이 있었고, 그릇을 가는 사람과 깎는 사람이 있었고, 그릇을 늘어놓고 햇볕에 말리는 사람이 있었다. 눈앞에 펼쳐진 광경과 주위에 보이는 것 모두가 그 일이었다.

　조금 있자니 새로이 자기를 구워서 앞에 벌여놓았다. 생활에서 사용하는 갖가지 그릇들이 다 있었다. 그 가운데 붓을 담는 필통과 벼루에 쓰는 연적, 술 마시는 술병과 술잔은 하나같이 문방(文房)에서 요긴하게 쓰는 물건이다. 그 색깔을 살펴보니 옥인 양 눈인 양 희디희어서 눈이 부셨다. 진흙에서 이러한 빛깔로 만들어졌다는 사실을 알아차리기가 정말 어려웠다.

나는 옥과 같으면서도 옥처럼 사치스럽지 않은 자기가 정말 사랑스러웠다. 문방에 놓아두면 맑은 아취(雅趣)를 더하고, 초가집에 놓아두어도 주제넘은 꼴이 되지 않을 듯하여, 내가 얻어 간다 해도 곤궁한 내 처지에도 어울릴 것만 같았다. 그래서 한 가지 모양을 구상하여 조예경에게 그 모양대로 빚어달라고 청을 넣었다. 그 자기의 이름을 사통(沙筒)이라 했다.

이 사통은 대개 원미지와 백낙천이 사용한 시통(詩筒)[01]을 본떠서 만들었다. 백낙천(白樂天)과 원미지(元微之)는 시를 먼 곳에 전하기 위해 시통을 사용했는데, 대나무로 통을 만들어 오고 가는 길에 들고 다닐 수 있도록 했기 때문에 그 크기가 클 수 없었다. 그런데 지금 내가 만든 사통은 한곳에 놓아두기만 할 뿐 들고 다니며 쓸 일이 없다. 시문(詩文)이나 간찰을 얻으면 모두 사통 속에 넣어둬서 안 될 게 없다. 날마다 문장과 서화를 마주하는지라, 보고 난 것을 저 사통에 보관하자면 크기가 작아서는 안 될 일이다. 드디어 원미지와 백거이의 시통 모양을 취하되 몸집을 크게 만들었다.

사통은 성질은 따사로우면서도 부드럽고, 색깔은 반짝이면서도 깨끗한 것이 장점이다. 무늬를 아로새기고 조탁한 기교를 쓰지도

---

01 시통은 시고를 넣어서 먼 곳에 편리하게 보내기 위해 만든 대나무 통이다. 백낙천이 항주(杭州)에 있을 때 친구인 원미지와 시를 주고받기 위해 이 시통을 만들어 사용했다.

않았고, 또 편안하고 묵직하게 자리를 잡고서는 물건을 많이도 받아들인다. 그 점이 군자의 덕과 너무도 비슷하다.

내가 그 물건을 아끼는 이유가 단적으로 여기에 있다. 두 아우도 모두 "이 물건은 형님만 아끼는 것이 아니라 아우들도 아낀답니다"라고 했다. 조예경이 장인(匠人)에게 분부하여 직접 사통 세 개를 만들게 하여 각자 하나씩 가지자고 했다. 내게는 그 사연을 글로 쓰게 하고 도언에게는 사통의 표면에 글씨를 쓰게 했다. 훗날 이 사통을 보는 자손들이 이 물건이 우리 세 사람으로부터 만들어진 유래를 잘 알기 바라는 심정이다. 원문 329쪽

홍태유(洪泰猷, 1672~1715)가 쓴 글이다. 저자는 효종의 부마 익평위(益平尉) 홍득기(洪得箕)의 손자이다. 아버지는 당파 싸움에서 화를 입어 죽임을 당했고, 본인은 전 인생을 주로 경기도 여주에서 야인으로 살았다. 그런 그가 자기를 굽는 사옹원 분원에서 근무하던 사촌 조예경을 임도언과 함께 찾아갔다. 거기에서 다양한 자기를 구워내는 현장을 구경하고 나서 글을 쓰는 문인에게 꼭 필요한 필통(筆筒)을 만들어 갖기로 했다.

그에게는 모래흙을 구워 만드는 자기는 흙에서 나왔지만 흙의 모습이 남아 있지 않은 신비한 물건이었다. 그가 필통에 사통(沙筒)이란 이름을 부여한 것은 모래흙에서 나온 물건임을 밝히고 싶어서였다. 필통의 모습은 "문방에 놓아두면 맑은 아취를 더하고, 초가집에 놓아두어도 주제넘은 꼴이 되지 않을 만큼" 수수하

문방도(文房圖)

조선 후기에 그려진 민화 중 문방도이다.

다. 궁하게 사는 자기에게 어울릴 것만 같은 물건이므로 이 기회에 만들어 갖고 싶었다. 그래서 요청을 하여 만들어놓으면 묵직하고 편안하게 자리를 차지하고 앉아서 이것저것 많은 물건을 넉넉하게 많이 받아들일 것이 분명하다. 이 수수한 자기는 군자가 가져야 할 덕을 가지고 있다는 느낌이 든다.

　이런 좋은 사통을 셋이서 함께 만들기로 하고, 이러한 내용을 아예 자기에 새기기로 했다. 저자는 글을 쓰고, 임도언은 글씨를 쓰며, 조예경은 그릇을 만들었다. 그렇게 세 사람이 사연을 적어 구운 세 개의 자기를 만들어 하나씩 가진다면, 사촌들끼리 만난 이날의 만남을 기념하는 좋은 기념품이 될 것이고, 후손들이 이런 사연을 기억하는 데도 안성맞춤이 될 것이다. 수수한 필통 자기를 만드는 것 하나에도 멋과 추억을 담으려는 옛 선비의 삶을 엿볼 수 있다.

오래 묵은 먹

김
상
숙

이호(梨湖)[01]에 있는 집의 옛 물건 가운데 오래 묵은 먹 수십 정(丁)이 있는데 자기로 만든 항아리에 넣어서 단단히 봉해 두었다. 이 먹은 우리 증조할아버지께서 옥천(沃川) 원님으로 계실 때 만드신 물건이다. 이제 백여 년이 지난 물건인데 내가 한 정을 가져다 쓰면서, 해가 너무 오래 지나 분명히 색이 거무튀튀하게 바뀌었으리라고 지레짐작했다. 그런데 몇 푼(分)쯤 갈자 광택과 색깔이 번쩍여서 어린아이 눈동자처럼 맑고 옻칠한 듯 짙고 검었다. 검은 먹물이 기묘하여 비교할 상대가 없었다. 그래서 새로 나온 해주(海州) 먹

01 이 집안의 세거지가 있는 충청도 홍성군 결성(結城)에 있는 지명이다.

과 중국, 일본의 진귀하고 좋은 먹을 함께 갈아서 살펴보았더니 모두 그 먹에는 미치지 못했다. 기이하고도 기이한 일이었다.

증조부께서는 글과 글씨에 고질병이 있으셨고, 글씨는 송설체(松雪體)를 모범으로 삼으셨다. 자손들 가운데 증조부의 글씨를 보물처럼 보관하는 분도 있다. 고을 원님이 되어 먹을 만드실 때 혹시라도 특별한 비방이 있어서 먹이 오래 묵어도 색이 변하지 않는 것일까? 알 수 없는 노릇이다.

당과 송나라 이래로 문인학사(文人學士)들 가운데 먹을 아끼는 고질병을 가진 분이 많았다. 진품(珍品)의 옛 먹을 얻으면 차마 갈아 쓰지 못하는 분도 있었다. 그래서 이정규(李廷珪)가 만든 먹을 소장한 이공택(李公擇)이, 자신도 그 먹을 갈지 않고 남이 가는 것도 허락하지 않은 짓을 소동파(蘇東坡)는 비웃었다. 이공택이 죽은 뒤에 이정규 먹은 여전히 남아 있었는데 그 때문에 소동파가 "사람이 먹을 가는 것이 아니라 먹이 사람을 간다"는 말을 하기도 했다.

우리나라에는 먹을 아끼는 고질병을 가진 사람이 있다는 소문을 들은 적이 없다. 게다가 마유묵(麻油墨)을 만들 때 용뇌(龍腦)와 사향(麝香)을 재료로 쓰지 않기 때문에 많은 세월을 보내면 색이 변하여 쓸 수 없다. 오래 묵을수록 더욱 좋아지는 중국 먹과는 다르다. 이 먹도 마유(麻油)로 만든 물건인 듯한데 백여 년을 지내고도 색과 광택이 오히려 이와 같은 까닭은 무엇일까?

어떤 사람은 세상 사람들이 먹을 보관하는 법을 잘 몰라서 그렇다고 말한다. 먹을 종이로 감싸서 따뜻하고 건조한 곳에 놓아두기 때문에 오래 지나지 않아서 색이 변한다. 자기 항아리에 넣어서 두는 것이 먹을 잘 보관하는 법이라고 한다. 정말 이 때문일까?

이 먹이 이제 오대(五代)를 전해왔음에도 불구하고 쓰기에 좋다면, 앞으로 분명히 십대(十代)를 전해 내려가도 좋으리라. 나는 일찍이 북경 시장에 오가는 사람으로부터 수백 냥의 돈으로 이정규가 만든 먹 한 덩이를 사는 사람이 있다고 들은 적이 있다. 이 먹의 진귀하고 특이함은 이정규 먹에 비교해서 덜하지 않다. 기꺼이 일백 냥의 돈으로 이 먹을 바꿔가는 사람이 설마 우리나라에 있을까? 그저 자손들이 전해가며 보물로 여기는 것이 옳으리라. 원문 330쪽

김상숙(金相肅, 1717~92)이 쓴 글이다. 김상숙은 호를 배와(坯窩)라고 하는 저명한 서예가이다. 그의 자필로 쓴 글을 모은 《배와시문필적(坯窩詩文筆蹟)》에는 글씨와 문방구를 소재로 쓴 여러 편의 글을 모은 〈문방한기(文房閒記)〉가 들어 있다. 이 글은 그 속에 실려 있다.

원제목 〈고장묵제발(古藏墨題跋)〉은 '오래 보관해온 먹에 붙인 글'이라는 뜻으로, 오래 묵은 먹에 관한 짤막한 네 편의 글로 이루어졌다. 그 가운데 두 편은 바로 증조부가 만들어 집안에 전해 내려오는 먹을 두고 썼다. 백여 년이나 묵었는데도 광택과 빛깔이 새로 만든 최고급 먹이나 중국, 일본의 최고급품과 비교해도 우수하다는 것을 발견한 기쁨과 이러한 오래된 골동품 먹을 아끼는 심경을 담았다.

낡고 오래된 먹이지만 선대로부터 내려온 물건이기에 함부로

김상숙 글씨
배와 김상숙의 친필로서 고풍스럽고 정제된 필치로 일가를 이루었다.(고려대학교 도서관 소장)

하지 않고 애지중지하는 마음을 읽을 수 있는가 하면 한편으로는 또 문방구를 아끼는 취미도 엿보인다. 그 자신은 글을 통해서 낡고 오래된 것이나 고급의 문방구를 귀중하게 여기지 않는 당시 조선 사람의 심미안을 개탄했지만, 글의 이면에서는 오히려 고급 문방구의 수요가 적지 않았던 당시 지성인 사회의 풍토를 볼 수 있다.

친구를 부르는 방

이
광
사

이 서재는 내 친구 성중(成仲)의 거처이다. 내도(來道)라는 이름은 도보(道甫)가 찾아오게 하는 방이라는 취지로 붙였다. 여기서 도보는 곧 나로서, 원미(元美) 왕세정(王世貞)의 내옥루(來玉樓)와 사백(思白) 동기창(董其昌)의 내중루(來仲樓)[01]에서 의미를 가져다 붙였다.

성중은 이 서재에 기이한 서적과 특이한 문장을 모아놓았고, 상고시대의 쇠북과 솥이나 오래된 비석을 모아놓았으며, 이름난 향을

---

01 《명사(明史)》〈은일전(隱逸傳)〉에 명말의 은사 진계유(陳繼儒)의 자(字)는 중순(仲醇)으로 당대의 명사인 동기창이 중순을 오게 한다는 뜻의 내중루를 지어 그를 초빙했다고 했다.

모아놓았고, 고저(顧渚)에서 나는 우전차(雨前茶)[02]를 모아두었으며, 단계(端溪)·흡주(歙州)의 벼루와 호주(湖州)산 붓,[03] 휘주(徽州) 산 먹을 모아두었다.

나를 위해 늘 맛좋은 술을 마련해두었다가 기분이 좋아질 때마다 나를 생각했고, 나를 생각할 때마다 바로 말을 보내 나를 불렀다. 나도 기쁜 마음으로 달려가 문에 들어서 서로를 바라보고 손을 맞잡고서 웃었다. 서로 마주한 채 다른 말은 하지 않고 책상 위에 놓인 책 몇 권을 들어 쓱 읽고 낡은 종이를 펼쳐 주나라 북과 한나라 묘갈 두어 개를 어루만지노라면, 성중은 벌써 손수 향을 사르는 중이다. 두건을 젖혀 쓰고 팔뚝을 드러낸 채 앉아서 손수 차를 달여 내게 마시도록 건넸다. 온종일 그렇게 편안하게 지내다가 저물 무렵에야 집으로 돌아왔다.

어떤 때에는 여러 날이 지나도록 집으로 돌아가지 않았고, 집으로 돌아간 내가 다시 그리워져 바로 나를 부른 일도 있다. 또 어떤 때에는 일이 생겨 열흘이 지나도록 서로 만나지 못해 즐겁지 못한 일도 있었다. 이것이 우리 두 사람이 서로를 너무도 좋아한 사연이자 이 서재를 그렇게 이름 붙인 이유이다.

그러나 성중은 재능이 우수하고 운치가 고매하다. 하는 일마다 옛사람을 그리워하되 일의 규모나 발상에서 반드시 양자강 이남의 명사들을 본받고자 했다. 반면에 나는 질박하고 거칠어서 조선 사

---

02 중국의 고저 지방에서 나는 우전차로 청명과 곡우 절기에 따는 찻잎이 가장 맛이 좋아 고저춘(顧渚春)이란 이름으로 불리기도 하는 명차이다.
03 절강성(浙江省) 호주 시에서 나오는 붓으로 명품으로 이름이 있다.

람의 거친 습관을 떨쳐내지 못했다.

성중은 서적을 폭넓게 이해할 뿐만 아니라 고금의 역사를 매우 잘 알았다. 그는 이유산(二酉山)에 감춰진 책[04]을 모두 읽고 다섯 수레에 실린 서적을 가슴에 담으려는 욕심을 가졌다. 그렇게 독서한 것이 밖으로 넘쳐흐르고 뿜어 나와 귀한 말과 시문이 만들어졌고, 그것조차 하찮게 여길 정도였다. 옛사람의 성씨와 자호(字號), 사는 곳과 계통, 행한 일과 행실을 자세하게 꿰뚫어 알았다. 반면에 나는 스승으로부터 배운 구두를 조심스럽게 삼가 지킬 뿐 여러 학자의 학설을 두루 볼 엄두를 내지 못했다.

성중은 옛사람의 글씨와 그림을 비롯한 갖가지 예술에 대하여 그 아름다움과 추함, 진품과 가짜를 마치 구방고(九方皐)가 말의 관상을 보듯이[05] 분간해 내었다. 그의 밝은 눈을 터럭만큼도 벗어나지를 못했다. 반면에 글씨 하나를 얻거나 그림 하나를 얻을 때면 그를 흉내 내어보았으나 얻는 것이 있을 때는 기뻐했지만 뜻에 맞지 않을 때는 팽개쳐버렸다. 그래서 해악(海嶽)[06]이 대령(大令)[07]으로부터 나오고, 왕우승(王右丞, 곧 王維)이 남종화(南宗畵)를 그렸는지 분간하지

---

04 이유는 대유(大酉)와 소유(小酉) 두 산의 이름으로 중국 호남성(湖南省)에 있다. 이 산에 있는 동굴에는 천 권의 서적이 보관되어 있다고 전한다. 후에는 장서가 많은 것을 비유한다.

05 구방고는 춘추시대 사람으로 말의 우열을 잘 판정했다. 그가 진목공을 위해 좋은 말을 구할 때 털의 색깔이나 암수와 같은 겉모습은 보지 않고 말의 내면을 잘 살펴 천리마를 얻었다고 전한다.

06 해악은 송대의 서예가인 미불(米芾, 1051~1107)의 호이다. 그는 왕헌지(王獻之)의 서법을 배웠다.

07 대령은 진(晉)나라 왕헌지를 가리킨다. 《진서(晉書)》〈왕민전(王珉傳)〉에서 왕헌지를 대령, 왕민을 소령(小令)이라 부른다고 했다. 두 사람 모두 중서령(中書令)을 지냈다.

못할 때도 있었다.

성중은 육경(六經) 외에 불교 전적에도 조예가 깊었다. 불교를 독실하게 신봉하여 '삼교(三敎)에는 상이한 가르침이 없다'고 생각했다. 나는 유가와 불교에 아는 것이 없으면서도 때때로 대화를 할 기회에 그의 생각을 비판했으나 성중의 시원스런 변론을 대적하지는 못했다.

성중은 기갈(飢渴)이 든 것처럼 남의 곤경을 잘 해결해주었고, 남의 궁한 처지를 불쌍히 여겼다. 그러나 나는 그렇게 하지 못했다.

대체로 성중은 껍데기 같은 일신의 명예를 벗어던지고 우주 사이에 높이 솟아난 사람이다. 그러나 나는 졸렬한 법을 지키는 썩은 선비에 불과하다. 정밀함과 거침, 빠름과 둔함, 우아함과 저속함이 서로 반대라서 마치 서로를 격려하면서도 일부러 서로를 배척하는 사람들 같다. 그럼에도 불구하고 성중은 세상에는 다른 벗이 없고 오로지 나 한 사람과 친하다. 나 또한 다른 벗이 없고 아무리 찾아봐도 오로지 성중과 친하다.

남과 서로 친해지려면 반드시 기질과 취향이 서로 맞아떨어지는 사람에게 가야 한다. 그렇건만 지금은 서로 반대이면서도 유독 친하게 지내다니 참으로 이치에 어긋난다.

내가 이러한 의문이 들어 성중에게 물었더니 성중은 까닭을 모르겠다고 했다. 성중이 다시 내게 그 까닭을 물었으나 나도 모르겠다. 나와 성중이 모르는 것을 세상 사람 누군들 그 연유를 알겠는가? 나와 성중, 그리고 세상 사람이 알지 못하기에 서로 깊이 사귀어 변함이 없는 것은 아닐까?

계해 늦여름에 완산 이광사 도보는 기록한다. 원문 331쪽

이 글은 서재기(書齋記)이다. 이광사(李匡師, 1705~77)가 친구인 상고당(尙古堂) 김광수(金光遂, 1699~1770)의 서재에 붙인 기문이다. 친구가 자신을 불러다 함께 지내는 방에 내도재(來道齋)란 특이한 이름을 붙였다. 서재명 자체가 특이한데 명(明)나라의 명사인 왕세정(王世貞)과 동기창(董其昌)이 먼 옛날에 행한 운치 있는 일을 김광수가 재현했다. 그 서재에 당사자인 이광사가 사연을 밝힌 기문을 썼다.

김광수와 이광사는 영조 시대의 예술가로 김광수는 서화수장가로 한 시대에 으뜸이었고, 이광사는 새삼 설명이 필요 없는 저명한 서예가이다. 그 둘은 서울의 서대문 밖에 위치한 원교(員嶠, 둥그재)에 집을 지어두고 그리 멀리 떨어지지 않은 거리를 왕래하며 지냈다.

김광수는 워낙 부자인 데다 희귀한 서화를 많이 수장한 수집가였다. 게다가 중국에서 수입한 차를 음미하고 음악을 감상하며 품위 있는 고상한 생활을 했다. 그런 생활 방식을 당시 서울의 부유층 사회에서 선도했다. 또 많은 예술가를 후원하는 사람으로 자처했다. 그렇게 후원한 예술가 가운데 대표적인 사람이 바로 서예가인 이광사였고, 그런 자취가 바로 이 글에 잘 나타난다.

이 글에는 김광수의 개성이 넘치는 취향과 수집가로서 지닌 고질병, 학문과 예술의 세계를 찬찬히 설명했다. 이 글을 읽으면 김광수의 독특한 개성을 엿볼 수 있다. 글에서 김광수와 이광사가 서로 취향과 기질이 다르다는 점을 구구하게 설명했다. 그렇게 다른 점이 많은 데도 왜 그렇게도 친하게 지내는지를 설명할 수

이광사 초상화

당대를 대표하는 서예가였던 원교 이광사와 서화 수집가인 상고당 김광수, 깊이를 가늠할 수 없는 이들의 우정은 영조시대의 한 페이지를 장식했다.

없다고 했다. 이광사는 바로 그 점이 이 두 사람의 우정의 깊이라고 말했다. 무슨 목적이 있어서 사귀는 친구가 아니라 만나서 아무 말 하지 않아도 좋은 친구임을 자부했다. 이 시대 우정의 지향점을 두 사람의 사귐에서 엿볼 수 있다. 하지만 이광사가 훌륭한 서예가로 성장하고, 또 예술적 안목을 높이는 데 이러한 사귐이 실질적 도움이 되지 않았다고 할 수 없다. 그가 지은《원교서결(圓嶠書訣)》에 김광수의 소장품으로부터 얻은 안목이 밝혀져 있다.

원문

세상 사는 맛

천하의 한쪽 끝에서 번역문 13쪽

流沙, 禹貢所載聲敎所被者也. 然以名亭, 則吾莫得而知之矣. 古之人
扁其游燕居息之地, 固有託之名山水, 或揭大美大惡, 寓勸戒意. 或就
其先代鄕里, 以志不忘本. 若遼絕之域·卑惡之鄕, 中國人物之所不
出, 舟車之所不至, 如流沙者, 人且厭道而羞稱之. 矧肯大書特書, 載
之戶牖間哉! 予知吾兄措意必有出人者矣.

天下之大, 聖人之化, 與之無窮, 此猶外也. 人身之小, 天下之大, 與
之相同, 此其內也. 自其外者觀之, 東極扶桑, 西極崑崙, 北不毛, 南
不雪, 聖人之化, 漸之被之曁之也. 然混一常少, 而分裂常多, 固不能
不慨然於予心焉. 自其內者觀之, 筋骸之束, 情性之微, 而心處其中,
包括宇宙, 酬酢事物, 威武不能離, 智力不能沮, 巍然我一人也. 則雖
潛伏幽蟄於一偏之極, 而其胸次度量, 則聖化所被四方之遠, 無得而
外之也. 兄之志, 其亦若是乎?

予嘗有志四方之游, 今已倦矣. 辛丑冬, 避兵而東, 始得至寧海府, 是
吾外家, 而吾兄居之. 寧海東臨大海, 與日本爲隣, 實吾東國之極東
也. 今吾幸得至一隅, 以極其極, 他可反也, 矧流沙相對之地哉! 擧酒
其上, 就索爲記, 欣然書之. 至正壬寅.

_이색(李穡) 〈유사정기(流沙亭記)〉 《목은문고(牧隱文藁)》

홍도정 우물물을 마시며 번역문 19쪽

栢堂東麓, 有泉澄渌, 泠然流出於石縫, 若漱白雲之幽谷, 旱而不渴,
響如琴筑, 縈廻六七許步, 然後入於溝瀆, 遂使傍泉而居者, 皆快意於
挹掬. 隴西子茹蔬得飽, 以手捫腹, 岸掩莁之烏紗, 杖鏗鈜之龍竹, 踞
一石, 露雙脚, 按碎氷霜, 呑吐珠玉. 豈唯火日之可逃, 亦復塵纓之已
濯, 徐嘯歸來, 溪風蕭蕭, 展八尺之風漪, 枕數寸之瘦木, 夢白鷗而同
戲, 任黃粱之未熟. 飄飄乎如駕八龍而到瑤池, 聞金母之一曲, 浩浩乎
若泛枯槎而渡天河, 驚蜀都之賣卜. 則何必錦障紆四十里, 胡椒蓄八
百斛, 打就金蓮盆, 然後濯吾足.

_이인로(李仁老) 〈홍도정부(紅桃井賦)〉 《동문선(東文選)》

사진(寫眞)의 의미 번역문 24쪽

有生必有死, 而形與心俱滅, 此儒者之言而理之常也. 佛者曰形滅而
心不滅, 仙者曰形與心俱不滅, 二者雖非理之常, 世之好怪者, 或信
焉. 寫眞者之言, 又曰心滅而形不滅, 其爲說尤神. 然吾謂寫眞者極其

藝, 則耳目若視聽焉, 口若言焉, 毛髮若動焉. 使百世之下如見其爲
人, 其於道亦可謂奪造化之妙, 而與仙佛者參矣.

雖然心滅而形不滅, 果何益於其人, 亦何補於後世哉! 今又有人焉,
宗儒者而統仙佛以爲道, 若是者其可謂道乎! 其言曰: "儒者曰形與心
俱滅, 固理之常也. 然形與心旣滅矣, 使後世之人何以知堯舜之爲
聖·桀跖之爲狂乎? 於是乎記言記事之學作焉, 言與事傳而其心傳,
形或附而傳焉. 若書之二典三謨, 非所謂形滅而心不滅者乎? 鄕黨非
所謂形與心俱不滅者乎? 若是者非所謂宗儒者而統仙佛以爲道乎?"
君子之所貴者, 在心不在形, 其心旣傳於後世歟? 其形傳之可也, 不
傳之亦可也. 其心無可傳於後世耶? 其形固不能獨傳也. 故寫眞者之
道, 惟寫眞者專之, 君子不由也. 湖南人朴善行, 以寫眞名於京師, 請
爲余寫眞. 余笑而謝曰: "使吾形可傳, 雖微子, 必將有形之者矣. 吾
何待於子?" 於其歸也, 聊爲序以贈之.

_남유용(南有容) 〈증사진자박선행서(贈寫眞者朴善行序)〉 《뇌연집(雷淵集)》

세상 사는 맛 _{번역문 30쪽}

吾家嘗有客, 會談生世之味. 或曰苦, 或曰酸, 或曰淡無味, 其謂甘者蓋
絶少也. 吾未知世之味一而嘗之者各隨其口爲之品歟? 抑人之口一而世
則有多味人各得其偏處也. 今夫一瓜, 至小也, 啖蒂者苦, 吃臍者甜. 況
以人世之大, 何味不具? 但鮮民之生常遊乎一事之內, 至老死不能移其
喙, 則宜乎東牛之味甘於西橧也. 老子曰: "五味令人口爽." 人世之大,
旣無不具之味, 人之嘗之者, 多爽其口. 雖使之遍嘗萬事, 猶不得眞味,

如病熱者之苦糜粥·甜屎汁, 亦不爲無理也.

或曰:"苦者自苦也, 甘者自甘也. 咬得菜根, 尙足以忘芻豢, 世豈有事事適意之人然後乃謂世之味甘哉?" 此猶不然. 若茶之苦, 猶可安之如薺. 至於黃蘗, 雖善耐者, 終不可言甘. 夫以聖人之量, 只言素患難行乎患難而已, 未聞樂疢疾而厭康寧, 以反人之好惡也.

雖然苦酸不可必去, 甘不可必取, 苦酸與甘, 皆各有其用. 毒藥苦口利於病, 刀頭之蜜必傷吾舌. 故剛吐柔茹, 旣爲細人之歸, 喫苦辭甘, 亦非君子之中也. 天之生物也, 各與其所宜. 蹄者吃草, 牙者齧生, 蜣螂啖糞, 夷由食火. 野葛至毒也, 入人口必斃, 而虎食之, 百日不飢. 鴟非以腐鼠尙於鵷鶵, 而猶不可與鷹鸇較. 凡物之所得, 皆其命之不可違者. 吾必欲取甘, 將棄苦酸於何人哉? 甘則吾福也, 苦酸則吾分也, 越分而違命, 鮮不致大損, 惟君子爲能和之. 故曰:"人莫不飲食也, 鮮能知味也."

_유희(柳僖) 〈석미(釋味)〉 《문통(文通)》

병이 나야 쉰다 번역문 36쪽

余嘗觀唐人詩, 有身病是閑時之語. 以爲人之處斯世, 薾然疲役, 無少休息, 其能占得閑境, 特因身有病耳. 每諷誦之, 非惟自憐, 亦憐一世人同此情境也.

余於是歲, 自春川府使, 趨召入院. 逐日, 晨入而夕出, 春而夏, 夏而秋, 秋而冬, 冬亦半矣. 其間暫遞, 亦以腫患, 而旋又叨冒. 日來寒疾, 因積傷而作, 殆不自堪. 再上章, 乞解得請, 自今日始投閑矣.

朱夫子有言曰:"一日安靜, 便是一日之福." 以此言之, 則病亦謂之福也, 可乎! 當有辨之者. 久翁書, 壬辰至月上旬.

_박장원(朴長遠)〈병한록소서(病閑錄小序)〉《구당집(久堂集)》

돗자리를 짜다 번역문 39쪽

俚諺云: "村措大少習科文, 不成名, 爲風月. 又稍衰, 則業織席而遂老死." 蓋賤侮之言也. 而遠於儒雅, 損於風致, 織席其甚者也. 故尤鄙下之, 爲窮老者之終事. 人如是而終, 誠可哀已. 然亦循其分而已矣, 不必遽非笑之也.

今余科文風月, 皆非所事, 寓居山中, 其窮益甚. 耕耘樵採, 乃其分也, 況織席之不甚費筋力者哉! 家人悶余之徒食而無所用心, 乞席材於其兄弟家, 強要之, 且請隣翁授其法. 余不獲已, 抑而爲之. 始也手澁而心不入, 甚艱以遲, 終日而得寸焉. 旣日久稍熟, 措手自便捷, 心與法涵, 往往顧語傍人, 而經緯錯綜, 皆順其勢而不差. 於是乎忘其苦而耽好之, 非飮食便旋及尊客來則不輟焉. 計自朝至暮, 可得尺, 自能者視之, 猶鈍矣, 而在余可謂大進矣. 天下之短於才而拙於謀者, 莫如余, 學之旬月, 能至於是. 是技也, 爲天下之賤也, 可知也, 余業之固其宜哉! 雖以是終吾身, 亦不辭焉, 分所當也.

爲之有益於余者五, 不徒食一也, 簡開出入二也, 盛暑忘蒸汗, 當晝不困睡三也, 心不一於憂愁, 言不暇於支蔓四也, 旣成而精者, 將以安老母, 粗者將以藉吾身與妻兒, 而使小婢輩亦免於寢土, 有餘將以分人之如余窮者五也. 丁丑夏五月日書.

_김낙행(金樂行)〈직석설(織席說)〉《구사당집(九思堂集)》

사기 술잔 _{번역문 44쪽}

九年前, 友人贈小沙杯. 余愛惜之, 常置案上, 酌酒以飮. 移居洛社
也, 留其杯, 不取去, 誡家督勿破. 其後家督至, 問杯之破否, 曰:"已
破." 蓋不謹所致. 飮於館洞友人家, 見沙杯之光潔, 沾醉中, 奪之袖
來. 屬之家人, 飮時必酌其杯. 女奴不愼破之, 雖歎奈何, 又欲得之.
是年春, 往洛也, 他女奴獻沙杯, 比之前者所破, 則其體稍大. 余頗重
之, 恐又破, 不使女奴手犯之, 酌酒際親自酌, 飮罷卽置案頭, 至今不
破, 幸爾.
沙杯必稱廣州, 而此杯出自廣州, 厥形正, 厥色潔, 固合酒人也. 然沙
杯易破物, 難可久全. 今日雖全, 明日不破, 不可知也, 是月雖全, 後
月不破, 亦不可知也. 非不知鍮杯之不破, 而鍮杯酒味變, 沙杯酒味不
變, 余必取沙杯, 良以此乎!
昨日余之生朝也, 集朋友于堂, 以此杯酌而共飮之. 酒味之妙, 酒杯之
故也, 何敢不愛?

_김득신(金得臣) 〈사배설(沙杯說)〉 《백곡집(柏谷集)》

통영을 찾아가다 _{번역문 48쪽}

自固城縣南, 山勢奔馳入海, 始行五里, 西望有山參差, 拖碧百餘里,
橫斷海門者, 爲蛇梁島. 山行人指點上峰, 名爲玉女云. 自此夾路三十
里皆長松, 虯枝偃蓋, 蔽虧雲日, 海色片片隱映, 島嶼點綴, 有時望如
行舟焉. 又行數里, 倚山際海而有小城, 上起層樓, 號爲統制使轅門.
又行五里, 山勢忽迤而西馳, 而左右陡起. 北山尤高, 腹背受海水, 截

岡環城, 而洗兵館在其中央.

南臨衆峰沓拖如屯雲, 吐納波浪, 滙爲平湖, 而東西譙樓, 縹緲空光中. 與晏波淸南二樓, 八戰艦帆檣森列在前. 凡洪濤巨巒, 畫樑雕檻, 盡入洗兵館簾間, 卽館之大無對焉. 連檻數十, 而夾以彩樓, 深嚴尊重. 中可容人千數, 海防財力, 蓋殫於此, 不知創於何人也. 上北譙樓, 望閒山島, 出西城, 讀李忠武戰功碑. 至晏波樓下, 觀八戰艦, 艦皆高壯如山, 一作層榭複檻, 其大幾敵洗兵館, 而入海便同浮梗, 風水之力, 儘大矣. 然運使者在于人力, 而以之制敵決勝者, 又在于智力, 爲將之責, 尤大矣.

自數百年以來, 國家昇平, 邊疆無事, 高館巨艦, 便爲游客流連之所. 淸吹長袂, 日以爲樂, 而水卒終歲暇逸, 編竹爲網, 漁利以爲業. 雖有良將, 將無所施其智勇矣.

仍坐舵檻, 搴篷四望, 秋日澄霽, 海波淸蕩. 島山聯綿生愁, 忽令人思見公孫娘之舞劍器 · 伯牙之奏水仙, 悄然忘返焉.

_이인상(李麟祥)〈유통영기(游統營記)〉《능호집(凌壺集)》

2부

새들의 목소리 경연

여자의 그림자 번역문 55쪽

有一士人, 家于白馬江上者, 嗜棋. 每有一老人, 來與之對局, 莫知其
何來何去. 久之, 老人忽言:"我乃江中龍也. 限滿, 當飛騰冲天, 而惟
一如意珠, 未及化成, 故未能. 今有一鏡以遺子, 子其爲我, 遍行八路,
照現婦女, 候其影畔, 只照一男子者, 是有一夫之婦耳. 得其莎毛, 歸
以贈我, 則亦有慶, 否則有殃."

士人不得已許之, 以鏡先照視一家, 則自其妻女姑姉妹嫂婦, 影畔無
不照現二三男子, 甚至四五以上者有之. 士人大愕, 隱之於心, 第行求
之. 至關北過一田畔, 有一夫耕田, 其婦來饁, 試之以鏡, 其婦影畔只
照一夫, 乃始佇立, 半日不去. 耕者怪問之, 告以故, 耕者語其婦, 伐
毛與之.

及歸, 則老人已先來待, 大喜曰:"吾聞關東亦有如許婦女, 今旣得此,
何必更求? 但不十日, 我當變化, 子其謹避!" 及期, 江濤洶沸, 雷風

以雨. 有龍乘雲冲天, 而旁近陸地, 擧成淵湫. 士人登高, 望見其家, 亦自入淵中, 深不可測.

先是, 以鏡中照驗有異常情者詰之, 老人笑曰: "此非必眞犯淫污而然爾. 人生男女之間, 自有情感, 只一見美貌而美之者, 亦以有情而照現于此鏡. 吾所以必遣此鏡者, 欲得初無情感, 而資吾用耳. 世人肉眼, 其焉能識此?" 士人後亦登高科, 顯于世. 此雖小說, 亦可爲愼內外有別之一助云.

_황윤석(黃胤錫) 《이재난고(頤齋亂藁)》

새들의 목소리 경연 <small>번역문 59쪽</small>

鶯鳩與鶩, 以音爭勝, 議就長者而考, 咸曰: "鶴也可!" 然鶯恃其音之妙也, 幽憇而笑, 鳩亦不以爲意, 慢行而謠. 鶩則自知不若二禽, 乃潛啄一蛇, 先造鶴而餌之, 且告之私. 鶴適飢, 一吸而盡, 喜曰: "第與俱來!"

至則鶯先轉一聲, 鶴內喙微吟曰: "淸則淸矣, 近於哀!" 鳩繼之鳴, 鶴低吭徐嘻曰: "幽則幽矣, 近於淫!" 最後, 鶩伸頸而叫, 鶴擧尻疾唱曰: "濁則濁矣, 近於雄!"

考課之法, 末優者勝. 於是, 鶩自以爲勝, 升高四顧, 振噣而號, 不知止也. 鶴亦矯趾遠睇, 有自得色, 鶯鳩慚沮而遁.

_성대중(成大中) 〈성언(醒言)〉 《청성잡기(靑城雜記)》

구경하려는 욕망 번역문 62쪽

維天生民有欲, 苟不能以禮制心, 以義制事, 則鮮不至於亂. 此古昔聖
賢之敎, 所以必欲遏人欲而存天理, 不使至於近禽獸也. 夫所謂欲者,
亦有許多般焉. 盖飮食男女, 人之大欲所存. 故有食欲色欲, 將欲奉其
身, 快其意, 則必須貨財, 故有財欲. 將欲化貧賤爲富貴, 則必須科
宦, 故有科欲宦欲, 此皆人欲之所不能無者也.

然而亦或有樂簡靜·甘淡泊者, 故未必人人皆甚, 而至於所謂看玩之
欲, 最爲諸欲之首. 看玩者, 好物好景凡異於常可觀可玩者, 皆是也.
今夫孩提之兒, 人指之曰彼物好, 則啼而止, 怒而解. 及其長也, 遇有
美景則樂而忘返, 聞有異見則遠而不憚, 至老宿亦然.

是故無論長幼男女, 春而花柳則欲遊, 秋而楓菊則欲賞. 上元之月, 四
八之燈, 江漲於潦, 樹蔭於夏, 種種物色, 處處如狂. 見漁獵則喜, 見
技藝則笑. 見道路之有鬪鬩戲嫚, 則雖有急, 必駐足, 見豪貴之盛車馬
僕從, 則雖有事, 必注眸. 有異物則雖微小, 必隨而見之, 有異事則雖
迂僻, 必從而觀之, 凡有目者, 苟有可以見, 則未有低頭而過者也.

其爲欲有如是矣, 而最是動駕之時, 則京鄕士庶, 爭先競赴, 漫山蔽
野, 而路傍之舍, 皆爲士夫家婦女所占. 當此之時, 先入者爲主, 後至
者見拒, 奔輵於卒伍之間, 走婢於喧塵之中, 從窓而瞰, 由隙而闚, 露
出面貌, 不顧道路之睨視, 喪失容儀, 不避皁隷之指點. 凡係廉恥體
貌, 並皆放倒, 至或有在途解娩者, 有從樓跌墜者, 可羞可笑之狀, 不
一而足. 而其所見者, 不過羽旄之翻動·軍馬之輩馳而已.

至於閭閣女子, 則與惡少簇雜, 又多駭怪之擧, 而恬不知恥. 專心致
志, 只在看玩, 餘外萬事, 都屬擺脫. 故棄農投業, 嬴糧裹足, 夫偕其

妻, 姑携其婦, 母率其女, 或多失散而歸者. 亦可監戒, 而無論士族閭
家, 終身奔走, 未或安坐, 雖見困厄, 曾莫知懲.

由此言之, 天下之欲, 孰有加於此者乎? 窒如塡壑, 而此壑則無可塡
之期, 拒若築堤, 而此堤則無可築之時. 而究其實, 則有害而已, 何所
益哉! 然而古亦有看隘若耶, 看殺衛玠之說, 目之欲看, 蓋有不期而
同然. 山澤之象, 亦聖人爲之戒而已. 賢者志之, 不肖者棄之.

_윤기(尹愭) 〈간완욕(看玩欲)〉《무명자집(無名子集)》

아버지와 아들 번역문 69쪽

執拗之性, 父子世類, 而父子不相下, 又何其甚也!

朴西溪世堂, 與其子定齋泰輔, 遇事爭議, 各主其見, 未嘗相奪. 素沙碑
路東西之卞, 而相與委往驗之. 鄕隣人死, 當祥祭, 議給祭燭. 西溪曰某
日, 定齋曰某日, 無以歸一, 召其子問之, 所對果如定齋之說. 西溪曰:
"凡人有子不肖, 死日受祭亦難矣." 定齋兒時, 西溪自外歸, 見室中所鋪
長版-俗稱油紙塗墍曰長版-, 錐穴殆遍. 詰之, 定齋對以錐刺蚤卒得之.
父子俱解影籌, 定齋指庭樹杏子曰幾枚, 西溪曰幾其枚減, 定齋數枚摘
下, 計之如西溪數. 西溪怒, 責其强知矜勝. 定齋走上梢, 取其葉底一病
顆, 果符定齋數. 定齋爲坡牧, 判田訟, 甲勝乙屈. 旣決而曰: "訟理乙
當勝, 乙之印文長溫印, 必有奸情, 所以甲勝也." 乙冤甚, 往訴于西溪,
西溪曰: "能解識其爲長溫文, 而不知其時坡州失印, 權用長溫印. 鹵蕪
如此, 何以官爲?" 驗之果然, 定齋不敢復難之.

_심노숭(沈魯崇) 〈자저실기(自著實記)〉《효전산고(孝田散稿)》

소금 장수의 백상루 구경 번역문 74쪽

安州百祥樓, 關西之勝地, 凡華使之來·若本國公差之行過者, 無不登臨而遊賞. 德水李子敏所謂 '群山際海地形盡, 芳草連天春氣浮' 者也. 有商人駄鹽而過焉, 時値冬月, 朝暾未昇, 商人歇馬于樓下, 乃一登而寓目焉. 但見氷塞長河, 雪滿曠野, 悲風颯颯, 寒氣徹骨, 凜乎其不可留. 乃歎曰: "孰謂百祥樓佳乎?" 遂促裝而去.

夫百祥樓, 固佳矣, 商人遊之不以其時, 則不見其佳. 凡物莫不有時, 苟不以其時, 則是亦百祥之類也. 狐白之裘, 天下稱其貴, 五月披之則爲貧, 八珍雖美, 盛暑不足以救喝, 金玉珠翠, 世人之所謂寶也, 若使飾金玉於茅茨不翦之室則悖矣. 農家之女, 短衫布裙而頭戴珠翠, 則衆莫不笑之.

且如令名美官, 世人之所喜也. 得之於可得之時則美矣, 如非其時而得不以道, 則不可以爲美. 西漢之世, 以游俠爲高, 景春以儀衍爲大丈夫, 名則名矣, 其時則衰漢戰國之時也. 宋紹興之世, 附和議者登顯仕, 慶元年間, 攻僞學者布列華要, 美則美矣, 其時則秦檜·韓侂胄之時也. 彼其自以爲美, 不知由君子觀之, 曾腐鼠之不如, 不足以當病鴟之一嚇. 凡此之類, 皆鹽商百祥之說也.

_권득기(權得己) 〈만회집(晩悔集)〉 《염상유백상루설(鹽商遊百祥樓說)》

부족해도 넉넉하다 번역문 79쪽

君之營作不輟之言, 僕在京師聞之. 果若人言, 不如停之, 靜處以順天耳. 人生世間, 稀年爲上壽. 假令吾與君得享上壽, 所餘不過十稔有零, 何故勞心以取呶呶者之詬乎?

僕二十年處約之中, 營屋數椽, 產業數畝, 冬絮夏葛, 各數件, 臥外有餘地, 身邊有餘衣, 鉢底有餘食. 挾此數件, 高臥一世. 雖廣廈千間, 玉粒萬鍾, 綺紈百襲, 視同腐鼠. 恢恢處此一身而有裕, 聞君之衣食第宅, 百倍於吾, 豈可更不知止, 以畜無用之物乎?

所不可闕者, 惟書一架, 琴一張, 友一四, 履一雙, 迎睡一枕, 納涼一牕, 負暄一楹, 煎茶一爐, 扶老一筇, 尋春一驢耳. 此二五雖煩, 不可廢一, 送了老境, 此外何求? 驅馳困苦之中, 每念丘壑間二五滋味, 不覺歸興飛動, 抽身無術, 奈何奈何! 惟吾知已亮之.

_김정국(金正國) 〈기황모서(寄黃某書)〉《송와잡설(松窩雜說)》

동해의 풍파 속에서 번역문 83쪽

余嘗遊東海上, 登高以望日出處. 是日, 適大風振海, 席卷數千里. 水之擊者, 稽天以躍, 湯湯乎不可嚮邇. 於是, 余愕然以駭曰："不圖風波之盛至於如斯也! 俯視洲渚間, 百物戰慄. 舟之泊者, 幾何其不破碎; 木之植者, 幾何其不摧折; 石之立者, 幾何其不顚倒; 羽族之沈浮者, 幾何其不飄蕩; 蛟龍魚鼈之潛乎其深者, 幾何其不脫於淵而落於陸?"

旣而風稍息, 水稍靜, 乃徐而察之也. 舟之泊者, 無破碎者; 木之植者, 無摧折者; 石之立者, 無顚倒者; 羽族之沈浮者, 無飄蕩者; 蛟龍魚鼈之潛乎其深者, 無脫於淵而落於陸者. 物物晏然無故, 若未嘗有風波之厄者.

於是, 余欣然以喜曰："異哉! 風波之怒如彼, 而物之不自失如此. 豈不讎哉？故余向也愕然以駭，今也欣然以喜，喜之與駭，非其類也，而一日之間，互相爲用。蓋物之自外至者，能捭闔吾之心，吾之器小哉！有其心而不自持，隨於物而變化，大人者，必不如是也。

嗚呼！風波之奮偉矣。物之不自失者有之，其異乎世上之風波矣。世上之風波者，生於宦海者也。夫宦海非海也，則風波亦假者矣。是惟無作，作則要津震動。當此之時，破碎者，摧折者，顛倒者，飄蕩者，脫於淵，落於陸，不知其幾何矣。不亦甚乎！是眞風波之所未能，而假風波能之，夫何假者之反加於眞者也？”

客曰：“噫！夫眞之不如假，實萬事之通患也，何獨此風波而已？子不於人觀之乎？曰某賢者也，曰某智者也，曰某才者也，曰某多能者也，曰某自修者也。是賢者，果眞賢者乎？是智者，果眞智者乎？是才者，果眞才者乎？是多能者，果眞多能者乎？是自修者，果眞自修者乎？夫賢也，智也，才也，多能也，自修也，不可假而爲者也。然假者幾十之八九，而眞者不十之二三，假者多赫赫以彰，眞者多泯泯以晦。嗚呼！默默乎！孰知假之非眞？”

曰：“否！假之不可爲眞，猶陰之不可爲陽，黑之不可爲白，則何益矣？衆人可誣也，君子不可誣也。然假者能自見於世，則眞者有不如也。豈惟人哉？無物不然。故鄭衛奏而咸池擯，駑馬御而騏驥遜，雞豚畜而麟鳳遯，燕雀近而鴻鵠遠，蕭艾顯而芝蘭隱，桃李夙而芰荷晚，魚目耀而夜光混，砥砆售而和璧泯，稂莠盛而嘉穀損，鉛刀割而莫邪蘊，此皆近乎眞假之辨者也，胡可勝道哉？”

余旣因物以知人，又因人以知物，推其本而及其末，竝書其說。

_임숙영(任叔英) 〈동해풍파설(東海風波說)〉 《소암집(疏菴集)》

베개야 미안하다

고질병 번역문 91쪽

癖者, 病也. 凡物有好之者, 好之甚則曰樂, 有樂之者, 樂之甚則曰癖.
仲舒杜預, 癖於學者也, 王勃李賀, 癖於詩者也, 靈運癖於遊者也, 米
芾癖於石者也, 王徽之癖於竹者也. 外是以往, 有百工技藝之癖焉, 宮
室珍寶器用之癖焉. 甚至有嗜痂逐臭之類, 又癖之入于怪者也.

余素無他嗜好, 唯癖於畫, 見一古畫可意者, 雖殘幅敗卷, 必重價而購
之, 愛護之如性命. 聞某所有善本, 則輒殫心竭力而必致之. 方其寓諸
目而融諸神也, 終朝而不知倦, 達宵而不知疲, 忘食而不知飢. 甚矣!
吾之癖也, 其殆近於向所謂嗜痂逐臭者類歟!

畫之古者多腐壞, 往往隨手而裂, 余每惜其將久而泯焉. 有方君幼能
者, 素具煙雲眼. 其於癖又有異於人者, 遇古畫之紙損絹壞者, 則必手
治糊而改裝之, 老而矻矻焉不已. 方其度之以目而應之乎手, 繩墨自
運, 尺寸無舛, 動靜起居, 無出乎糊器之外. 當是時, 雖饗之以千鍾,

不與易其樂, 而神巧之所造, 殆如丁之解牛·扁之斲輪, 相上下也.
於是乎余所蓄古畫之腐傷者, 皆得以新其舊而延其壽. 甚矣! 方君之
癖也, 其又非吾所可比也. 以吾之癖於畫, 得方君之癖於裝, 旣盡完其
古畫之壞者. 每閒暇之日, 與之對几共玩, 陶然心醉, 不知天之爲盖,
地之爲輿, 兀兀乎窮歲月於斯而不厭. 甚矣! 吾與君之癖也. 因書爲
癖說, 以贈之.

_홍현주(洪顯周) 〈벽설증방유능(癖說贈方幼能)〉《해거수발(海居溲勃)》

집으로 돌아오라 _{번역문 96쪽}

去年梅梢南枝, 已上春意, 而不知故人今年落在何處. 每起旁寒叢, 暗
數花藥, 以爲此花消息分明, 而故人獨未也. 未知兄行近或言稅, 而或
住馬陵田舍否, 或在金石舊庄否? 今行路由幾處, 看盡幾山水? 大旱
與水遇於何地, 風雨遭於何所? 或西由洛師, 自天摩·朴淵, 遙遙至大
同江上, 謁東明祠, 觀井田遺墟, 登練光亭, 直至龍灣之統軍亭否? 或
東自原春, 由江襄, 繚繞向洛山·叢石, 快登毗盧絶頂否?
生涯以天地爲家, 江山爲眷屬, 以烟霞雲月爲糧食, 之南之北, 之東之
西, 可無難者, 而獨恨其望望寒閨, 抐心長歎, 寂寂孤孀, 背壁潛欷.
雖兄有丈夫之心哉, 豈不攪撓於方寸中邪? 伯倫之達, 步兵之狂, 曼
卿之奇, 同甫之宕, 其病與不病, 過中與不及中, 兄平生讀古人書, 顧
不知此邪?
間讀兄近體詩一首, 有曰: ‘不如閒臥林泉下, 長作中庸卷裏人.’ 兄
勸人以中庸卷裏, 自處以中庸卷外, 雖言之易, 其踐之難, 果若是哉?

吾輩氣質之病, 誰則無之, 述道之苦硬滯澁 · 鄕暗迂僻, 眞吾兄所云
賤儒者, 而苦硬滯澁 · 鄕暗迂僻, 猶從拙處生, 不至大段作祟. 向所云
曠達也, 奇宕也, 慷慨也, 激烈也, 雖題目儘好, 往往志爲氣撑, 氣爲
體用, 其流之弊, 或不免貴己賤物 · 恣橫睢盱之歸. 幸千思百思, 改弦
易轍, 勿使空作一世人, 使後人復笑後人也.

述道於兄, 情之切故慮之切, 慮之切故言之也不隱. 兄果以愚言爲是也,
恕其懇懇責善之意, 以愚言爲非也. 述道甘伏盡言之誅矣, 亮之亮之.

_조술도(趙述道) 〈여정유관(與鄭幼觀)〉《만곡문집(晚谷文集)》

이제 일기를 그만 쓴다 ^{번역문 102쪽}

嗚呼! 人之作意制事, 惡可以安排爲哉! 始余之記日也, 務博而不務
簡, 要鉅而不要零. 擬部以六十, 擬卷以一千, 以徵夫余之心在是, 余
之行在是, 余之言在是, 余之藝文在是也. 則其藝文之短長, 言之純
疵, 行之得失, 心之正偏, 此可以稽爲. 而因以及乎公私朝野之聞見 ·
古今華夷之事文, 靡不該載. 是蓋余平生一大文獻也.

余有子曰元視, 生而粹淸, 有志有行, 有質有文, 余甚可之. 顧余行無
足以爲師, 言無足以爲訓, 而藝文無足以爲遺, 遺之此, 將以爲博聞
多識之助. 原其所遺也, 雖愧於古人一經之遺, 猶賢乎遺之以奴婢之
衿 · 田畓之分 · 銀珠器玩之給. 故余於記日之事, 罔敢怠焉, 蓋不宣從
吾所好而已也. 維余不仁不智, 行負神明, 禍中嗣胤, 于是歲之夏, 視
以疾而腸, 號呼鎝莫, 靡質靡訴. 旣哭而思曰: "兒死矣! 書無可以傳
矣! 書亡能平章刪潤之以就整頓矣! 書可以止矣! 不止, 則余眞不仁

矣! 余眞不智矣!"乃爲文矢告匱前.

嗚呼! 擬部六十, 而乃終以十三部; 擬卷一千, 而乃限以二百袟. 亦無心整理, 書出以示人. 人之作意制事, 果其可以安排爲哉! 嗚呼! 痛矣, 嗚呼! 惜哉. 夏序之四十有二日, 殤之日也, 丁未部終焉. 旣而又取其喪葬哀悼之述, 錄而載之, 以訖于余服盡之朔朝. 名曰丁未支部, 支者, 餘之謂也, 亦不忍忘之義也. 後之人觀乎余丁未之支部, 則知稽徵之止于是歲矣. 嗚呼! 悲夫!

_유만주(兪晩柱) 〈흠영정미서(欽英丁未序)〉《통원고(通園稿)》

궁리하지 말고 측량하라 _{번역문 106쪽}

盖天者萬物之祖, 日者萬物之父, 地者萬物之母, 星月者萬物之諸父也. 絪縕孕毓, 恩莫大焉; 响濡涵育, 澤莫厚焉. 乃終身戴履而不識天地之體狀, 是猶終身怙恃而不識父母之年貌, 豈可乎哉? 若曰天吾知其高且遠而已, 地吾知其厚且博而已, 則是何異於曰父吾知其爲男子而已, 母吾知其爲女子而已者哉? 故欲識天地之體狀, 不可意究, 不可以理索, 唯製器以窺之, 籌數以推之. 窺器多製, 而不出於方圓, 推數多術, 而莫要於勾股. 其窺推之序, 必先辨方, 其次定尺. 辨方以量極, 定尺以度地, 先測地球, 次及諸天. 凡天地之體狀, 可得其梗槩矣.

_홍대용(洪大容) 〈측량설(測量說)〉《담헌서(湛軒書)》

베개야 미안하다 번역문 110쪽

斲木爲枕, 長一尺五寸, 廣五寸, 厚三寸. 支腦而臥, 鼻息駒駒然甚適
也. 晝則擠之擲之, 或撑尻而踞之. 其夜, 枕也怒, 見於夢曰: "子之鼾
睡之聲, 夜撼棟宇, 而吾不之苦. 子之頑顱厚額, 重如山岳, 而吾不
之劬. 涎流沫濺, 垢膩漸染, 而吾不敢穢之也. 吾之有勞於子大矣, 而
子之辱我, 噫何甚也!"

余叱曰: "汝退! 汝木也. 嶺之南北, 杞梓松柟之林, 上干雲日, 下蔽
牛馬, 執鉅而截之, 揮斤而斲之, 一朝而成, 則如汝者, 可得萬數. 況
又支離輪囷之異質·瑞彩斑爛之文木, 風蕩雨震, 折而爲朽壤者, 抑
不可勝計. 則汝旣幸而獨見取於人, 又幸而薦之堂上, 用爲元首之器,
汝之榮極矣. 一時之辱, 汝何倖倖也? 灌夫三木, 絳侯書牘背, 李廣困
於醉尉, 禍福榮辱之一往一來, 君子猶且不免. 汝之怒也, 不□於不
自反乎!"

旣言而寐, 旋自念尤曰: "余之詬枕則是也. 然余年三十, 尙爲布衣,
人之賤且蹴之者, 宜矣. 讀古人之書不爲少, 窮天下之理不爲淺, 能
言禍福榮辱之說, 不爲不詳. 而行於世, 受人一言之忤, 輒不能無勃然
動乎心, 怫然見於面, 則是何勵於躬者甚薄而責於物者已苛也? 吾爲
士而不能得士之職, 木爲枕而顧能備枕之用, 吾之受忤而撼者誠妄,
而枕之見薄而怒者, 抑不悖矣."

於是扶枕而人立之, 與之語而慰之曰: "使汝非木, 乃金乃玉, 玻瓈爲
材, 瑪瑠爲質, 文繡爲匣, 翠羽爲餙, 其於支腦而臥, 鼻息駒駒然, 則
均乎其適也, 取用則無貴賤之殊, 施禮則有厚薄之異, 枕何尤? 余過
矣! 余過矣!"

_이광덕(李匡德) 〈사침(謝枕)〉 《관양집(冠陽集)》

두 배로 사는 법 번역문 114쪽

李太湖元鎭, 日食不過數合, 夜寢不過一更. 或譏其太苦淡, 公曰: "人少食者, 多淸明, 多食者, 多濁鈍. 故道家辟穀, 爲身中滓穢少也. 今得不飢, 無損於氣足矣. 人必以飽爲悅, 多其中糞也. 糞者人莫不汚而遠之, 而必欲多於中者, 何哉? 人生如白駒過隙, 睡者與死一也. 不睡則生, 可生而死者, 何樂於死也? 東坡詩曰: '無事此靜坐, 一日是兩日. 若活七十年, 便是百四十.' 古人欲倍其生, 今人欲倍其死, 亦異矣哉!" 余聞其說而善之, 錄之以自警.

_이광(李礦) 〈잡지(雜誌)〉《가림이고(嘉林二稿)》

4부
집을 꼭 지어야 하나

나무하는 노인 번역문 119쪽

樵叟, 姓朴, 世堂其名也. 其先兩世, 貞憲·忠肅, 并顯於仁祖之世. 叟生四歲而忠肅公棄背, 八歲而遭寇難, 孤貧失學. 及十餘歲, 始受業 於其仲兄, 亦不自力. 年三十二, 當顯宗初元, 用科第登仕, 列侍從八 九年矣. 自見才力短弱, 不足有爲於世, 世又日頹, 不可以救正也. 乃 解官去, 退居東門之外, 去都郭三十里水落山西谷中, 名其谷石泉洞, 因自稱西溪樵叟. 臨水爲屋, 不治籬樊, 植以桃杏梨栗, 繞其居, 種 瓜, 開稻畦, 賣樵爲生. 當農月, 身未嘗不在田間, 與荷鋤負耒者相隨 行. 初亦間赴朝命, 後屢召不起, 居三十餘年而終, 壽躋七十, 葬於其 所居宅後百數十步. 嘗著通說, 明詩書四子之指, 及註老莊二書以見 意. 蓋深悅孟子之言, 以爲寧踽踽涼涼無所合以入, 終不肯低首下心 於生斯世爲斯世善斯可矣者, 此其志然也.

_박세당(朴世堂) 〈서계초수묘표(西溪樵叟墓表)〉 《서계집(西溪集)》

자고 깨는 것에도 도가 있다 _{번역문 123쪽}

余睡者也. 胡爲乎睡? 不睡無覺, 覺者亦余也. 覺而睡, 睡而覺, 與日夜相終始. 吾生二十六年之間, 睡凡幾夜矣, 覺凡幾日矣? 三歲以前, 渾然無省, 則覺亦睡也. 三歲以往, 稍稍七情生, 而睡與覺始分. 長而多疾病, 處靜僻, 困極而睡, 日輒數時, 且不善酒而喜酒, 一杯而困極睡者, 叅其間, 追計已往, 日夜睡時, 優於覺時.

噫! 覺者生也; 睡者死也. 夫喜生厭死, 人之情也, 而余乃耽耽焉惟睡是工, 而不知厭者, 何哉? 夫睡與覺有道, 心與境愜, 身與事簡, 松籬菊塢, 徘徊緩吟, 莫與和者, 則怡然而笑, 頹然而睡, 若將與千古高人逸士相逢而問答於其間者, 睡中之覺也. 曉而出, 夜而入, 營營刀錐, 而惟以損人益己爲事, 書几琴床, 屛如罪者; 穀包錢篋, 愛踰親子, 不知是外更有何樂, 施施然了世者, 覺中之睡也. 遺外形骸, 徒尙淸虛, 而不究乎聖賢之道者, 睡與覺之間也.

余就所居水橋名, 同音變字而曰睡覺, 用志余志. 顧余所志, 果安在哉? 余處城市, 鮮與耿介君子者相起居, 而鄙吝之思觸目焉生. 況可哀可怒者, 交攻乎中, 而思所以忘之之道, 莫如睡. 方其睡時, 不知吾在睡中, 而覺後吾始在也.

吁! 人生百年, 終日紛紛汨汨而不見可樂, 則吾恐睡時多而覺時少也. 然夜漏當半, 萬籟俱息, 屛障之間, 人方睡駒駒, 而吾獨招呼精神, 坐而看書, 一仰一俯, 其樂自在. 然則吾覺將在夜, 而睡將在日乎! 苟反睡與覺之時, 而知睡與覺之趣者, 其將曰惟吾而已乎!

_권상신(權常愼) 〈수교변명수교설(水橋變名睡覺說)〉 《서어유고(西漁遺稿)》

조선에는 선비가 없다 번역문 127쪽

承以儒林傳序文相屬, 僕非其人, 顧以廁名其間爲榮, 敢不勉乎! 第
迂滯之見, 有不容不直者. 竊嘗以爲我東四百年文治之隆·人才之盛,
非不郁郁可述, 而獨無一箇儒耳. 何以言之? 夫特立之謂儒, 多文之
謂儒, 以道得民之謂儒, 區別古今之謂儒, 通天地人之謂儒, 此朱竹垞
之所論儒也. 以是五者, 歷數東人, 其成就地步, 萬有一相髣髴者乎?
夫東人之所謂儒, 可知已, 硜硜乎言行之信果, 吃吃乎章句之鑽研. 辨
爭者, 不過朱子初晩之異同; 著述者, 不越雜服拜揖之先後, 而重以
先入是主, 則斥諸家爲互鄕. 聚訟旣多, 則視異趨如私讎, 抉摘太苛,
束縛愈甚. 盖不惟儒者難其出, 亦風氣使不敢出也.

言貴自得, 學賤記問, 天人性命之理, 塗在鄕塾講案, 而詩書春秋之
說, 偏寂於老成宿德, 足下究其由乎? 以朱子之爬櫛勘證, 不及四書
之詳盡, 而無前輩之可依樣也. 苟依樣之謂儒, 亦孰不謂儒, 儒林又
可勝傳乎? 尙記年前授兒輩大學註, 至止於至善之地而不遷, 僕訓之
曰: "止當作至, 若是止字, 不遷爲衍." 傍有客, 瞡目而搖手曰: "無妄
言! 朱子註, 豈容一字有誤." 僕笑答曰: "朱子固無誤, 傳寫者翻刻者,
亦皆無誤耶?" 客猶不信, 僕不得已取儀禮經傳通解所載大學註以證
之, 然後始釋然. 此固甚者, 而大抵此箇見識. 僕故曰: "東史中如道
學·文苑·循吏·忠義·孝烈·方技諸目, 無不可立之傳, 而特儒林不
可傳. 必欲立傳, 雖汰矣, 其猶趙成卿輩若而人乎!" 噫! 其太寥寥矣.

_서형수(徐瀅修) 〈답이검서덕무(答李檢書德懋)〉 《명고전집(明皐全集)》

외삼촌이 써 주신 효경 번역문 132쪽

余幼隨母, 省外王母. 時舅氏竹下公劬書自修, 尤孝於親. 居分一麓,
而朝夕侯外王母, 色辭怡悅, 凡外事之奇喜可全笑歡者, 無不道, 或
一堂齊笑閧然. 余時癡駿甚, 而每見舅氏至, 坐側不離. 舅氏輒挈余
腕, 口授文字, 令讀之, 能讀稱奇才. 又授紙筆寫字, 能字, 喜曰:"此
我家筆也. 昔先君子嘗言:'吾外孫當有能書者'其爾耶!"後舅氏呼余
至前, 令跪之, 出紙片, 欲與還藏, 曰:"此爲文之具也. 得之敢不拜."
余起拜, 始笑而授之, 迺書箄也. 鑿紙生舌, 開掩以記讀書之數者, 蓋
舅氏所手鑿也. 余喜甚, 其日讀書甚尠. 翊朝舅氏臨問: "爾讀得幾
箄?" 余擧實對, 舅氏笑曰: "此虛箄也." 余愧恨欲啼, 舅氏謚解之.
是皆提誘小兒, 俾就於學, 非笑戲諧謔者也.

余由是處外家周年, 稍習文藝, 長老稱其早進. 反余返家, 舅氏手書
孝經一部授之, 書效外王老體, 字稍大, 易辨識. 余受而珍之, 時時濡
筆攷習. 字行之間, 或有墨渧, 是余童時事也. 舅氏喜風騷之遊, 余多
與焉. 嘗微酡, 作數詩客余, 語規戒, 余以其詩拜孝經藏之.

嗚呼! 余今髮種種而藝業頹墮, 舅氏教誨又不復得矣, 每罏畔燈側,
子母相對而說, 直臉泫而已. 今秋曬書簷煦, 得舅氏所書孝經, 益盡
然自傷, 而徃事若隔晨矣. 因念舅氏掃躳行之孝, 以勖後輩, 故用孝
經遺余, 俾藝不可先於學, 學不可先於行, 行不可先於孝也.

嗟夫! 世或知舅氏文章才具, 孰知其有至行如此哉? 余故備書之, 奚
但感提誨之意在是, 聊寓西門之悲也.

_이형부(李馨溥) 〈구씨수서효경서(舅氏手書孝經序)〉 《계서고(溪墅稿)》

집을 꼭 지어야 하나 ^{번역문 138쪽}

桓齋曰: 不必有諸已而後爲樂者, 豈獨園林亭閣而已哉! 天下事物, 莫
不皆然也. 然至於園林亭閣, 則尤有信然者.

近都數十里, 多人之別墅郊莊. 或沿江干, 或臨溪汀, 或枕山架谷, 各具
一勝. 然每見人之談山論水者, 輒復擧彼擬此, 競誇已見, 良可哂也. 夫
天下之勝地佳境何限, 而亦何嘗有定見與定評也哉! 移步換面, 情緣境
殊, 同地異觀, 景隨時遷. 若復各誇優劣, 評品勝否, 則是何異於責醇醪
之甘不如鹽鹵之鹹, 而呵羔豚之旨異於蔬茟之淡者哉! 必也如是, 惟當
盡天下之名山勝區有諸已然後快於心也, 是豈非拘小觀而遺其大者乎?
然賀監之鏡湖賜詔, 錢公之華山割券, 未嘗非高致勝事, 則亦不可盡以
爲不可也. 但世或有寢廟壞落, 而郊莊則丹艧煥然者, 先人之弊廬則不
掩風雨, 而招工人雕刻欄檻者焉. 若復讀范公此語, 則其能不愧恧哉!
於是乎書, 擬古也.

_박규수(朴珪壽) 〈범희문회서도원림(范希文懷西都園林)〉《상고도회문의례(尙古圖會文義例)》

화기(和氣)가 모이는 문 ^{번역문 143쪽}

集和門者, 南澗草屋之中間小門也. 高可折腰而入, 廣可捧盤而出, 根
闑不加礱斲, 陋拙如是, 而得美名者, 何哉? 蓋有所志喜, 而且以示戒
者也.

余有三子, 取婦皆柔順淑哲, 娣姒之間, 怡怡如也. 雖終身同居, 宜無
間言. 但以家舍狹窄, 人口數多, 不得已爲分廚計, 曾與恭人相議, 欲
立十餘間屋子, 使仲季子婦同居. 區畫已成, 而恭人不幸, 獨余苦心勞

力, 稍能營立. 東五間爲仲家, 西四間爲季家, 前二間爲兩廡, 廡上爲庫直, 東西之中爲小門, 卽所謂集和門也. 余意使兩子婦往來是門, 和煦相樂, 終不失和氣. 不失和氣之道無他焉, 疾病相救, 有無相資, 貧富不同而不相羨, 才能各異而不相猜. 能如是焉, 有不相能之事乎? 此集和之所以名也.

余見分廚之日, 三子婦以器皿相讓, 至於三四往復而不止, 斯亦末俗之不易得也, 余豈浪名是門哉? 雖然, 古語曰: "靡不有初, 鮮克有終." 亦不敢以有初而遂信其有終也. 諸子諸婦, 勉之哉! 勉之哉! 兹爲記, 揭之門上云. 屠維赤奮若季夏下澣, 南澗病翁記.

_유도원(柳道源)〈남간집화문기(南澗集和門記)〉《노애집(蘆厓集)》

아들에게 _{번역문 147쪽}

今年六十一, 居然爲望七之齡矣. 念昔幼時視此等年, 有若枯項黃之人, 而不意輒到于此, 顧其中則冲然童子心耳. 回思出身三十年間升沈苦樂之事, 其倏忽迅速, 反不如春夢之依俙彷彿. 自他人觀之, 年六旬, 位三事, 可謂齒爵無憾, 而躬自經閱, 草率莫甚, 視彼一生窮賤而同歸于盡者, 有何優劣多少之可分哉! 然則雖無今日拘囚困苦之境, 而假使延至期頤之年, 享有安榮之福, 逝水頹景, 亦復幾時? 申高靈叔舟, 臨終自歎曰: "人生會當如斯而止者." 可見其莫追之悔而將死之善也.

人生於世, 身無事, 心無憂, 以盡天年, 是爲無上福力. 而但爲飢寒所迫, 不免奔走科宦, 其勢使然, 亦難責之於人人. 然今有先人田宅, 足以

供饘粥庇風雨, 而乃不肯安守本分, 馳逐外慕, 以至壞名灾己, 則是全
不知利害取舍之分也. 吾耕吾稼, 以養吾生; 吾讀吾書, 以從吾好; 吾
適吾意, 以終吾世. 此正古詩所云: "若活七十年, 便是百四十"者, 豈
不優哉游哉! 不克有諸其躬, 深有望於後人, 盖亦龐公遺安之苦心也.

_유언호(兪彦鎬)〈여아서(與兒書)〉《연석(燕石)》

건망증 _{번역문 152쪽}

余有姊之子曰金履弘, 弘病忘甚, 對物則九遺, 遇事則十失, 朝之所爲
夕已迷, 昨之所行今不記. 弘之言曰: "吾之忘, 其殆病矣夫! 夫使吾
小不能以治事, 而大不能以御物, 而言有所或失, 行有所或闕者, 凡皆
以忘爲之崇也. 苟有能醫吾之忘者, 吾復何惜千金? 吾將千里不遠
焉!"
余解之曰: "女睹忘之能病女而不忘之能益女矣, 不睹不忘之將爲女
患而忘之將爲女福矣. 吾願女不必醫忘, 非惟不醫忘, 又益忘, 至於遂
大忘也. 苟女以千金求天下之醫忘者而醫之, 則吾將左掣女肘而右挽
女臂, 令不得醫焉."
弘瞠而曰: "何謂也?"
余曰: "女病女之忘乎? 夫忘之非病也. 女求女之不忘乎? 夫不忘之
非非病也. 夫不忘之所以爲病而忘之所以爲非病者, 何也? 由於可忘
而不忘也. 夫可忘而不忘而謂之忘是病也, 則是將以不可忘而忘之而
謂之忘非病也而可乎? 天下之患何興乎? 興於不忘. 其所可忘而忘其
所不可忘, 目不能忘色, 耳不能忘聲, 口不能忘美味, 居不能忘廣室.

身賤矣, 不能忘勢; 家貧矣, 不能忘利. 貴不能忘驕, 富不能忘吝. 物不能忘非義之取, 名不能忘無實之獲. 而至於不可忘而忘者, 則親焉而忘孝, 君焉而忘忠, 喪而忘哀, 祭而忘愨, 取與忘義, 進退忘禮, 處下位忘分, 臨利害忘守. 遠忘近, 新忘舊. 言發於口忘可擇, 行出於身忘可則. 內之忘, 故外不能以忘; 外不能以忘, 故內以益忘. 是故天不能忘, 或降之罰; 人不能忘, 或贈之嫉. 鬼神不能忘, 或享之孽. 故夫知可以忘‧知可以不忘者, 能易之於內外. 易之於內外者, 忘乎在人者之可忘, 不忘乎在己者之不可忘. 弘性狷而心淸, 志端而行方, 其不可忘者, 弘雖癯寐不忘也; 其可忘者, 吾願女忘, 不願女不忘. 吾恐女所謂病女者之或不深, 而吾所謂福女者之或不豐也. 又何必懷千金之寶, 涉千里之遠而醫忘爲哉? 弘乎! 其忘之矣!"

_유한준(兪漢雋) 〈망해(忘解)〉《자저(自著)》

당신이나 잘하시오

네 사람의 소원 번역문 159쪽

世所流傳之俗語, 亦或理寓焉. 昔有數人訴于上帝, 祈其寧. 一人曰:
'願榮顯宦途, 貴占卿相.' 帝曰: '諾! 可賦之.' 一人曰: '願富至累巨
萬.' 帝曰: '諾! 亦賦之.' 一人曰: '願文章藻詞, 照耀一世.' 帝良久曰:
'有些難, 第亦賦之.' 最後一人曰: '書足以記姓名耳, 產足以資衣食
耳. 無他望也. 惟祈林園養雅, 無求於世以終身焉.' 帝顰蹙曰: '淸福
不可於濁世, 爾勿妄干要, 奏其次可也.'

此蓋謂園林雅課之難也. 是事也, 誠難乎哉! 自生民以來, 幾千歲于玆,
果能辦此事者, 幾人乎? 難矣哉! 如古所謂隱者, 是當其變而不得已
也. 若無故而外人倫, 潛邌素隱也, 吾無取焉. 如箕山之飮瓢, 漢陰之
灌瓜, 是信者與? 吾不知焉. 必若仲長氏之樂志, 而後可以覿髣髴也.

蓋嘗略言之, 王右丞之輞川別業, 嘯詠自足, 然身幾陷於大僇. 倪元鎭
之雲林山莊, 潔淨無累, 而超然遯擧, 竟免於厄. 又如玉山草堂爲顧仲

瑛之占區, 厥有雅志之稱焉. 之三人者, 雖其所遇各異, 其所以淸心養
雅消搖自適, 則有之矣.

今此志中所鋪置, 槪與此三人者之風相同, 而其名以怡雲, 取陶隱居
之意也. 然則玆四人, 可以當之也. 外此更無可擬者, 玆事也, 難則難
矣哉!　　　　　　_서유구(徐有榘)〈이운지 들머리〔怡雲志引〕〉《임원경제지(林園經濟志)》

짐승이 사는 집 ^{번역문 165쪽}

李子居金化, 僦屋數椽, 讀書其中, 至孟子告陳相, 喟然曰 : "甚矣!
古人之難及也. 節爰逸居而無教, 猶能近禽獸, 則是猶有愈於禽獸者
存也. 今余放逐流離, 衣食不周, 與節爰逸居異矣. 讀古聖書, 奉教於
今之君子多矣, 尙不如禽獸, 矧曰近之云乎? 夫犬食穢, 人視之穢也,
犬視之食也, 於義何害? 余或不義而食珍錯方丈, 曾不如犬之食穢也.
夫承搖不自知其非, 今余知其可恥而常不免動心於靡曼, 曾不如承之
不知也. 噫! 食色, 擧隅也. 掃之於一言一行, 無往不然. 古之無教而
近禽獸者, 聖人尙且憂之, 使見有教而不若禽獸者, 當何如也? 嗚乎!
其可愧也夫! 其可懼也夫!

_이가환(李家煥)〈금수거기(禽獸居記)〉《시문초(詩文艸)》

밥상 위의 꽃 ^{번역문 169쪽}

余觀察西京, 嘗行部, 至江界府. 府妓擧饌案以進, 案中竪所謂繡瓣,
蓮花葉與花中所安象童子者, 殫極技巧, 光耀照席. 府伯時在傍, 余偶

問曰:"府窮塞之地, 誰爲此巧習?"府伯曰:"儻有業此者, 適自京來, 故使製作耳." 及退案, 余謂妓曰:"繡蓮姑置之席!"余本性不喜這般物, 蓋惜某煞費人力者曩時按破於床撒之際耳.

自是歷州府之濱鴨江者凡五, 而饌案之進, 雖無繡瓣, 剪綵爲花, 紅紅綠綠, 不勝其掩暎釘飷, 余心笑西俗之儈. 及抵灣府, 灣尹語次曰:"本府無花匠, 案花不能稱意, 是可愧也."余惟其非所當言, 答曰:"案花無亦可, 何言之勤也?"尹曰:"使家之入江界府也, 以繡蓮有所云云. 故列邑吏人之探巡旃動靜者, 皆飛報以爲使家愛花甚, 若不以花爲悅, 事必有梗. 以故列邑皆恐惻, 務以花相勝. 本府非不欲也, 不能也, 是以爲歉然耳."余於是始知江州之一動靜, 遽爲人所窺度, 以貽弊所經, 而不知其由我, 反以爲西俗儈也. 遂以是語灣尹, 一笑而罷.

嗚呼! 按使不過一道伯也, 列邑之必欲窺其好以中之, 以悅其心者, 爲命脉懸也. 因是而思之, 人主之尊, 天也. 億兆之命脉, 夫孰不懸於一人也. 其嗜好不一其端, 左右窺者不知其幾千百, 一有所嗜好出於不正, 而近王所者朝夕而覘之, 隱約而猜得, 言言以迎, 事事以合, 使人主好己無斁, 然後暗肆其妬賢嫉能蠹國害民之手, 國隨以傾覆者千古滔滔, 可不懼哉! 吾聞案花事, 得爲人上者之所可戒, 遂爲之說.

_채제공(蔡濟恭) 〈안화설(案花說)〉 《번암집(樊巖集)》

이상한 관상쟁이 번역문 175쪽

有相者不知何自而來, 不讀相書, 不襲相規, 以異術相之, 故謂異相者. 搢紳卿相・男女幼長, 爭邀競往, 無不使相焉. 相富貴而肥澤者曰:"子之貌甚瘠矣,族之賤莫子若也."相貧賤而癯羸者曰:"子之貌肥矣,族之貴若子者稀矣."相盲者曰:"明者也."相捷而善走者曰:"跛躄而不能步者也."相婦人之色秀者曰:"或美或醜也."相世所謂寬而且仁者曰:"傷萬人者也.相時所謂酷之尤深者曰:"悅萬人之心者也."其所相率皆類是.非特不能言倚伏所自,其察容止,皆左視也.衆譁傳以爲詭人,欲執而鞫,理其僞.予獨止之曰:"夫言有先逆而後順者,外近而內遠者.彼亦有眼,豈不知肥者瘠者瞎者,而指肥爲瘠,指瘠爲肥,指瞎爲明者乎?此必相之奇者也."

於是,沐浴灌漱,整襟合紐,造相者之所寓,遂屏左右曰:"子相某人某人,其曰某某何也?"對曰:"夫富貴則驕傲陵慢之心滋,罪之盈也,天必反之,將有糠糒不給之期,故曰瘠也.將偏然爲匹夫之卑,故曰子之族賤矣.貧賤則降志貶己,有憂懼修省之意,否之極焉,泰必復矣,肉食之兆已至,故曰肥也.將有萬石十輪之貴,故曰子之族貴矣.窺妖姿美色而觸之,覷珍奇玩好以欲之,化人爲惑,枉人爲曲者目也.由此而至不測之辱,則茲非不明者乎?唯瞎者淡然泊然,無欲無觸,全身遠辱,過於賢覺,故曰明者也.夫捷則尙勇,勇則陵衆,其終也或爲刺客,或爲姦首.及廷尉繫之,獄卒守之,桎在足,木貫脰,雖欲逸走,得乎?故曰跛躄而不能步者也.夫色也,淫侈忕異者視之,則瓊瑤之秀也,直方淳質者視之,則泥土之醜也,故曰或美或醜也.夫所謂仁人者,其死之時,蠢蠢蚩蚩,思慕涕洟,怊乎若嬰兒之失母慈,故曰傷萬人者也.所謂酷者,其死也,塗歌巷和,羊酒相賀,有笑而口未闔者,有抃而手欲破者,故曰悅萬人者也."

予瞿然起曰:"果若吾辭,此實相之奇者也.其言可以爲銘爲規,豈比

夫沿色隨形, 說貴則曰龜文犀角, 說惡則曰蜂目豺聲, 滯曲循常, 自聖
自靈者乎!"

退而書其對. ＿이규보(李奎報)〈이상자대(異相者對)〉《동국이상국집(東國李相國集)》

생색내지 마라 _{번역문 181쪽}

伏見書中自矜難報之恩, 仰謝無地. 但聞君子脩行治心, 此聖賢之明敎,
豈爲兒女子而勉强耶! 若中心已定, 物欲難蔽, 則自然無查滓, 何望其
閨中兒女之報恩乎? 三四月獨宿, 謂之高潔有德色, 則必不澹然無心之
人也. 恬靜潔白, 外絶華采, 內無私念, 則何必通簡誇功, 然後知之哉?
傍有知己之友, 下有眷屬奴僕之類, 十目所視, 公論自布, 不必勉强而
通書也. 以此觀之, 疑有外施仁義之弊, 急於人知之病也. 荊妻耿耿私
察, 疑慮無窮.

姜於君, 亦有不忘之功, 毋忽焉. 公則數月獨宿, 每書筆端, 字字誇功.
但六十將近, 若如是獨處, 於君保氣, 大有利也, 非妾難報之恩也. 雖然
君居貴職, 都城萬人頃仰之時, 雖數月獨處, 此亦人之所難也. 荊妻昔
於慈堂之喪, 四無顧念之人, 君在萬里, 號天慟悼而已. 至禮誠葬, 無愧
於人, 傍人或云: "成墳祭禮, 雖親子無以過." 三年喪畢, 又登萬里之
路, 間關涉險, 孰不知之? 吾向君如是至誠之事, 此之謂難忘之事也. 公
爲數月獨宿之功, 如我數事相肩, 則孰輕孰重? 願公永絶雜念, 保氣延
年, 此吾日夜顒望者也. 然意伏惟恕察, 宋氏.

＿송덕봉(宋德峯)〈유문절공부인송씨답문절공서(柳文節公夫人宋氏答文節公書)〉《미암일기초(眉
巖日記草)》

당신이나 잘하시오 ^{번역문 186쪽}

鞸白. 辱書, 許我太過, 而責我誠當. 不敢默默, 略抒情素. 僕受性疏
誕, 與俗寡諧. 每遇朱門甲第, 則必唾而過之, 而見陋巷蓬室, 則必徘
徊眷顧, 以想見曲肱飮水而不改其樂者. 每遇紆靑拖紫, 擧世以爲賢
者, 則鄙之如奴虜, 而見任俠屠狗, 爲鄕里所賤者, 則必欣然願從之
遊, 曰: "庶幾得見悲歌慷慨者乎?" 此僕之所以見怪於流俗, 而僕亦
不能自知其何心也.

以此, 不欲與世俯仰, 思將退伏山野, 收心養性, 以求古人所謂道者.
於是取周程張邵朱呂之書, 讀而思之. 雖不敢自以爲有得, 而其文義之
間, 或有犁然當於心者. 遂決意向學, 于今六七年矣. 然而無嚴師以臨
之, 無益友以輔之, 悠悠碌碌, 與時泛浮, 而詩酒之習, 又從而纏繞之.
雖曰有志於道, 而其言其行, 只是向來底人耳. 宜足下之有是責也.

噫! 足下之責我, 誠是矣; 足下之愛我, 誠多矣. 僕嘗以爲責善輔仁,
古之道也. 今之世不復有行古人之道者, 於今忽有之, 而於吾身親見
之, 敢不再拜賀足下, 又以自賀也. 雖然, 勉人易而勉己難, 足下能以
勉僕者勉己, 則又幸矣. 不宣. 鞸白.

_권필(權韠) 〈답송홍보서(答宋弘甫書)〉《석주집(石洲集)》

머리 좀 빗어라 ^{번역문 191쪽}

人之有髮, 猶馬之有鬣. 俚語托馬之言曰: "減一日太, 增一日梳." 此
極言其心之所願, 莫切於梳其鬣也. 今有人或蓬頭如結席, 塵垢如牛
矢, 蝨卵緣髮, 白如線縫. 晝則以網巾繞之, 幸人之不見, 夜則搔爬竟

夜, 鬂頂爲之瘢瘡. 猶不知梳而整之, 可以人而不如馬乎?

假有二馬焉. 其一爲主人之所愛, 朝夕梳其毛鬣, 以致光潤可相. 其一主人不知愛, 但爲載騎而芻秣之. 或牽出於場, 則馬輒臥地而自摩之, 泥土蒙頭背, 尻脽如豚臀, 而無復爲馬相也. 若使馬能言, 必訴其痒憫而不願不梳但加太秣也.

余嘗於多枝洞, 見有己男其名者, 頭髮如彼, 而猶伈伈戴笠, 爲縣之書員而行. 余問:"汝居常月幾梳乎?"答曰:"吾性勤於梳, 每年每一梳, 殆無虛年矣."頗有自多意. 余聞而哂之, 抑有思焉.

此人則人品昏愚, 殊不分菽麥, 不足以人道責也. 只恨平平之人齒於人數者, 猶且懶惰成習, 日未昏而先寢, 朝已晏而始起, 俄又促食, 冠帶而出, 如此者無非童心未去而然也.

余家有二童子, 最厭者梳頭也. 百般勸飭, 或月一梳焉, 或旬一梳焉, 薄言塞責而起, 余未知其意焉. 無乃聰明不足, 不識其去垢則頭輕目明利於己而然耶? 抑心不在焉, 鴻鵠將至, 不欲暫時坐席而然耶?

余實憂之, 欲其氣質之變化, 則莫如讀書. 故勸之勤讀, 若勤勤不已, 漸入佳境, 心地稍開, 精神稍朗, 則安知不於異日夜寐夙興, 雞鳴盥櫛, 對越靑史, 益加舜何人之功, 而以馬之梳鬣自警, 以己男之昏愚蠢蠢爲戒也哉?

略書以示之, 時癸酉至後一日云.

_이경전(李慶全) 〈소설시동자(梳說示童子)〉 《석루유고(石樓遺稿)》

가짜 학 소동 번역문 197쪽

楊之北境, 與漣接, 其水曰鶴淵. 絕壁斗削, 爲高十餘丈, 壁有窪似臼, 禽鳥可隱, 諺稱鶴巢臺. 辛酉春, 有恠鳥不知名, 一雄一雌, 集于臺. 其大如鶩, 綠背丹臆, 雄出而暮歸以哺雌, 雌常伏而不出, 有時緣崖搶佯, 觀者異之, 金剛一緇髡過而作禮曰: "仙鶴也!"

於是甿俗訛言, "鶴有靈, 齋而敬則現, 否則隱." 遠近聞者簇簇如歸市, 西自松京, 北洎關峽, 嬴糧而至者踵相磨, 皆攢手膜拜請見, 見卽大喜, 謀曰: "果也!"

崖名鶴巢, 信有徵. 如是者月餘, 傍近居人疲於供客, 閭童若店嫗設廛肆水邊, 賣酒餠販屨爲利. 一朝見其雛翩翩出石罅, 雄飛夾雌下洲渚, 俛首啄蟲魚, 其行躑躅, 其音呷喋, 鳧脛而鶩喙, 又不能善飛. 所竄於絕壁之窪者, 爲其翼卵而鷇也. 衆始大驪吨詈之, 粲石相向, 鳥乃駭而遁去, 不復來矣.

客有過余而談其事者, 皆以鳥無實而得空名, 爲世人戒. 余笑曰: "是鳥豈能自以爲鶴而沽名於鶴巢之居乎? 觀者妄也. 鶴之貌多著於古聖書, 丹頂而圓吭, 縞衣玄裳, 脛長三尺, 聲聞于天, 使華表緱氏, 而無鶴則已, 有則其貌必若此而止矣. 今其觀者不知鶴, 而鳥本無意於名, 不知故不殆, 無意故無禍. 世之談詩書業經綸者, 餙賈竪以名伊傅, 矯佞夫以衒管葛, 卒之爲居攝周公·熙寧孔子, 而禍天下國家者衆矣. 鶴而非眞, 又奚病?"

_신유한(申維翰) 〈서위학사(書僞鶴事)〉 《청천집(靑泉集)》

원문 317

6부

서울을 등지는 벗에게

어머니의 친필 번역문 205쪽

我慈闈旣諺寫西周演義十數編, 而其書闕一筴, 秩未克完. 慈闈常嫌
之久, 而得一全本於好古家, 續書補亡, 完了其秩. 未幾有閭巷女, 從
慈闈乞窺其書. 慈闈卽擧其秩而許之, 俄而女又踤門而謝曰:"借書謹
還, 但於途道上逸一筴, 求之不得, 死罪死罪!"慈闈姑容之, 問其所
逸, 卽向者續書而補亡者也. 秩之完了者, 今復不完, 慈闈意甚惜之.
越二年冬, 余挈婦僑居南山下, 婦適病且無聊, 求書于同舍族婦所. 族
婦酒副以一卷子, 婦視之, 卽前所逸慈闈手書者也. 要余視之, 余視果
然. 於是婦乃就其族婦, 細訊其卷子所逌來, 其族婦云:"吾得之於吾
族人某, 吾族人買之於其里人某, 其里人於途道上拾得之云."婦乃以
前者見逸狀, 具告之, 且請還之. 其族婦亦異而還之. 向之不完之秩,
又將自此而再完矣, 不亦奇歟!
曩使此卷逸於道途, 久而人不拾取, 則其必馬畜蹸之, 泥土衊之, 一字

片書, 不可復覓矣. 假使幸而免此患, 爲人之所拾取, 其拾取者, 若蒙不知愛書, 則不惟不珍護而翫賞之, 又從而滅裂之, 殘毀之, 以備屋壁間糊塗之用, 則其視馬畜躪而泥土壞, 亦奚間哉?

且幸而又免此患, 得爲好事者之所藏去, 其藏去者, 若在天之涯地之角, 而彼我不相及者, 則此卷雖或無恙, 吾之見失均也, 豈不惜哉? 今者逸於道途, 而馬畜不躪, 泥土不壞, 爲人所拾取, 而不歸於蒙不知愛書之人, 卒爲好事者之所藏去, 而又不爲天涯地角彼我不相及者所占, 爲吾婦族婦之族人所獲, 轉展輪環, 卒歸於我. 此豈天不使我慈闈手筆, 終至於散逸埋沒之地耶? 三年之所失, 一朝而得之, 謂非有數存於其間耶? 奇歟奇歟! 不可以無識, 謹錄其失得顚末如右云爾.

_조태억(趙泰億) 〈언서서주연의발(諺書西周演義跋)〉《겸재집(謙齋集)》

임술년의 추억 번역문 210쪽

上昔壬戌, 東坡居士以十月之望, 舟遊於赤壁江中, 昔壬戌, 予以十月十日束脩於洌水夫子. 古今所做不同, 何年月日之偶然相値, 如此其相近耶! 今年又値壬戌, 追已往昔, 歷數日時, 百感竝起, 可謂一代勞人矣.

予束脩七日, 夫子贈以治文史之文詞, 曰: "余勸山石治文史." 山石逡巡有愧色而辭曰: "我有病三, 一曰鈍, 二曰滯, 三曰戞." 余曰: "學者有大病三, 汝無是也. 一敏於記誦, 其弊也忽; 二銳於述作, 其弊也浮; 三捷於悟解, 其弊也荒. 夫鈍而鑿之者, 其孔也闊, 滯而疏之者, 其流也沛, 戞而磨之者, 其光也澤. 曰鑿之奈何? 曰勤, 疏之奈何? 曰勤, 磨之奈何? 曰勤, 曰若之何其勤也? 曰秉心確."

時住東泉旅舍也, 童而未冠, 銘心鏤骨, 恐有所敢失. 自彼于今, 六十
一年間, 有廢讀把未之時, 因懷在心, 今也則手不釋卷, 遊泳翰墨. 雖
無樹立者, 足可謂謹守鑿而疏蔓, 亦能奉承秉心確三字耳. 然今年壽
七十五, 餘日無多, 安可胡走亂道也. 而今而後, 師授之不失也明矣,
小子之不負也行矣! 夫玆爲壬戌記.

_황상(黃裳)〈임술기(壬戌記)〉《치원유고(梔園遺稿)》

죽은 벗에게 책을 보낸다 번역문 216쪽

改歲後風日連不佳, 緬惟侍履勝常, 慰遡兼集. 靖夏乃一妄俗人也. 天
磨之遊, 發於夢中, 希世絶境, 乃敢與兄共之, 幸甚幸甚. 別來, 某已
爲古人, 愴念昔遊, 陳跡如掃. 想兄念此, 痛苦難忍, 如何忍言. 某聞
芸閣印出韻書, 曾於刹中相對時, 告求弟一件, 今始輟役, 欲以一件踐
約, 而今無及矣. 獨念其時, 兄在座聞此, 且知與某相友最加於諸從,
故今日敢歸之左右. 若兄留之勿却, 則與與某無異也. 雖此細事, 政欲
以不食言也, 庶可諒察. 所苦目疾復作, 畏於作字, 借人寫狀, 他不仰
及, 伏惟恕照, 上狀. 辛巳二月十一日, 弟靖夏拜.
右恕庵申公與吾先伯父竹醉府君手帖也. 帖中所云刹中相對時告求
者, 盖謂吾先考觀復府君, 而芸閣印出者, 卽此卷是已. 只觀此一帖,
而前輩交際風流之篤厚, 至於死生而無變, 與夫吾先考吾伯父平生友
愛之摯, 爲朋友所信者乃如此, 而皆不可以有泯者也. 此卷曾爲吾篋

中物, 而初不識此事, 嘗以與吾弟叔平矣. 後得是帖而始知之, 然業與之, 且卷中朱筆與印章, 皆吾伯父手澤, 則叔平豈不可有之! 況恕庵公旣視吾伯父, 猶視吾先考, 則吾與叔平又豈可二視乎哉! 然則吾兄弟子孫, 雖世世相傳看可也, 叔平第謹守之! 崇禎百三十一年戊寅元月, 雲叟病兄書于秋水軒中.

_김원행(金元行)〈제구장삼운통고, 부신서암수첩후(題舊藏三韻通考, 附申恕庵手帖後)〉《미호집(渼湖集)》

서울을 등지는 벗에게 번역문 221쪽

余生於嘉慶, 老於道光先, 所與從游而可企者, 惟嘉慶道光間人而已. 於嘉慶道光之間, 或生於萬里之外, 處之蠻荒之野, 則兩不相聞, 聲光不及, 如後之人與我無干也. 苟或有聞, 莫與相見, 則與史牒中讀古之人之名, 何以異哉!

余愚陋, 不見知於人, 吾子不應知余, 則吾子之視余如後之人之無干也宜矣. 然吾子少游庠序, 捷進士, 余聞吾子名已灌耳. 旣而一未相見, 則余之視吾子, 與史牒中讀古人之名, 無以異矣. 今突如而相逢, 是古之人與後之人, 相遇於今日也, 此豈非天地間妙緣耶!

雖然, 昔者先王制民有四, 士不農謀, 商不工求. 雖同於士者, 老與佛殊途, 楊與墨異趣, 從古以來, 同其志而合其道者, 亦孤矣. 若我東則民有四等之區, 士有四偏之說, 割席而後坐, 擇言而後發, 睚眄次且, 戈戟森列. 噫! 今之友道又何別歟! 余與吾子, 無數者之患, 披素襟, 拭靑眼, 宜若懽欣傾瀉, 洞無餘蘊. 然俯而見其惘然若有失, 仰而見其愀然若有思, 輪困磊砢, 如怨如悱, 雖不言悲, 而有切悲者存, 何也?

夫人之生也, 懸之弧矢, 敎之詩書, 所以志存四方, 彌綸萬物也, 宇宙間事, 何莫非分內. 而立德立言, 君子之窮也; 兼善天下, 君子之通也. 余與吾子, 於窮通乎何居? 士之不遇, 今古何限, 才非不逮也, 學非不正也, 時非不幸也, 語到極處, 不得不歸之於命焉. 然孟子曰: '天時不如地利, 地利不如人和.' 人和之極, 天地亦將退聽, 是豈生之性而天之定也哉?

是故玄錡鄭壽銅, 狂歌日飮於市; 李夢觀·柳山樵, 謝病杜門, 頭不裹巾者, 已十年. 此數子者, 或壹鬱踴躍, 以鳴其不平; 或沈冥和光, 以潛其姓名, 亦豈其情也哉? 多見其不獲已而行耳.

今吾子又脫屣榮途, 大歸於永春之峽. 噫! 吾子之志, 槩可知矣! 余以不敏, 有數子之病, 而志則過矣. 擬玄鄭之行, 則病未能焉; 學李柳之爲, 則畏人之多言; 從吾子之所之, 則勢有所不便. 於邑相對, 如痴如獋, 彷徨躑躅, 吾不知是孰使之然歟.

嗟乎! 嗟乎! 太華之岑靑乎, 錦水之波淸乎! 獨善而長往者, 荷篠之倫歟! 朝耕而夜讀者, 邵南之貧歟! 仕宦之捷徑, 終南之人歟! 窮途而返轍, 步兵之眞歟!

行矣吾子! 去將安往? 日月宣朗, 明王在上. 子兮子兮! 去將何向? 行矣吾子! 去勿顧矣! 豊年多黍, 供租賦矣; 採山釣水, 甘旨具矣. 雖非齊姜, 婚可娶矣, 詩書靜好, 琴瑟在御. 依歸有所, 鶴棲翁矣; 里仁爲美, 吾道東矣; 勉爾令德, 念厥終矣. 毋金玉其音, 時因好風, 則雖不可追, 庶乎讀古之人於史牒之中歟!

_장지완(張之琬) 〈송안상사서(送安上舍序)〉《비연상초(斐然箱抄)》

술친구를 배웅하며 번역문 229쪽

在天而爲星, 在地而爲泉, 在人而爲鄕爲國, 曰聖曰賢, 頌其德無窮者, 惟酒是已. 余素嗜酒, 非酒無以澆魂磈, 而但家貧不能常得耳. 雖然, 世之識趣者, 莫我若也. 方其醉也, 浩浩落落, 齊得喪, 混貴賤, 等彭殤, 鳳飛千仞而不爲高, 鷦巢一枝而不爲卑. 其夢也, 杳杳冥冥, 挹浮邱, 拍洪厓, 驂螭跨鶴, 翔翥乎十洲三島之間, 泠然御風而不知返. 於是焉, 悲而哭啾啾, 喜而歌烏烏, 或放言罵座, 人謂之狂, 或高吟起舞, 自以爲樂. 七賢不足八, 八仙不足九, 視二豪以螟蛉.

然嗜酒者, 故多牢騷困窮之士, 何哉? 靈均湘纍也, 而曰衆人皆醉我獨醒, 此諷世之微詞, 而桂酒椒漿發於九歌, 不可謂靈均不飮酒. 故痛飮讀離騷, 便稱名士. 孔子則惟酒無量, 不及亂, 亦安知其非阨于陳蔡之日乎? 余雖不善飮, 乃所願則學孔子也.

余與李君兼山, 有欲傾家釀之好, 浮沉酒藪者, 蓋有年. 己丑共飮於浿於灣於瀋於燕, 辛卯余自燕返, 晤於邊門之史氏店, 劇酣暢焉. 若夫前後山亭野館月地花天, 不醉無歸之游, 殆不勝僂其指矣. 今兼山貧無以爲家室, 計將赴灣幕. 時余亦窮蟄不能餞. 詩云: '缾之罄矣, 惟罍之恥.' 良可歎也! 灣上多名酒, 請爲我日飮一斗, 讀此文以下之.

_이상적(李尙迪) 〈증이겸산서(贈李兼山序)〉 《은송당집(恩誦堂集)》

단란했던 옛날 번역문 234쪽

逝而不可返者, 年也; 去而不可再者, 事也. 年不可返而老將至矣, 事不可再而懽意日難, 況復存歿於其間, 而有憨於天與神者哉? 憶在癸

未歲, 家大人解金陵綬還洛, 余以數尺童子, 升堂拜諸母諸兄, 始展姑姪之禮. 爾時兩家子弟無慮數十人, 逐隊群居, 朝怡夕嬉, 不知人事之易改, 而唯幸團會之至樂. 後二年, 客于蕘城, 越三年歸來, 則男娶女嫁, 各有室家之樂, 而昔之所樂則漸鮮, 猶幸兩家父母兄弟, 無恙無故. 又二年, 自永州還, 迄于今八九載間, 人事日非, 續有存歿之感, 遽作後死之悲, 噫嘻悲夫! 人事之不常有如是夫!

人生易老, 百年草草, 奈之何共樂一堂之人, 未及中歲, 乃爲先後死歟, 此所以有慭於天與神, 而自非達人曠士, 不能免深痛永蠹, 興感於昔日者也. 噫嘻, 悲夫! 人世之易感有如是夫! 人世之易感有如是夫! 昔之强壯者未甚向老, 而襁褓者亦已長成. 縱有一時之懽, 而不忍道往事, 恐有存歿之感, 始乎方寸中. 嗚呼! 人而至此, 幾何不有慭於天與神哉! 今吾之四十五十未可知, 而折吾年數十歲, 欲換當時半日之樂, 何可得也? 古人有云: "樂莫樂於如意, 憂莫慘於不如意", 有味哉, 言之也! 余於是, 未嘗不三嘆也. 戊戌孟春書.

_신익상(申翼相) 〈감구서(感舊序)〉《성재유고(醒齋遺稿)》

또 한 해가 저무네 번역문 238쪽

人幼也, 養於父母也; 長也, 養其自己也; 老也, 養於子孫, 理之常也. 幼而顧我復我, 惟父母是依, 則所以養於父母也. 老而筋骸疲瘁, 則所以養於子孫也. 若其長也, 必於四民之一, 隨其材而學焉, 則可以仰事俯育也, 可以立身揚名也, 亦可以爲廊廟之彦·州閭之秀也, 是所謂自養其己也.

今余養其自己之時也, 而性本疎庸, 志氣廓落, 於貨色泊如也. 時或
局於勢而隨人俯仰, 非素性然也. 故且於四民之業, 未能力學, 又世
故崢嶸, 至今無所成, 中夜支枕, 則未嘗不慨然也.

凡人之三不朽, 太上道學也, 其次功業也, 又其次文章也. 道學功業
尙矣, 文章則雖局於才而孜孜力學, 則可以爲需世而成名也. 嗟乎!
余懶因成性, 性復廓落, 朝夕饘粥不能自給, 貽勞於家庭, 是古人所
謂天地間一蠹也. 嗟夫! 人幼而養於父母, 老而養於子孫, 理之常也.
長而不能養一己, 則曰三省, 吾寧不自愧也哉!

古之甘羅, 十四爲王者師也; 孫策十七而定江東也; 鄧禹廿四而封公
侯也. 皆得三不朽之一焉, 則豈獨自養其己而已也哉! 顧今年已暮矣,
差過二旬, 則余爲二毛也. 昔志士悲秋, 今余感歲華之將暮, 歎志業
之蹉跎, 於是作歲暮序.

_이장재(李長載) 〈세모서(歲暮序)〉 《나석관고(蘿石館稿)》

7부

자신을 평가한다면

서소(書巢) 번역문 245쪽

余藏書, 經有易書詩語孟庸學大全五十册, 史有三漢書八十八册, 子
有朱子大全六十册, 集有全唐詩集百二十册·古文淵鑑□册, 而扁其
壁曰書巢. 或曰: "君子厚於處己而廉於取名, 子之書不滿一架, 而遠
自況於陸務觀, 無已夸乎!" 曰: "子不見夫居室乎! 善居者, 蝸牛之廬
可以諷詩書, 旋馬之廳可以傳子孫. 不善居者, 文梁花甍, 不足供秉燭
一覽. 吾書雖少, 堯舜禹湯文武周孔之道載焉, 班范袞鉞之筆著焉, 紫
陽夫子地負海涵之學存焉, 秦漢以來幾千百載古作者軌範, 靡不具焉.
吾將左右庋閣, 終身棲其中而有餘. 君子夫豈多乎哉? 不多也. 且吾
伯氏有書數千卷, 先王考題識, 家大人印章宗在焉. 吾弟松宅居士蚤
有鄴侯之癖, 其書又不啻數千卷, 藏之所謂萬松樓中. 吾將居則讀吾
書, 出則伯氏松宅之藏, 卽吾書也, 伯氏松宅之居, 卽吾巢也, 吾之巢
其庶幾乎邵堯夫十二行窩, 奚獨自況於務觀而止哉! 雖然巢者上古之

居也, 巢居變而宮室作, 宮室作而淫技興, 道之不行也, 學之不明也, 彼百家衆流充棟汗牛者爲之蔽也. 吾以書巢名, 盖欲從先進意也, 又安用多爲?"是爲記.

_이만수(李晚秀) 〈서소기(書巢記)〉《극원유고(屐園遺稿)》

속태 악태 추태 _{번역문 250쪽}

俗態

○逢人急問諱字 ○逢人輒曰久聞聲華 ○不恤貧窮, 而問何以生活 ○到病家, 問欲何食 ○到喪家, 問何以辦需 ○乞簡有曰專恃毋泛 ○與朋友書中, 例言無足道者 ○到人家, 與生面交拜. 到人家, 坐客欲拜, 而不應. 當以此改之, 而移惡態. ○說貧 ○說病 ○稍見不利, 歎己命窮 ○訊語卽往見, 終不踐言 ○搖扇作態 ○捫纓弄帶

惡態

○到人家, 搜閱文書 ○强問人欲諱事 ○跟尋人動靜 ○聞人議己, 究詰言根 ○借人物件, 必曰的知其有 ○問人內患, 究其症情 ○出入門戶, 大作聲 ○與人對坐, 必促膝 ○衆會中指點問誰某 ○信口長語, 不採聽人語 ○路逢長者問何往 ○究詰長者行止遲速 ○長者前, 與儕輩紛紜作揖 ○不速赴會 ○聞人赴邑, 必疾趁在座 ○受人饋遺, 反詈不腆 ○言言稱某公親己 ○爲邑嘆不豊 ○歷官誇善處事 ○不厭其邑, 而强言欲遞 ○强勸酒食 ○干索酒食 ○到人家久坐. 做工處, 治行處, 病家, 喪家 ○到人家, 默坐移時 ○將退不退語蔓延 ○當軒下

馬 ○强作咳嗽 ○未語先笑 ○一語重複 ○請囑强聒 ○淸士前俗談
○嚼食大作聲 ○曳履大吸氣 ○嚔時大呵 ○曳履大作聲 ○攪睡
攪讀 ○散帙不收 ○借書不還 ○讀書時語音不分明 ○摺襞書册 ○
淺文閱奧書 ○陋識參高論 ○罵詈風雨 ○怔嘆寒暑 ○急吼熱飯 ○
握手道歡 ○附耳密語 ○看人文字, 泛言好好 ○誦己作時, 張本不得
意 ○誦己作時, 先爲鋪張某公贊道. ○看人文字, 先問誰作 ○攙截
人說話 ○强反人話, 若作迷藏 ○吸南草, 打餘燼於廳穴

醜態
○搜剔鼻孔 ○刮出齒垢 ○手撚足指以嗅 ○輒匙卽如厠 ○恣唾人空
壁 ○便旋不擇地 ○終日淫談 ○殺虱汚房櫳 ○吐涎和筆

_권섭(權燮)〈첨산삼연삼계(添刪三淵三戒)〉《옥소고(玉所稿)》

자신을 평가한다면 _{번역문 256쪽}

范文正公自計, 一日所事與所食, 相當則寢安, 不相當則寢不安. 竊計
野人閑居無事, 每朝窓日輝輝, 檐鳥郡呼, 田謳四起, 然後始覺. 覺則養
明, 收視在內, 使震坎濟而金火伏, 而徐徐開睫. 撥土爐宿火, 爇烟草,
抹口過. 始衣冠盥漱, 已則又閉眼, 盤膝而坐, 誦太史公記・韓子銘墓文
若干篇. 旣食罷氣倦, 凭几而臥, 發架上群書周雅楚騷左氏春秋唐宋八
大家宋名臣錄臨川新話程氏類書眉翁記言, 隨意抽檢.
晌午, 山妻饁畝, 供殘飯餘蔬, 泛濁醪淸茶, 驪然醉飽, 則岸巾負手, 揩
杖柴門之外, 仰觀山, 俯聽泉, 傍睨翠竹蒼松. 有簑衣箬笠過者, 招手止

之, 譚農理, 辨土性, 問收麥多少·分秧早晩, 興闌而歸. 復取上世鐃歌
漢魏樂府唐宋律絶, 反覆吟諷, 壁上列蕙圃·藥山·遯窩諸君別詩, 及峀
雲墨竹·西洋蠶畫, 次第玩賞. 又閱歷代圖經草·西歸錄一兩段.

傍晚雲日黔陰, 村東壽陽池, 遊鯈潑潑, 理漁竿, 約同社數子, 下釣磯,
相與蔭堤柳, 投竿而坐. 坐久, 林靄被體, 水荇縈帶, 飄飄然有濠濮間想
也. 而已夕陰掩翳, 池光渺渺受月, 遂收竿而歸. 竿在肩, 魚籃在竿頭,
到家, 家人搗芥子作醬, 少婦洗俎刀以待之. 傾籃得魚, 金鯉銀鯽大小
數十頭, 斫膾佐飯殽, 一飽頽然而睡.

吾一日所事, 止於此. 自計散誕無實用, 恐不足以當吾食也. 如是而能
放心熟睡, 獨不愧於范文正乎? 是有說. 夫處廊廟而憂天下者, 其任重,
其責大. 又其所食君祿, 已食而怠其事, 是謂素食. 范公不素食者也. 吾
居無職守, 行無人責, 天地間一閑人, 所謂優哉游哉聊以卒歲者也. 況
吾日所食, 菜根而已. 吾所爲, 雖散誕, 亦足以酬其費也. 故食焉而吾心
安, 吾心安故吾寢則安. 子曰: "道不同, 不相爲謀, 亦各從其志也."

_강필신(姜必愼)〈자계설(自計說)〉《모헌집(慕軒集)》

사통(沙筩)을 빚고서 번역문 264쪽

余偶携任姨弟道彦, 過曹姨弟禮卿于監瓷. 瓷役方作, 有揀沙土者, 有
泥而造者, 有磨者削者, 有列而曬乾者, 目前左右皆是也. 俄又燔出而
陳于前, 日用器皿百種皆在. 又其中, 筩于筆, 滴于硯, 壺觴于酒, 皆
文房所須, 而觀其色, 皜皜然玉雪照眼, 殊不覺泥土中陶出此光景也.
余誠愛其有似乎玉而無玉之侈, 陳于文房則助其淸, 置諸茅廬而不爲

濫. 雖余得之, 亦稱其竆, 爲命一制而要禮卿陶成焉, 名之曰沙筩.

蓋取象元白之詩筩而然. 樂天微之之用在傳詩, 爲筩以竹, 遷移往來, 其體宜不能大也. 今余之爲筩, 將置諸一處而無遷移之用, 得詩文簡札, 皆投其中, 無不可者. 日對翰墨, 視爲藏笥, 則其體宜亦不能小也. 遂樣元白之詩筩而大其制焉.

夫沙筩之爲德, 性溫潤, 色光潔, 無刻鏤珥琢之巧, 又處安重而容受有量. 甚矣, 有似乎君子之德也! 吾愛之, 端在乎是. 兩弟皆曰:"此不獨兄愛之, 弟亦愛也." 曹君乃命匠, 手成三筩, 將各藏一焉. 又俾余記其由, 而道彦書其表, 欲令異日子孫觀者, 知此筩之成, 自吾三人者始也.

_홍태유(洪泰猷)〈제사통(題沙筩)〉《내재집(耐齋集)》

오래 묵은 먹 _{번역문 269쪽}

梨湖丙舍舊藏之中有古墨數十丁, 盛以甆缸而封置之者, 即我曾王考府君宰沃川時所造也. 至今百有餘季, 余得一丁而用, 謂已年久, 色必渝黯. 磨及數分, 煥發光色, 湛如童睛, 濃如點漆, 玄玄奇妙, 無可與比. 乃以海州墨新品及唐倭墨珍佳者, 竝磨而觀之, 皆不及也. 異哉, 異哉! 曾王考癖於翰墨, 書法趙松雪體, 子孫有寶藏者. 宰邑造墨之時, 或有異方, 能使墨久而色不渝變者歟? 未可知也.

自唐宋以來, 文人學士多有墨癖, 得古墨珍品, 或有不忍磨者, 故蘇東坡笑李公擇有廷珪墨, 不自磨, 亦不許人磨. 及公擇死, 而廷珪墨尙存,

以是謂: ‘非人磨墨墨磨人.’ 若我國則未聞有癖於墨者. 且造油麻墨,
不用腦麝香料而柒之. 故若經年歲, 則色渝不可用, 不如中國墨之陳而
益佳者. 此墨亦似是麻紬品, 而過百歲, 其色光獨能如是者, 何也? 或云
世人不知藏墨法, 紙裏置濕溫燥處, 故不久而色渝黮. 若盛以甆缸濕處
之者, 是乃藏墨法. 其或然歟?

此墨今傳五世而可用, 則且當以傳至十世也. 嘗聞燕市往來人語, 有人
以錢數百緡買李廷珪墨一丸者云, 而今此墨之珍異, 則宜無減於廷珪
墨, 我國之人豈有肯以百錢易之者乎! 但宜子孫傳以爲寶也.

_김상숙(金相肅)〈고장묵제발(古藏墨題跋)〉《배와시문필적(坯窩詩文筆蹟)》

친구를 부르는 방 번역문 273쪽

齋, 余友成仲之居也. 名以來道者, 來道甫也. 道甫者, 余也. 盖取元
美來玉樓·思白來仲樓之義也. 成仲於是齋, 蓄奇書異文, 蓄鍾鼎古
碑, 蓄名香, 蓄顧渚雨前茶, 蓄端歙之石·湖之穎·徽之煤. 爲余嘗置
好酒, 興發輒相思, 思輒以馬邀之. 余亦欣然而赴, 入門相向撫掌而
笑, 相對無他言, 取案上書數弓快讀, 展古紙, 撫周皷漢碣二三, 則成
仲已手焚香, 岸巾露臂坐, 自烹茶相喫, 夷猶竟日, 迫曛乃歸. 或累日
不歸, 歸輒復相思而邀, 或有事經旬不相參, 相爲之不樂也. 此吾兩人
相好之篤, 而齋之所以名也.

然成仲其才高, 其韵邁, 其行事動慕古人, 其規摹意致, 必欲效揚子
江以南人. 余質而野, 不能撥東人陋習. 成仲博洽墳籍, 淹該今昔. 其
胸中固欲窮二酉而包五車, 陵溢噴發於外者, 其咳唾皆可以抵鵲矣.

以至於古人姓氏字號里系事行, 無不貫曉.

余齪齪然謹塾師之句讀, 而不敢泛注於諸家. 成仲於古人書畫百藝, 妍媸眞贗, 辨之如九方歅之相馬, 無得以毫髮逃者. 余得一書一畫, 伏以效之, 而有得則喜之, 不合則舍之而已. 或不辨海嶽之出大令而右丞之爲南宗也. 成仲六經之外, 又深外典而篤信之, 以爲三教無異道. 余於儒釋無所得, 時以口語攘之, 而不能敵成仲之快辨. 成仲赴人之難, 矜人之窮, 如飢渴, 而余未能焉.

盖成仲形骸絀毀譽高出宇宙人也, 余卽一守拙法腐儒也. 精粗敏鈍雅俗之相反, 如相疾而故相悖者然. 而成仲無友於世, 獨善余一人. 余亦無友, 顧獨與成仲善. 凡人之所以相善, 必趁其氣尙酸鹹之相契者, 而今乃以相反而獨善者焉, 實理之外也.

余疑之而問於成仲, 成仲不知, 成仲復問於余, 余亦不知. 余與成仲旣不得以知之, 則世之人孰得以知之? 余與成仲與世之人之所不得以知者, 或乃所以爲深契而不渝之道歟! 癸亥夏季, 完山李匡師道甫記.

_이광사(李匡師) 〈내도재기(來道齋記)〉《원교집선(圓嶠集選)》